Holly Hepburn

Holly Hepburn est une romancière britannique. *Les Nuits enneigées de Castle Court* (2020), *Le Cinéma de rêve face à la mer* (2021), *Dernière séance au cinéma de rêve* (2021), *Les Nuits étoilées de Sixpence* et *Les Étoiles filantes de Sixpence* (2022) ont paru aux Éditions Prisma. Holly Hepburn vit près de Londres.

Retrouvez toute l'actualité de l'auteure sur :
www.facebook.com/HollyHepburnBooks/
twitter.com/hollyh_author

LES NUITS ÉTOILÉES DE SIXPENCE

ÉGALEMENT CHEZ POCKET

LES NUITS ENNEIGÉES DE CASTLE COURT
LE CINÉMA DE RÊVE FACE À LA MER
DERNIÈRE SÉANCE AU CINÉMA DE RÊVE
LES NUITS ÉTOILÉES DE SIXPENCE

HOLLY HEPBURN

LES NUITS ÉTOILÉES DE SIXPENCE

Traduit de l'anglais
par Raphaëlle Pache

EDITIONS PRISMA

Titre de l'édition originale :
A YEAR AT THE STAR AND SIXPENCE

ISBN : 978-2-266-33253-8
Dépôt légal : avril 2023

À Pauline et Francis,
parce que je ne pense pas
vous avoir jamais remerciés.

Perce-neige au *Star and Sixpence*

Mme Vanessa Blake
23 Westmoreland Avenue
Godalming
Surrey GU7 8PB

Le 20 août 2015

Chère madame Blake,

Je vous écris au sujet de la succession de votre père, feu M. Andrew Chapman. En tant qu'exécuteur testamentaire, il est de mon devoir de vous informer que votre sœur, Mlle Samantha Chapman, et vous êtes les seules bénéficiaires de la succession de M. Chapman, comprenant la propriété connue sous le nom de brasserie *Star and Sixpence*, Sixpence Lane, Little Monkham, Shropshire, SY6 2XY.

Je vous serais reconnaissant de bien vouloir me contacter dans les meilleurs délais afin de m'indiquer si vous acceptez cet héritage et d'accomplir dans ce cas les formalités nécessaires.

Cordialement,
Quentin Harris
Étude notariale Harris and Taylor

Chapitre 1

Nessie plongea le regard dans la nuit au-delà du pare-brise, fixant l'obscurité que même ses pleins phares ne parvenaient guère à trouer.

— Tu es sûre que c'est la prochaine à gauche ?

Un court soupir lui répondit depuis le siège passager.

— C'est ce que dit le GPS, même si on est tellement loin de la civilisation qu'il est probablement aussi perdu que nous, lâcha Samantha avant de flanquer à tout hasard une tape au GPS dont elle fixa à nouveau l'écran. Tourne à gauche dans cinquante mètres.

Nessie appuya sur la pédale de frein, cherchant en vain une brèche dans la masse ténébreuse des arbres.

— Le problème, c'est que je ne pense pas qu'il y ait de route.

— C'est toi qui es déjà venue ici, répliqua Sam. Je pensais que tu connaissais le chemin ?

En effet, brûlait de répliquer Nessie, *mais il faisait jour la dernière fois et j'avais une assistante du notaire pour me guider, au lieu d'une sœur qui me soupçonne d'avoir du mal à m'orienter et qui monte dans les tours en deux secondes.* Pourtant, elle tint sa langue. Elle s'abstint également de souligner que si Sam avait été prête à l'heure convenue, elles ne se seraient pas retrouvées à conduire dans le noir. Au lieu de quoi, Nessie se concentra pour repérer la bifurcation que Sam s'entêtait à vouloir leur faire prendre.

Quelques secondes plus tard, elle la vit enfin : un espace qui ressemblait plus à un chemin de terre qu'à une route, barré par un portail à cinq barreaux qu'une lourde chaîne maintenait fermée. Elle arrêta la voiture.

— Je suis presque sûre que ce n'est pas la bonne route.

Soupirant d'irritation, Sam arracha le GPS de son support sur le pare-brise.

— Bon sang, le code postal doit être erroné, grogna-t-elle en martelant l'écran. Tu as vérifié avant de rentrer l'adresse ?

Nessie savait que oui : elle avait lu et relu les papiers du notaire pour s'assurer d'être en possession des coordonnées exactes, afin de se persuader qu'elle n'avait pas inventé toute cette histoire d'héritage. Mais face à l'explosion de colère de Sam, elle sentit ses certitudes s'envoler. Elle baissa les yeux sur ses mains, crispées et fébriles autour du volant.

— Il me semble. Peut-être que je l'ai mal tapée.

Sam poussa un lent soupir.

— Non, pardon. Je ne voulais pas péter un câble, c'est juste que ces dernières semaines ont été difficiles, tu sais… (Un petit sourire contrit aux lèvres, elle indiqua l'appareil.) Il n'y a pas de réseau ici, de toute façon. Pour ce machin, on pourrait aussi bien être au Luxembourg qu'à Little Monking.

Nessie sourit à son tour, malgré son anxiété.

— C'est Monkham, pas Monking. Comme indiqué dans le *Domesday Book*[1], figure-toi.

— C'est au fin fond de nulle part, voilà ce que c'est, marmonna Sam en laissant tomber le GPS sur ses genoux. Alors, qu'est-ce qu'on fait maintenant ? Est-ce que quelque chose te semble familier ?

Nessie regarda autour d'elle, essayant de se représenter la route à la lumière du jour. *Réfléchis*, s'intima-t-elle. *Qu'est-ce qu'il y avait après le pont en dos d'âne ? Un carrefour ? Un rond-point ?*

— Il y a peut-être un croisement au prochain virage, lâcha-t-elle lentement en espérant que sa mémoire ne lui joue pas de tours. Je crois que nous sommes allées à gauche.

Sam se radossa à son siège.

— C'est ce qu'on ne va pas tarder à découvrir.

Prenant une profonde inspiration, Nessie remit le contact et reprit la route.

— Alors, demanda Sam. Il ressemble à quoi, cet endroit ? On est complètement folles ?

Nessie visualisa le *Star and Sixpence*, surplombant l'aire verdoyante immaculée au centre du village de Little Monkham, sa charpente en bois noir sur fond blanc scintillant sous la lumière du soleil d'hiver.

— Comme je te l'ai dit, c'est une vieille bâtisse, construite vers 1600, je crois.

Le visage de Sam se crispa de méfiance.

— Ouh là, c'est vieux, ça. Dis-moi qu'il y a une douche, au moins, et le chauffage central ? (Elle

---

1. Sorte d'équivalent du recensement national, terminé en 1086, au début de l'époque normande. (*Toutes les notes sont de la traductrice.*)

frissonna en jetant un nouveau coup d'œil au GPS.) Et le Wi-Fi ?

Nessie repensa au pommeau de douche qui gouttait au-dessus de la baignoire en émail écaillé de l'appartement à l'étage et à la vaste cheminée de pierre qui occupait le centre de la salle du pub, tout en poutres apparentes. Elle hocha la tête.

— Il y a une douche et du chauffage, même s'ils auraient besoin qu'on leur accorde quelques soins… comme tout l'endroit, d'ailleurs, pour être honnête. Je serais étonnée qu'il y ait le Wi-Fi, mais cela peut facilement s'arranger, si nous le désirons… J'avais cru que tu voulais faire une pause d'Internet, en fait, se lança-t-elle après une hésitation d'une fraction de seconde.

Sam demeura silencieuse alors qu'elles s'engageaient dans le virage et, pour la énième fois, Nessie se demanda ce qui se serait passé si le père auquel elles n'avaient pas adressé la parole depuis plus de vingt ans ne leur avait pas laissé ce pub en héritage. Pour elle, sans doute rien : elle serait toujours avec Patrick, prise dans l'inertie d'un mariage qui suivait son cours. Mais il en allait tout autrement pour Sam : elle avait un besoin plus pressant de s'en sortir et l'aide était venue d'une source qu'aucune d'elles n'aurait pu prévoir.

Un panneau indicateur apparut au bord de la route.

— Little Monkham, deux kilomètres ! lut triomphalement Sam. Qui a besoin de technologie ?

Parlait-elle du GPS, d'Internet ou des deux ? Nessie l'ignorait, mais cette remarque lui rappela une fois de plus que leur départ pour Little Monkham tenait en partie au moins à un désir de se cacher. Et puis, où pouvait-on mieux lécher ses blessures que dans un endroit impossible à localiser ?

— Exactement, répondit-elle en engageant la voiture sur la route qui menait au village. Peut-être que se perdre a du bon, après tout.

Lorsqu'elles entrèrent dans Little Monkham, l'aire verdoyante au centre du village était baignée de l'ambre que déversaient les réverbères. Un homme, qui promenait son chien devant le monument aux morts, s'arrêta pour leur adresser un petit signe de la tête quand elles le dépassèrent. Nessie leva une main hésitante pour le saluer tandis que Sam se contenta de le dévisager.

— On est retournées dans les années 1950, non ? fit Sam. Il y a une vieille cabine téléphonique bleue là-bas ou c'est une machine à voyager dans le temps ?

— Je pense que c'est une cabine téléphonique, répondit Nessie d'un ton léger. Tout le monde ne possède pas un portable.

Sam haussa les sourcils.

— Mais ils ont des téléphones fixes, quand même ? Ils ne font pas tous la queue pour utiliser le téléphone public ?

Nessie éclata de rire.

— Peut-être. Regarde, voilà le pub.

Situé au bout de l'esplanade verdoyante, le *Star and Sixpence* était éclairé par un seul réverbère à l'ancienne, planté juste devant sa porte. L'enseigne – une pièce de six pence en argent peinte à côté d'une étoile scintillante – pendait d'un poteau en bois et se balançait doucement sous la brise. Les fenêtres étaient des trous d'encre dans la peinture blanche et, au-dessus, le toit s'affaissait, comme fatigué de sa bataille contre la gravité. Sam frissonna.

— Ça n'a pas l'air très accueillant.

Nessie se gara sur le parking et tira sur le frein à main.

— Ça ira dès qu'on aura allumé les lumières. Viens.

Ce fut seulement lorsqu'elles entrèrent et actionnèrent l'interrupteur que Nessie se demanda si l'électricité était toujours branchée.

— Oh, balbutia-t-elle avec le sentiment d'être une idiote. Elle a dû être coupée.

Sam tapota sur la torche de son téléphone.

— Le compteur a peut-être sauté. Ça arrivait parfois à l'appartement. Où est la boîte à fusibles, à ton avis ?

Nessie repensa à la visite éclair qu'elle avait effectuée, sous le patronage d'une assistante qui ne devait pas avoir plus de treize ans.

— Je ne sais pas. Il y a une cave. En bas, peut-être ?

Sam plissa le nez de dégoût.

— Merveilleux. Et comment je pourrais accéder à cette cave ?

Les fenêtres, petites, ne laissaient guère passer la lumière émanant du lampadaire solitaire. Le téléphone de Sam éclairait son visage et le sol lorsqu'elle l'orientait vers le bas, mais pas grand-chose d'autre. Il y avait des ombres et des flaques d'obscurité partout.

— Euh… derrière le bar, je pense, lança Nessie en s'efforçant d'ignorer le malaise qui la picotait entre les omoplates. Il y a une porte et des escaliers. Accroche-toi, je vais te montrer.

Mais Sam était déjà passée à l'action. La lumière de son téléphone vacillait dans l'obscurité.

— Ne t'inquiète pas, je vais trouver.

— Fais attention ! lança Nessie.

D'après ses souvenirs, les marches vers la cave étaient usées et étroites, il était facile de tomber dans le noir. Pendant qu'elle attendait, Nessie fouilla sa poche en quête de son propre téléphone, l'appareil à carte qu'elle avait acheté quand elle avait quitté Patrick. Bon marché et en plastique, il n'avait certainement pas de fonction « torche ». Il ne permettait même pas de se connecter à Internet. Mais il était bien utile pour rester en contact avec Sam quand elle en avait besoin. Qui aurait-elle appelé de toute façon ? Les amis qu'elle pensait avoir s'étaient avérés ses amis à lui, ce qui, avait-elle découvert, permettait de couper plus facilement tous les liens et de recommencer à zéro.

Le silence se prolongea. L'obscurité était pesante et l'esprit de Nessie s'emballa. Un endroit inconnu, la nuit… n'était-ce pas le début d'un million de films d'horreur ? Il n'y avait personne d'autre dans les parages, pourtant elle ne pouvait pas s'empêcher de gamberger. *Tu as trente-cinq ans*, se tança-t-elle, *pas cinq. Tu es trop vieille pour avoir peur du noir.* Ces remontrances ne firent absolument aucune différence. Elle était sur le point de partir à la recherche de Sam lorsqu'un flash lumineux traversa la fenêtre à l'entrée du pub. La porte s'ouvrit avec fracas, livrant passage à une silhouette imposante qui en remplissait presque le cadre.

Nessie ravala un cri.

— Qui est là ? lança-t-elle en reculant d'un pas.

Dieu que ce tremblement dans sa voix était détestable ! Ses jambes se heurtèrent à quelque chose de dur et elle s'y agrippa afin de se soutenir : une table, comprit-elle, autrement dit pas quelque chose qu'elle pourrait lancer.

Le faisceau d'une torche lui balaya le visage, ce qui l'aveugla pendant quelques secondes, puis il remonta pour révéler le visage d'un homme coiffé d'une épaisse tignasse de boucles noires.

— Bonjour, dit-il. Vous devez être la nouvelle propriétaire.

Les doigts de Nessie se crispèrent encore sur le rebord de la table. *Espèce d'idiote, il n'a rien d'un psychopathe*. Son cœur n'en battait et tambourinait pas moins dans sa poitrine.

— C'est exact, répondit-elle, aussi calmement que possible. Je m'appelle Nessie Blake. Qui êtes-vous ?

— Owen Rhys, dit-il. (Nessie remarqua un léger accent dans sa prononciation.) De la forge d'à côté. Enchanté de vous rencontrer.

Elle se détendit un peu au souvenir de sa visite, quelques semaines plus tôt : le pub était flanqué d'un bâtiment d'apparence solide, avec une cour et une maisonnette de carte postale sur le côté. C'était donc une forge ?

— J'aurais été là pour vous accueillir, mais nous pensions que vous arriveriez beaucoup plus tôt, poursuivit Owen.

Nessie fut soulagée qu'il n'ait pas bougé de l'embrasure de la porte et semble attendre une invitation de sa part avant de s'approcher.

— Nous… nous avons été retardées, expliqua-t-elle. Désolée de vous avoir fait attendre.

— Pas de problème, répliqua l'homme sans hésiter. Je vis dans la maisonnette à côté de la forge. Mon fils, Luke, guette votre arrivée depuis la tombée de la nuit.

Nessie hocha la tête, puis réalisa que son interlocuteur ne pouvait la voir.

— Bien.

Ils se turent quelques instants.

— Alors, je peux entrer et allumer les lumières ? Je suppose que l'électricité s'est coupée ; les circuits sont plus vieux qu'ils ne devraient et il suffit d'un petit pic de surtension pour les faire disjoncter.

— En fait…, commença Nessie avant d'être interrompue par un cri de triomphe. Ma sœur, Sam, ajouta-t-elle en plissant les paupières, car la pièce s'était soudain emplie d'une lumière d'un jaune maladif. On dirait bien qu'elle a trouvé la boîte à fusibles.

Elle cligna des yeux pendant qu'ils s'adaptaient à l'éclairage. Owen Rhys mesurait environ un mètre quatre-vingts. Des boucles d'un noir de jais tombaient de façon désordonnée sur son front et il la fixait de ses yeux sombres. Il ressemblait à un forgeron, décréta-t-elle, sans bien savoir d'où elle tenait cette idée, puisqu'il était le premier qu'elle rencontrait. Planté dans l'embrasure de la porte, il devait se voûter légèrement sous l'épais linteau de bois, la torche dans une main et un panier couvert de vichy bleu et blanc dans l'autre.

— Vous ressemblez à votre père, constata Owen en éteignant sa torche. Vous avez les mêmes yeux. Je vous présente mes condoléances, au fait. Il prenait une grande part dans la vie du village. C'était Andrew, quoi.

Nessie ravala un petit rire de dérision surgi malgré elle et le transforma en toux. Leurs yeux verts étaient la seule chose que Sam et elle avaient en commun avec leur père et elle savait que Sam avait traversé une phase où elle dissimulait les siens avec des lentilles de contact bleues, histoire de prendre ses distances avec son géniteur. Il était difficile de l'imaginer en membre apprécié d'une communauté. Mais Nessie se souvint alors de l'endroit où elle se trouvait et se sentit légèrement coupable. Quels que soient les autres défauts d'Andrew Chapman, et il en avait eu beaucoup, il venait de donner à ses filles un endroit où se réfugier quand elles en auraient besoin.

— Merci, lâcha Nessie, incapable de trouver autre chose à dire.

Ils restèrent plantés à se dévisager mutuellement et Nessie sentit une partie de sa tension s'évacuer. Pour un homme de haute taille, Owen était curieusement peu menaçant, peut-être parce qu'il avait gardé ses distances. Elle se houspilla mentalement, s'efforça de sourire.

— Aimeriez-vous…

Owen avait ouvert la bouche exactement au même moment.

— Voudriez-vous que je…

Ils se turent et un autre petit silence s'installa.

— Après vous, offrit poliment Owen.

Nessie prit une inspiration.

— Je voulais vous proposer d'entrer.

Il hocha la tête.

— Et j'allais vous demander si vous aviez besoin de moi pour vous aider, à transporter des sacs ou des cartons, par exemple, enchaîna-t-il avant que son regard ne volette vers la cheminée, froide et noircie. Je peux allumer le feu si vous voulez ? Une flambée, ça réchauffe bien l'endroit.

Nessie osa le quitter des yeux pour examiner le pub, les tables poussiéreuses et dépareillées ainsi que le tapis usé. Les cuivres au-dessus du bar étaient ternes, le bois devant les pompes à bière taché, pas ciré, le plafond aux poutres apparentes jauni par l'âge et des années de nicotine. Les ampoules de plus de la moitié des affreuses appliques héritées des années 1970 étaient grillées. Partout où elle posait les yeux, elle décelait des signes de négligence. L'endroit avait besoin d'une sacrée remise à neuf. Mais encore une fois, quelle autre solution s'offrait à Sam et elle ?

Elle ramena les yeux sur Owen.

— Je pense que ça va aller. Mais merci quand même.

— Tu n'imagineras jamais à quel point c'est sale en bas, déclara Sam en surgissant de derrière le bar. Il y a une araignée de la taille d'Arachne… oh !

Elle s'interrompit, les yeux écarquillés, en découvrant Owen.

— C'est Owen, de la forge d'à côté, annonça Nessie. Il est forgeron.

— Tu m'étonnes, répliqua Sam en le reluquant de haut en bas. Un vrai forgeron en chair et en os. Seigneur, j'ai l'impression d'être dans un feuilleton historique de la BBC. Je m'appelle Sam, au fait.

Owen la salua d'un signe de tête et fit un pas en avant. Soulevant le panier, il le leur tendit.

— C'est pour vous, juste quelques petites choses dont nous avons pensé que vous pourriez avoir besoin.

« *Nous* », nota Nessie. Il doit parler de sa femme et lui, bien sûr. N'avait-il pas aussi mentionné un fils ?

Sam lui passa devant pour s'emparer du panier.

— Génial, commenta-t-elle en le posant sur une table. Il y a une bouteille de vin là-dedans ? demanda-t-elle en ôtant le tissu vichy.

Les yeux d'Owen se plissèrent quand il sourit.

— Non, juste du lait, un gâteau, du pain, ce genre de choses. Je ne pensais pas que vous auriez besoin de vin, puisqu'on est dans un pub, ici.

— Bien vu.

Sam jeta un coup d'œil autour d'elle et sembla prendre conscience de son environnement pour la première fois. Elle fixa une grande peinture à l'huile, accrochée à l'un des murs de briques nues : un paysage marin tumultueux plein de vagues bouillonnantes et de ciel en colère.

— Bon sang, il faut que ça parte, ce machin, décréta-t-elle.

Attends qu'elle découvre le bateau dans la bouteille, pensa Nessie, se rappelant le calme minimaliste de l'appartement londonien de Sam. *Elle commandera une benne pour vider cet endroit.*

— C'est une œuvre d'Henry Fitzsimmons. À mon avis, il la reprendra si elle n'est pas à votre goût, intervint Owen.

Sous la douceur du ton, Nessie crut détecter une pointe de désapprobation.

— On ne va pas prendre de décisions immédiates sur ce qui reste et ce qui part, s'empressa-t-elle de répliquer, non sans lancer un regard éloquent à sa sœur. Merci pour les provisions, cela dit. C'est vraiment gentil de votre part.

Le regard d'Owen s'attarda quelques secondes sur elle, mais il reçut le congé qu'elle lui donnait sans paraître s'offenser.

— Tout le plaisir était pour moi. Comme je l'ai dit, j'habite juste à côté. Si vous avez besoin de quelque chose, tout ce que vous avez à faire, c'est de crier.

Il adressa un signe de tête d'abord à Sam, puis à Nessie, et passa la porte, avant de se fondre dans la nuit aussi vite qu'il était arrivé.

— Eh bien, commenta Sam, tu n'as pas perdu ton temps.

Elle sourit à Nessie avec une approbation non dissimulée.

— Sam..., voulut-elle répliquer.

— Quoi ? l'interrompit sa sœur en haussant les sourcils. Tout ce que je dis, c'est que vous auriez alimenté la moitié du réseau national avec l'électricité que j'ai senti crépiter entre vous en remontant.

Nessie sentit ses joues s'échauffer.

— Vraiment, tu racontes n'importe quoi parfois. Il est marié.

Sa sœur secoua la tête.

— Peut-être pas lui, alors, mais je parie que quelqu'un d'autre ici t'aidera à te remettre en selle.

— Sam ! protesta Nessie, rougissant de plus belle. Arrête.

— C'est bon, Ness. Divorcer ne signifie pas que la partie est définitivement terminée, tu sais.

Cela devait sembler si simple à Sam. En proie à une puissante vague d'émotions, Nessie s'efforça de ne pas pleurer. Sa sœur ne pouvait pas savoir ce que c'était que de tirer un trait sur quinze années de mariage, même si elle n'était pas allée jusqu'au divorce... pas encore. *Une étape à la fois*.

La voix de Sam fit de nouveau irruption dans ses pensées.

— Il est temps que tu passes à autre chose, voilà ce que je dis. Bon, à ton avis, il l'a laissé où, son vin, papa ? Ou bien tu penses qu'il a tout bu avant de mourir ?

Chapitre 2

Un grognement insistant réveilla Sam de bonne heure, le lendemain matin. Elle ferma les yeux, l'oreiller plaqué sur ses oreilles, mais c'était comme essayer de dormir pendant des travaux. Elle fixa pendant quelques secondes des yeux le plafond gondolé qu'elle ne connaissait pas, puis trouva le courage de sortir ses orteils du cocon chaud des couvertures pour affronter la fraîcheur du matin. Ce qu'elle était loin, sa vie de jeune propriétaire d'un petit appartement chic à Kensington, à qui tout réussissait dans les relations publiques ! pensa-t-elle en soupirant. Avec Nessie, elles n'avaient pas réussi à faire fonctionner le chauffage central, la nuit précédente, de sorte que la seule source de chaleur était un radiateur électrique à l'éclat radioactif dans un coin de sa chambre, qui lui avait donné l'impression de pouvoir entrer en combustion spontanée pendant son sommeil. Préférant braver le froid, Sam l'avait débranché.

Le lit, qui aurait fort bien pu être un transfuge d'*Antiques Roadshow*[1], s'était révélé étonnamment

1. Émission télévisée britannique dans laquelle des spécialistes des antiquités se déplacent à travers le pays pour évaluer telle ou telle pièce chez des particuliers.

confortable et, une fois qu'elle s'était habituée aux cloches de l'église marquant les heures, elle avait bien dormi. Jusqu'à cet instant. C'était probablement une bonne chose qu'elle n'ait pas pu trouver une seule goutte d'alcool dans le pub, sans quoi elle aurait dû affronter une gueule de bois en plus du mal de Londres. Mais soit la personne qui avait caché l'alcool s'était avérée extrêmement habile, soit Andrew Chapman avait vraiment asséché l'endroit.

Le grondement tira finalement Sam du lit. Elle grimaça lorsque ses pieds touchèrent le sol de la chambre, que recouvrait une fine moquette : il faudrait qu'elle investisse dans des pantoufles résistantes, voire des bottes de neige pour ces matins d'hiver : ses tongs destinées à brûler les graisses ne lui seraient d'aucune utilité ici. Frissonnant, elle enfila quelques vêtements et traversa la chambre jusqu'à la fenêtre, sous le grincement des lattes du plancher. Même si d'épais volets en bois masquaient les vitres, une lueur s'insinuait sur leur pourtour, suggérant que le soleil brillait à l'extérieur et créant du même coup une illusion de chaleur. Précautionneusement, elle ouvrit les volets, redoutant plus ou moins une avalanche d'araignées, mais les battants s'écartèrent aisément, sans receler de mauvaise surprise. Ils révélèrent en revanche les losanges au plomb de vitraux un peu flous et, au-delà, une mer d'herbe émeraude : l'esplanade verdoyante du village baignée par un soleil éclatant de décembre.

Sam cligna des yeux et recula d'un pas.

— Du café, coassa-t-elle en se frottant les bras pour y faire circuler le sang. C'est ce qu'il me faut. Une pleine bassine de café.

Les pièces à l'étage du pub avaient encore plus besoin d'être retapées que le rez-de-chaussée, constata Sam en sortant sur l'étroit palier qui distribuait les chambres. *Stricto sensu*, il s'agissait d'un duplex, avec un salon, une salle de bains, une cuisine et deux chambres au premier étage, et trois chambres supplémentaires dans le grenier au-dessus, mais même l'agent immobilier le plus optimiste n'aurait pas osé le décrire de cette façon. Sam et Nessie avaient jeté un coup d'œil à l'escalier sombre et tortueux qui conduisait au grenier et décidé de ne pas l'explorer tant que leur installation ne serait pas un peu plus avancée. Ou peut-être beaucoup plus. Elles avaient inspecté la minuscule cuisine, qui exhibait fièrement un assortiment d'éléments muraux délabrés, un réfrigérateur-congélateur qui penchait de façon alarmante sur le côté et un évier qui semblait avoir été utilisé comme fontaine à thé. Une petite table ronde et deux chaises bancales meublaient le reste de l'espace. Quant au salon, il contenait deux canapés dépareillés, une bibliothèque vide et une vieille télé cubique.

— Faisons les lits, avait suggéré Nessie en tentant d'étouffer un bâillement. Ça aura meilleure allure demain matin.

Sam trouva sa sœur au rez-de-chaussée en train de se bagarrer avec un aspirateur apparemment tout droit sorti des années 1970. Doté d'une base en plastique gigantesque qui paraissait bien lourde, il était coiffé d'un sac bleu, tout gonflé. Nessie devait le pousser à deux mains pour le déplacer. Elle avait regroupé toutes les tables à une extrémité, empilé les chaises dessus dans un équilibre apparemment précaire, et il y avait un seau d'eau sale à côté de la cheminée beaucoup plus propre. *À quelle heure s'est-elle levée ?* se demanda Sam. *S'est-elle au moins couchée ?*

— Ness ! lança-t-elle par-dessus le tonnerre de l'aspirateur. Nessie !

Sa sœur redressa la tête d'un coup, tel un suricate effrayé. Elle se décontracta en découvrant Sam et tendit la main vers l'interrupteur.

— Bonjour. Tu as bien dormi ?

— Plutôt bien, admit Sam. Et toi ?

— Pas mal.

Voyant que Nessie détournait le regard, Sam comprit qu'elle mentait. Combien de fois exactement sa sœur s'était-elle levée pour vérifier que la porte était bien verrouillée, ou pour enquêter sur un bruit qu'elle ne parvenait pas à identifier ? Le pub était un vieux bâtiment, plein de grincements et de gémissements, et Nessie pouvait se montrer anxieuse même dans les meilleurs moments. Elle n'avait probablement pas fermé l'œil de la nuit.

— Un petit café, ça te dirait ? demanda-t-elle.

Nessie prit un air un peu chagriné.

— On n'a pas de café. Désolée, je pensais en avoir apporté.

— Pas de problème, je vais aller en chercher un paquet. Il doit bien y avoir un magasin dans les parages.

— Je crois que la poste vend des produits d'épicerie. Tu en trouveras sûrement là-bas.

— Parfait ! Je vais voir ce que je peux trouver.

Sam salivait rien qu'à l'idée d'une tasse de café bien noir, délicatement torréfié.

Le bureau de poste se trouvait sur Star Lane, qui courait sur un côté de l'esplanade du village. Sam sourit en passant devant la cabine téléphonique, s'attendant plus ou moins à ce qu'un inconnu excentrique en sorte, tournevis sonique à la main, mais elle était vide, inutilisée. Le monument aux morts affichait une poignée de noms, des villageois partis se battre pour leur pays et qui n'étaient jamais revenus. Comme tous les autres villages d'Angleterre, décimés par une guerre qui, avaient-ils cru, serait terminée pour Noël.

La boutique était divisée entre, à l'arrière, un comptoir postal vitré, laissé sans personnel, et un autre comptoir, plus près de l'avant, tenu par une femme mince, coiffée de cheveux gris. Ses yeux brillèrent lorsque Sam entra. Elle jeta un coup d'œil par-dessus ses lunettes à monture métallique.

— Bonjour. Laissez-moi deviner… Vous devez être Samantha Chapman.

Sam tiqua, désarçonnée.

— Euh, oui, je suis Sam. Bonjour.

La femme lui tendit une main à la peau parcheminée.

— Je suis Franny Forster, employée des postes et présidente de la Société pour la préservation de Little Monkham. Comment allez-vous, Vanessa et vous, après votre long voyage depuis Londres ?

— Bien, répondit prudemment Sam.

Était-ce ainsi que tout le monde se comportait dans un village, comme s'ils savaient tout sur vous alors que vous veniez juste de vous rencontrer ? Peut-être Nessie l'avait-elle croisée lors de sa première visite au pub, bien qu'elle n'en ait pas fait mention ?

— Je suis venue chercher du café.

— Mais bien sûr, dit Franny en sortant de derrière son comptoir. Vous êtes arrivées si tard la nuit dernière que vous devez avoir besoin d'un peu de caféine pour booster vos niveaux d'énergie. Évidemment, vous avez du pain sur la planche si vous voulez remettre le pub en état de marche pour la grande réouverture.

Elle prit un bocal à couvercle bleu sur une étagère et le tendit à Sam.

— La « grande réouverture » ? répéta Sam. Je ne pense pas que nous ayons été jusqu'à planifier…

— Mais si, vous devez organiser une fête de réouverture, la coupa Franny en reprenant sa place derrière le comptoir pour marteler sa caisse enregistreuse. Le *Star and Sixpence* fait partie de la vie du village depuis plus de quatre siècles. Jusqu'à la malheureuse disparition de votre père, il n'a jamais été fermé, pas même pendant les guerres. Nous avons donc pensé au lendemain de Noël pour la réouverture : cela vous conviendrait ?

Sam sentit qu'elle en restait bouche bée.

— Le lendemain de Noël ? Mais c'est dans moins d'un mois. Trois semaines, en fait. Et il y a Noël juste avant.

Les yeux de Franny étincelèrent.

— Oui, les choses se déroulent en général dans cet ordre-là. Donc j'imagine que vous voulez y retourner, non ? Pour prendre les choses en main ?

— Oui, lâcha Sam d'une voix faible, plus que jamais en manque de café. Oui, sans doute.

— Ça vous fera trois livres quatre-vingt-dix-neuf, dans ce cas, déclara Franny avec un hochement de tête satisfait tout en tendant la main. Pour le café.

— Mince alors ! explosa Sam en jetant un coup d'œil au bocal bon marché qu'elle avait dans la main.

Franny renifla, pour lui indiquer qu'elle n'approuvait pas un langage pareil, et prit le billet que Sam lui tendit.

Sam parvint à deux conclusions sur le chemin du retour au *Star and Sixpence* : *primo* il lui faudrait beaucoup de temps pour s'habituer à la vie à Little Monkham et *secundo* elles devraient trouver un autre endroit pour faire leurs courses.

Un homme regardait par les fenêtres du pub. Courbé en deux, il avait placé une main en visière sur ses yeux pendant qu'il scrutait l'intérieur. Aiguillonnée par une pointe d'inquiétude, Sam se mit à courir.

— Eh, cria-t-elle dès qu'elle fut assez près. Vous vous croyez où, là ?

Au son de sa voix, l'homme se redressa et il se retourna juste au moment où Sam s'arrêtait devant lui.

— Je cherchais le nouveau propriétaire. Ça doit donc être vous ?

Il était plus grand qu'elle, d'un an ou deux plus jeune peut-être, ce qui permettait de le situer autour de vingt-huit ou vingt-neuf ans. Il avait les cheveux clairs, une barbe légèrement désordonnée et des yeux d'un bleu brillant qui la fixaient avec un intérêt non dissimulé. Sa veste cirée avait connu des jours meilleurs et son jean était pour le moins délavé, mais lorsqu'il lui sourit, ses yeux pétillèrent de chaleur. Oui, il était plutôt séduisant, malgré sa barbe. Pourtant, même s'il ne semblait pas du genre à causer des ennuis, elle n'était pas prête à baisser la garde, pas encore. Ignorant sa main tendue, elle le dévisagea d'un air soupçonneux.

— À qui ai-je l'honneur ?

Le sourire de l'homme disparut.

— Joss Felstead. Je suis venu pour le boulot.

— Le boulot ? répéta-t-elle. Quel boulot ?

— J'ai été caviste ici, pour Andrew, et je pense que vous allez avoir besoin de mon aide si vous voulez que l'endroit soit prêt pour la réouverture. Il ne reste plus que…

— … trois semaines, le coupa Sam. Oui, c'est ce qu'on m'a dit.

Elle l'examina et il soutint son regard, détendu, apparemment convaincu qu'elle ne refuserait pas son offre. Sam changea d'avis : il n'était pas séduisant, il était carrément beau. Rien à voir avec les hommes impeccablement toilettés qu'elle rencontrait dans le milieu des relations publiques londoniennes, mais il était plus propre – plus frais – d'une certaine manière, et plus attirant. Sans doute un bourreau des cœurs parmi la population féminine du village.

— Qu'est-ce qui vous donne une telle assurance que nous avons besoin de votre aide ? demanda-t-elle en soulevant un sourcil.

Joss haussa les épaules.

— J'ai travaillé ici pendant onze ans, je connais les caves comme ma poche. Je sais quelles bières se gardent bien, lesquelles ont besoin d'un coin frais, lesquelles ne supporteront pas un sol irrégulier. Je sais comment rincer les conduits, comment nettoyer les fûts et, pardonnez-moi de vous dire ça, mais vous n'avez pas l'air d'en savoir beaucoup sur la question.

Sam laissa échapper un petit soupir d'incrédulité. Qu'est-ce qu'ils avaient donc fabriqué, les autochtones ? Ils avaient publié un bulletin avec leurs noms et photos avant leur arrivée ? C'était bizarre, voilà ce que c'était. Et pour qui se prenait-il, ce type, de lui dire ce qu'elle savait et ce qu'elle ignorait ?

— Je pourrais très bien savoir, répliqua-t-elle d'un air hautain. Oui, je pourrais très bien savoir tout ce qu'il y a à savoir sur la bière et… et les conduits.

Il sourit.

— Si c'est le cas, je suppose que vous n'avez pas besoin de moi tout compte fait. Désolé de vous avoir dérangée.

Pivotant sur ses talons, il commença à s'éloigner. Sam savait – elle n'avait aucun doute là-dessus – qu'il s'attendait à ce qu'elle le rappelle, qu'elle admette son ignorance totale en matière de bières aux noms aussi ridicules que *Badger's Arse* ou *Rusty Ferret*[1]. Il était probablement en train de compter jusqu'à dix, un sourire suffisant et hautain peint sur son visage barbu. Elle ne céderait pas, elle ne céderait pas, elle ne céderait pas… Sauf que tout le village s'attendait à ce que le pub rouvre au lendemain de Noël. Ses habitants avaient pratiquement lancé un défi aux deux sœurs et Sam n'était pas du genre à refuser un défi. Pire encore : elle n'était pas du genre à échouer quand elle relevait un défi. Et l'astuce pour gagner à tous les coups, c'était de savoir quand accepter de l'aide.

— Attendez ! lança-t-elle, se méprisant un peu de capituler aussi vite. Attendez. Vous êtes doué avec les araignées ?

— Nessie ? lança Sam en poussant la porte du pub. Je suis avec quelqu'un que tu devrais rencontrer, je pense.

1. Littéralement « Fesse de blaireau » et « Furet rouillé ».

Sa sœur passa la tête au-dessus du bar. Les mains gantées de caoutchouc, elle serrait une éponge dégoulinante entre ses doigts.

— Quoi ?

Sam fit passer Joss devant elle, en espérant qu'il n'avait pas remarqué le regard méfiant que Nessie lui avait jeté.

— Voici Joss. Il s'occupait des caves avant la fermeture du pub.

— Bonjour, lança l'intéressé, qui afficha un sourire aimable.

Sam se dit qu'il ne devait pas être avare de ce procédé : c'était sans doute une arme qu'il utilisait souvent pour parvenir à ses fins. Puis elle repensa à toutes les fois où elle avait usé exactement de la même technique à Londres, quand elle devait conclure une affaire importante ou charmer un gros client.

— Joss se demandait s'il pouvait nous aider à préparer la réouverture.

Les sourcils froncés par la perplexité, Nessie posa l'éponge sur le bar.

— Oh ! Eh bien, oui, je pense que nous ferons appel à lui, le moment venu, mais il y a beaucoup à faire d'ici là.

— C'est l'autre chose que je dois te dire, ajouta Sam. Apparemment, on est censées rouvrir en grande pompe. Dans trois semaines environ.

— Dans trois semaines ? couina Nessie, sans plus aucune trace de nervosité à propos de Joss. Qui a dit ça ?

— Franny Forster, présidente de la Société pour la préservation du village, répondit gravement Joss. Et croyez-moi, Franny n'est pas quelqu'un qu'on veut avoir contre soi, surtout si on essaie de gérer une entreprise à Little Monkham. (Il baissa la voix pour passer au murmure de conspirateur.) Le dernier commerçant qui se l'est mis à dos a fini par fermer boutique et déménager à cinq cents kilomètres d'ici.

— C'est ridicule…, commença Sam.

Puis elle songea que Franny avait su qui elle était et d'où elle venait avant même qu'elle ne franchisse le seuil de l'épicerie-bureau de poste et elle frissonna. Une femme comme celle-là, chargée de la poste du village, devait en savoir beaucoup sur tout un chacun. Il n'était peut-être pas si ridicule de lui prêter un grand pouvoir sur Little Monkham. Sam regarda Joss et s'aperçut qu'il l'observait déjà.

— Bien, capitula-t-elle en ravalant un soupir contrarié. Quand pouvez-vous commencer ?

Chapitre 3

Le grand nettoyage commença sérieusement à partir de ce moment-là. Sam installa un bureau sur la table de la cuisine et passa la majeure partie de la matinée au téléphone, à parler aux brasseurs et aux maçons, à organiser les livraisons et obtenir des devis pour les bennes.

— C'est une bonne chose que j'aie suivi le cours pour obtenir la licence et effectué toutes les démarches légales avant de venir, déclara Nessie en parcourant les documents qu'elles avaient reçus du conseil municipal. Il ne nous reste plus qu'à espérer que la licence d'exploitation soit délivrée à temps, même si la période de Noël est problématique, vu que tout est fermé pour les vacances.

— Ça arrivera à temps, affirma Joss, qui remontait les escaliers de la cave, les bras chargés de cartons moisis. Franny y veillera. Elle s'occupera aussi de vos maçons. Vous n'aurez aucun problème, tant que vous vous pliez à ses desiderata.

— J'ai un peu peur de Franny, admit Sam.

Joss secoua la tête solennellement.

— Ne la sous-estimez pas. C'est un peu Dark Vador en robe, mais elle fait avancer les choses.

Nessie ne savait pas encore trop ce qu'elle devait penser de Joss, mais il fallait bien admettre qu'il travaillait dur : la cave avait été débarrassée des araignées et des détritus, et il avait déplacé tous les vieux fûts ternis pour faire de la place aux nouveaux. Elle avait été horrifiée de découvrir que son père l'avait toujours payé en liquide et que Joss n'était pas très enthousiaste à l'idée de mettre les choses au clair. En fait, il avait effrontément négocié une augmentation de salaire pour couvrir les impôts qu'il devrait payer, une fois qu'elles l'auraient officiellement ajouté à leur personnel. Nessie n'aimait pas non plus la façon dont il regardait Sam : son regard s'attardait un peu trop longtemps quand il lui parlait et son sourire devenait un peu plus charmeur. Il se donnait du mal. Sam était peut-être trop occupée pour le remarquer, mais Nessie connaissait bien sa sœur : ce n'était qu'une question de temps avant qu'elle ne commence à remarquer l'intérêt de Joss, et son aînée devrait alors lui rappeler qu'elle était à proprement parler son employeur, autrement dit faire des bêtises avec lui compliquerait sérieusement les choses. Au moins Joss n'avait-il rien tenté avec elle, mais Nessie savait qu'elle n'avait pas l'étincelle de sa sœur. De quatre ans seulement sa cadette, Sam faisait tourner les têtes, non pas parce qu'elle était d'une beauté classique, mais parce qu'elle rayonnait. Nessie n'avait jamais été capable de rivaliser. Elle avait appris, depuis longtemps, à ne pas essayer, il n'était donc pas surprenant que Joss l'ait à peine regardée. En fait, elle était contente de son invisibilité – elle avait oublié tout ce qu'elle savait sur la drague, et plus encore, mais les ravages qu'elle avait vu causer par Sam étaient suffisants pour la décourager à vie. Nessie préférait s'occuper à nettoyer les tables et les chaises, faisant de son mieux pour les assortir et les disposer dans les coins et les recoins du pub. Après quoi, elle entreprit de polir le laiton jusqu'à ce qu'il étincelle. Quand elle eut terminé, le pub avait l'air propret, bien qu'un peu désordonné.

— Eh, ça ne rend pas si mal. Il n'y a pas de défaut qu'un peu de peinture et un éclairage potable ne puissent arranger, commenta Sam quand elle quitta la cuisine exiguë pour descendre au rez-de-chaussée. Et ce sera encore mieux une fois que je nous aurai débarrassées de ça, ajouta-t-elle avec un coup d'œil au dos de l'affreuse peinture à l'huile qu'elle avait désignée la veille.

Nessie hésita. La peinture était en effet affreuse.

— Ne l'abîme pas.

Sam décrocha le cadre orné de fausses dorures et l'ôta du mur.

— Je ne suis pas sûre d'en être capable. Et les autres sont encore pires.

Elle désigna de la main les autres tableaux sur les murs, tous avec le même cadre, tous plus hideux les uns que les autres. Nessie avait dénombré trois marines, une nature morte et un nu qui l'avait fait grimacer. Une bribe de conversation de la veille flottait dans sa tête : Owen avait mentionné le nom de l'artiste, non ? Fronçant les sourcils, elle s'efforça de se souvenir de qui il s'agissait.

— Le peintre est quelqu'un du village. On devrait essayer de trouver où il habite et lui rendre les toiles.

— Vous voulez parler d'Henry ? lança Joss depuis l'autre bout du bar. C'est un vétéran de la Seconde Guerre mondiale et pilier de la communauté de Little Monkham. Il ne peint pas très bien, mais ça ne l'empêche pas d'essayer.

— Tu vois ? demanda Sam avec un coup d'œil à Nessie. Personne ne les trouve belles, ces toiles. Je ne sais même pas pourquoi elles sont là.

— Henry et Andrew avaient un accord, expliqua Joss en dévissant l'une des bouteilles à doseur vides pour la mettre précautionneusement à tremper. Les tableaux étaient exposés ici et quand quelqu'un en achetait un, ils partageaient l'argent.

— Une sorte de galerie, quoi, constata Nessie.

— Oui, répondit Joss. Comme il n'y en a pas dans le coin, c'était une façon pour Henry de montrer son travail.

— Et combien en a-t-il vendu ? s'enquit Sam.

Joss leva les yeux au ciel, pensif.

— Voyons voir… J'ai travaillé ici pendant onze ans et je pense que, sur la période, ils ont dû vendre… (Il s'arrêta pour compter sur ses doigts, puis hocha la tête.) Rien. Ils n'en ont jamais vendu un seul.

— Voilà qui règle la question, trancha fermement Sam. Ils fichent le camp.

Nessie eut beau discuter, Sam avait pris sa décision. Elle avait une vision de l'intérieur rénové du *Star and Sixpence* qui n'impliquait assurément pas les œuvres d'art médiocres réalisées par des autochtones. Sa vision n'incluait pas non plus des vaisseaux en bouteille, même si nul ne savait à qui ils appartenaient : elle avait donc accepté de les remiser loin des regards pour le moment, dans l'une des chambres inutilisées à l'étage. Les peintures, elle les avait chargées à l'arrière de la voiture et s'était rendue à l'adresse d'Henry Fitzsimmons, que Joss lui avait communiquée.

Elle trouva Mulberry Cottage en face du clocher carré de l'église St Mary. Le jardin était immaculé, des fleurs bordant un chemin au garde-à-vous et une herbe tondue avec une précision militaire. Comme personne ne répondit aux trois coups secs qu'elle avait frappés à la porte, elle recommença. Silence.

— Qu'est-ce que je fais, alors ? marmonna-t-elle en regardant autour d'elle.

Pas le moindre signe d'une présence, aucun voisin obligeant en train de jardiner, à qui elle pouvait laisser les tableaux. Elle frappa au cottage voisin par sécurité, mais il s'avéra désert, lui aussi.

— Henry est à la réunion du conseil du village, lança une voix serviable.

Sam leva les yeux pour découvrir un homme dans une tenue qui indiquait qu'il était pasteur, en train de l'observer, planté à la porte du cimetière.

— Il en a encore pour un moment, je suppose. Ces réunions sont généralement longues.

— D'accord, fit Sam d'un air renfrogné. Merci.

— De rien, répondit le pasteur qui se fendit d'un sourire joyeux.

Sur quoi il tourna les talons, gravit la petite colline jusqu'à l'église et disparut derrière ses portes en bois.

Sam regagna sa voiture, puis s'arrêta pour contempler le ciel. Il faisait froid mais sec, et encore jour. Si elle laissait les tableaux sur le pas de la porte d'Henry, il les trouverait sûrement en rentrant de sa réunion et les mettrait au sec. Il récupérerait ainsi ses précieuses œuvres d'art et elle-même se dispenserait d'avoir à les lui rendre en face à face. C'était gagnant-gagnant.

Vérifiant que le pasteur n'était pas réapparu, elle sortit les toiles une par une de la voiture et les appuya soigneusement contre un mur, sous le porche au toit pointu du cottage. Puis elle remonta dans sa voiture et partit sans se retourner.

Chapitre 4

Ce fut en début de soirée que Nessie frappa à la porte du cottage situé à côté de la forge. Un panneau élégamment sculpté informait le visiteur qu'il s'agissait du Cottage des Perce-neige, ce que certifiaient deux délicates fleurs blanches peintes à côté du nom. Nessie les toucha avec un petit sourire : les perce-neige étaient ses fleurs préférées quand elle était enfant. En levant les yeux, elle remarqua un fer à cheval noirci au-dessus de la porte – n'y avait-il pas une ancienne superstition selon laquelle le fer éloignait les sorcières ? Son sourire s'accentua. Difficile d'imaginer Owen, solidement bâti comme il l'était, capable de croire à de telles fariboles, mais il était forgeron, une activité qui avait à voir avec la magie ancienne.

Son sourire s'effaça quand elle dut s'armer de courage pour soulever le heurtoir de la porte. Elle aurait préféré ne pas déranger la famille Rhys, attendre de croiser Owen au village pour les remercier, sa femme et lui, pour le panier de bienvenue qu'ils leur avaient préparé, mais en nettoyant l'énorme grille métallique de la cheminée du pub, elle avait découvert que son centre était percé d'un trou béant. Autrement dit, elle devait en commander une nouvelle et il lui aurait semblé impoli de ne pas s'adresser au forgeron du village, surtout quand il vivait dans la maison voisine.

La porte s'ouvrit en grand et une petite femme aux cheveux noirs la dévisagea d'un air intrigué.

— Bonjour, en quoi puis-je vous aider ? demanda-t-elle avant que ses yeux marron ne s'éclairent. Oh, vous devez être Nessie, du pub ! Owen m'a parlé de vous hier soir, je suis ravie de vous rencontrer. Je m'appelle Kathryn.

Nessie sourit, non sans noter l'accent gallois de cette femme, très semblable à celui d'Owen. *Amoureux depuis l'enfance*, en conclut-elle.

— Bonjour, Kathryn. Merci beaucoup pour le panier que vous nous avez fait parvenir. Je vous le rapporterai plus tard.

— Rien ne presse, répliqua aussitôt la femme. Prenez votre temps. Vous cherchez Owen pour une question précise ou je peux vous inviter à prendre le thé ?

Nessie hésita. Il y avait quelque chose de charmant dans l'intérêt non dissimulé affiché par le visage de Kathryn, une curiosité sans fard si rafraîchissante que Nessie fut presque tentée d'accepter. Mais une montagne de travail l'attendait au pub.

— Une autre fois, promit-elle. Ce dont j'ai vraiment besoin, c'est une nouvelle grille pour la grande cheminée. Si je vous explique ce que je veux, vous pourriez transmettre le message à Owen, s'il vous plaît ?

Kathryn secoua la tête.

— Certainement pas, je risquerais de me tromper. Vous savez quoi ? Il travaille à la forge. Pourquoi ne pas aller lui expliquer vous-même ?

Elle désigna la porte en bois située en face du cottage.

— Oh, je ne veux pas le déranger, protesta Nessie. Je peux toujours revenir plus tard, s'il est occupé.

— Owen est toujours occupé, répliqua Kathryn en riant. Allez l'interrompre. Comme ça, il s'arrêtera peut-être de travailler à une heure raisonnable, ce qui lui permettra de rentrer à temps pour lire une histoire à son fils.

Il n'y avait pas la moindre trace de malveillance dans ces mots, juste de l'affection et une résignation si joviale que Nessie ressentit un pincement de jalousie. Cela faisait longtemps que Patrick et elle ne s'étaient plus comportés de cette façon : ces dernières années, ils avaient presque mené des existences séparées. Cet aperçu fugace de la chaleur qui unissait Kathryn et Owen lui fit soudain réaliser à quel point elle était seule.

Elle se força à sourire.

— Très bien.

— Inutile de frapper, contentez-vous de chausser ça et entrez directement, insista Kathryn en lui tendant une paire de lunettes de sécurité en plastique. Et je ne manquerai pas de vous rappeler que vous m'avez promis de venir boire le thé, d'accord ? Little Monkham est un endroit super, une fois qu'on est habitué, mais le village m'a flanqué la frousse quand j'ai emménagé ici au début. Il faut savoir qu'on n'est pas tous des bourreaux de travail dans le coin.

Sur un autre sourire amical, elle referma la porte, sans laisser d'autre choix à Nessie que de traverser la cour jusqu'à la forge.

Elle n'était pas préparée à ce qu'elle découvrit à l'intérieur. Dans la forge il faisait chaud, si chaud que ses vêtements lui collèrent à la peau dès que la porte se referma derrière elle. Des charbons ardents rougeoyaient sous une vaste hotte en acier contre le mur du fond et, où qu'ils se posent, ses yeux tombaient sur des alignements de lourds outils métalliques. Un tonneau rempli d'eau, cerclé de métal, se trouvait devant le feu. Mais le spectacle le plus frappant de tous était Owen lui-même. Il lui tournait le dos, penché sur une enclume basse, un marteau dans une main et des pinces enserrant un morceau de métal d'un orange brillant dans l'autre. Le T-shirt blanc qu'il portait se tendait sur ses muscles alors qu'il levait un bras pour abattre le marteau sur l'enclume. Des étincelles jaillirent à l'endroit où les deux pièces de métal s'entrechoquèrent, puis il leva à nouveau le bras.

Hypnotisée, Nessie le regarda travailler. La chaleur était étouffante et la sueur commençait à perler sur son front, mais elle ne parvenait pas à détacher les yeux d'Owen. Quand elle y réussit enfin, elle toussota aussi fort qu'elle l'osa. Il arrêta aussitôt de marteler son morceau de métal et se retourna.

Il écarquilla les yeux derrière ses lunettes.

— Nessie, qu'est-ce qui vous amène ici ?

Elle recula d'un pas, puis se ressaisit et se rapprocha.

— C'est Kathryn qui m'envoie. J'ai besoin d'une nouvelle grille pour la cheminée, c'est dans vos cordes ? Je pourrais probablement m'en dégoter une en ligne, mais cela m'a semblé idiot, vu que vous êtes mon voisin.

Les mots étaient sortis sans qu'elle puisse les arrêter. Maintenant qu'elle s'était rapprochée, elle voyait des traces de suie entre les coulées de sueur sur son visage. Les flammes dansaient et flamboyaient dans un air riche en soufre. Owen acquiesça et se détourna pour plonger le métal et les pinces dans le tonneau plein d'eau. Les instruments surchauffés sifflèrent et soulevèrent un nuage de vapeur bouillonnant.

— C'est tout à fait dans mes cordes, répondit-il en se redressant. Je crois que j'ai encore les mesures de cette grille quelque part. Voulez-vous un devis ? Je peux passer vous l'apporter.

Nessie se déplaça d'un pas inquiet. Elle n'était pas sûre de vouloir d'un autre homme dans le pub, surtout s'il ressemblait à Owen, qu'il lui donnait de drôles de sensations et que sa femme se trouvait à moins de cent mètres, en train de s'occuper de leur fils.

— Oh non, nous vous paierons le prix. Faites-moi juste savoir combien.

— Bien, concéda Owen. Comment se déroule l'installation ? Vous avez besoin de quelque chose ?

— Non, je ne pense pas, répondit Nessie en dégageant quelques mèches de cheveux de son front humide. On a engagé Joss Felstead pour s'occuper de la cave. Et visiblement, on va rouvrir le lendemain de Noël.

Owen sourit.

— Vous avez reçu les ordres de Franny, à ce que je vois. Si vous pensez que c'est trop tôt, il faut le dire.

— Est-ce que quelqu'un refuse quoi que ce soit à Franny ? demanda-t-elle. Parce que j'ai entendu des choses assez effrayantes à son sujet.

Il éclata d'un rire grave que Nessie apprécia, à sa grande surprise.

— Ne la laissez pas vous intimider, reprit-il. Si je peux vous aider en quoi que ce soit, n'hésitez pas.

— Merci.

Elle était sur le point de demander ce qu'il était en train de forger sur son enclume quand la porte s'ouvrit et qu'un garçon de huit ou neuf ans déboula dans l'atelier. Il s'immobilisa dès qu'il la vit, pour l'examiner avec le plus grand sérieux de ses yeux d'un bleu profond sous les mèches souples de sa frange blonde tirant sur le blanc.

— Bonjour, dit-il, tu dois être notre nouvelle voisine. Tu as déjà rencontré Elijah Blackheart ? C'est le bandit de grand chemin fantôme qui hante le pub. Il a essayé de te tuer dans ton lit pendant que tu dormais ?

— Luke ! le réprimanda Owen, les sourcils froncés en signe d'avertissement.

Le garçonnet tourna vers lui un regard blessé.

— Quoi ? Il y a bien un fantôme, c'est Andrew qui l'a dit. La nuit, il erre dans les couloirs du pub et guette les imprudents pour les tuer.

Owen soupira et jeta un coup d'œil à Nessie.

— Voici donc mon fils, Luke. Il a beaucoup d'imagination, comme vous pouvez le voir.

Nessie sourit.

— Bonjour, Luke, je suis Nessie. Et j'ai bien peur de ne pas avoir encore rencontré Elijah, mais nous ne sommes là que depuis une nuit. Peut-être qu'il attend que nous soyons installées avant de nous tuer.

Luke la regarda gravement.

— Sans doute, oui, approuva-t-il avant de se retourner vers Owen. Je suis venu te dire que le souper est prêt. Et puis, il faut que tu m'aides pour mon devoir d'anglais. Je dois dire trois choses que j'ai aimées dans le livre que je viens de terminer et je n'en trouve que deux.

Nessie les observa, s'émerveillant de leurs différences : un blond et un brun, des yeux bleus et des yeux marron. Luke était une journée ensoleillée et Owen une nuit profonde. Mais il y avait aussi des similitudes : la même forme de bouche, la même mâchoire. Il avait beau être tout en jambes et en taches de rousseur pour le moment, Luke Rhys était bel et bien taillé dans le même bois que son père.

— Je devrais rentrer, lâcha-t-elle, soudain consciente qu'elle les dévisageait. Sam voudrait voir des échantillons de moquette, ce soir.

Owen hocha la tête.

— Je passerai prendre les mesures pour la grille et je m'en occupe au plus vite.

— Merci, dit Nessie avec un nouveau sourire à l'intention de Luke. J'ai été ravie de te rencontrer. Si tu entends crier pendant la nuit, cela voudra sans doute signifier que le fantôme s'est montré.

— Génial ! s'écria Luke, les yeux brillants.

Nessie éclata de rire et leur tendit ses lunettes de protection. Elle coula un dernier regard à Owen, debout dans la lueur du feu.

— À bientôt, conclut-elle en tendant la main vers la poignée de la porte.

Dehors, il faisait frais, mais elle éventa tout de même ses joues trop chaudes en se dépêchant de regagner le pub. La chaleur était vraiment insupportable dans la forge, pourtant Sam ne croirait jamais que son état n'était dû qu'à la température des lieux, elle en avait la certitude. Nessie s'arrêta sous le lampadaire, pour que l'air de la nuit dissipe l'essentiel de ses vapeurs. La dernière chose dont elle avait besoin, c'était qu'une rougeur coupable ne vienne échauffer l'imagination de sa sœur.

Chapitre 5

Lorsque la porte, grondant sous des coups vigoureux, grinça dans son cadre vers dix-neuf heures ce soir-là, les deux femmes se figèrent. Elles étaient assises à une table en bois usé, dans la cuisine exiguë de l'étage, mais le bruit fit tomber du plafond une pellicule de poussière qui dansa dans la lumière jaune de l'ampoule nue. Nessie reposa son couteau et sa fourchette en fronçant les sourcils.

Sam repoussa sa chaise.

— J'y vais, d'accord ? C'est probablement le forgeron sexy, venu nous montrer son tisonnier rougeoyant.

Ce n'est pas Owen, pensa Nessie alors que le martèlement reprenait. Il frapperait de façon plus respectueuse : qui que ce soit, leur visiteur était bourru, déterminé… et en colère. Mais si ce n'était pas Owen, qui était-ce ?

— C'est peut-être Franny, venue s'assurer de l'avancée des travaux, suggéra-t-elle en s'efforçant d'imiter le ton léger de sa sœur.

— Ou Sotheby's, qui veut évaluer le tapis du bar, ironisa Sam avant de marquer une pause et de regarder Nessie. On va voir ?

Si Nessie avait été seule à décider, elle aurait entrouvert la porte avec précaution pour regarder à travers la fente. Mais pas de ça, avec Sam : elle tira si énergiquement les verrous qu'ils claquèrent et ouvrit la porte en grand pour se planter dans l'embrasure, défiante et impérieuse.

— Oui ?

Un vieil homme à la courte moustache blanche et aux joues rougies, striées de veinules, lui répondit d'un air renfrogné :

— C'est vous qui avez jeté mes tableaux sur le seuil de ma maison ?

Nessie s'avança d'un pas consterné.

— Sam, ne me dis pas que tu as fait ça ?

Sa sœur croisa les bras.

— J'ai frappé et personne n'a répondu. Qu'est-ce que je devais faire ? On modernise le pub et les tableaux ne s'accordent pas avec la nouvelle déco. Désolée.

Le problème, c'est qu'elle n'a pas l'air du tout désolée, constata Nessie, et Henry Fitzsimmons était manifestement de son avis. Ses sourcils touffus de vieil homme se hérissèrent.

— Ce pub est là depuis des siècles, grommela-t-il. C'est un monsieur vénérable, un autochtone à part entière, le cœur de notre communauté, sur qui veillent des gens conscients de son importance. Vous n'avez pas le droit de le moderniser. Je ne sais pas pour qui vous vous prenez…

— Pour ses propriétaires, l'interrompit Sam d'un ton lisse et mielleux, visiblement peu impressionnée par les comparaisons lyriques d'Henry. Nous avons donc le droit de faire ce qui nous chante. Regardez autour de vous : vous avez déjà vu un endroit qui a plus besoin d'être modernisé ? Si ce pub est une personne, elle mérite un lifting.

— Et je suppose que vous n'avez pas de place pour l'art dans votre pub « moderne » ? s'emporta Henry.

Nessie entendit un bourdonnement monter dans ses oreilles alors que la dispute s'intensifiait.

— Sam, on devrait peut-être penser à…

— Non, on ne devrait pas, répliqua fermement Sam. On ne veut pas de ces peintures. Maintenant, M. Fitzsimmons peut leur trouver une nouvelle maison. De préférence dans un endroit sombre.

Elle pivota sur ses talons et traversa la pièce sans un seul regard en arrière, laissant Nessie tenter de minimiser les dégâts.

— Écoutez, monsieur Fitzsimmons, je suis désolée que Sam n'ait pas pris plus de précautions avec vos peintures.

Pendant quelques secondes, Henry la dévisagea fixement, les paupières plissées, puis sa lèvre se retroussa de dégoût.

— Votre père disait souvent que ses filles ne lui ressemblaient pas. Je vois exactement ce qu'il avait en tête maintenant.

Sur quoi, il tourna les talons et s'éloigna sous la lumière du réverbère qui donnait à ses cheveux une nuance argentée. Nessie ferma la porte avec un soupir et poussa les verrous.

— Quel crétin ! vociférait Sam d'un ton irrité, tandis que Nessie remontait d'un pas lourd à l'étage. Ça ne me dérangerait pas s'il avait été doué, mais tu as vu ses croûtes. L'araignée de la cave avait plus de talent artistique.

Nessie ferma les yeux un instant, revoyant le regard furieux d'Henry Fitzsimmons.

— Tu n'avais pas besoin de te montrer aussi grossière. À un moment donné, on va avoir besoin de clients et ce sera très difficile si tu as insulté la moitié du village.

— Un seul vieil homme peut difficilement être considéré comme la moitié du village, se moqua Sam.

Peut-être pas, pensa Nessie en s'asseyant pour finir son dîner maintenant froid. Mais Henry n'avait pas l'air du genre à ruminer en silence. Et les nouvelles se répandaient vite dans les petites communautés. La dernière chose dont elles avaient besoin, c'était d'une foule brandissant des fourches enflammées devant leur porte.

***

Nessie resta éveillée longtemps après s'être couchée, cette nuit-là. Ce n'était pas le bruit de la pluie glacée martelant les croisillons en plomb de ses carreaux qui la perturbait, ni le sifflement du vent dans les interstices entre les murs et les cadres des fenêtres. Ce n'était même pas la pensée du fantôme sanguinaire de Luke, grimaçant diaboliquement devant sa porte, une épée tachée de rouge à la main, bien que cette image l'ait poussée à s'enfouir un peu plus sous les couvertures. La dispute avec Henry tournait en boucle dans sa tête, en particulier sa remarque finale sur tout ce qui les distinguait de leur père. Après coup, Sam avait déclaré que cela ne pouvait être que pour le mieux : qui voudrait ressembler à un loser dégénéré et alcoolique ? Sur le moment, Nessie avait été d'accord, maïs, à présent, dans les ténèbres d'un quasi-silence, elle comprenait que ce n'était pas ce qu'Henry avait voulu dire. Elle avait le sentiment qu'Andrew Chapman n'avait pas été un loser, à Little Monkham. Owen avait parlé de leur père avec respect, en présentant alors ses condoléances. Joss semblait sincèrement apprécier son ancien employeur et les anecdotes qu'il avait partagées pendant qu'il travaillait cet après-midi-là étaient empreintes d'un humour plein d'affection. Et elle n'avait pas encore rencontré la terrible Franny, mais cette femme n'avait pas l'air du genre à tolérer qu'un ivrogne incompétent dirige quelque chose d'aussi important que… – comment Henry Fitzsimmons l'avait-il appelé ? – le « cœur » de leur communauté. Non, quels que soient les souvenirs que Sam et elle conservaient de leur père, les habitants de Little Monkham en avaient à l'évidence une tout autre image. C'était quelqu'un qu'ils avaient aimé et respecté. Et une partie de leur bienveillance à son égard avait échu en héritage à ses filles, en même temps que le *Star and Sixpence*, mais elle ne tarderait pas à s'évaporer si Sam traitait tout le monde comme elle s'y était prise avec Henry.

Nessie entendit l'horloge sonner deux heures et se retourna dans le vaste lit à armature de fer. Peut-être allait-elle demander à Joss ce que le vieil homme aimait boire et lui envoyer une ou deux bouteilles en guise d'excuses. Ce serait bien maigre pour réparer le mal que Sam avait causé, mais c'était un début, qui calmerait peut-être assez la fierté blessée d'Henry pour que Nessie puisse lui montrer qu'elles étaient après tout les dignes gardiennes du cœur de Little Monkham.

Le lendemain matin, Nessie avait les yeux aussi douloureux que s'ils étaient pleins de sable. Elle resta quelques instants dans l'obscurité, à cligner des paupières vers le plafond aux poutres sombres, avant d'accepter l'idée de ne pas se rendormir, mais de se lever. Sam avait fait en sorte que le journal local envoie un photographe pour couvrir les travaux de rénovation du pub et Nessie avait reçu l'ordre très clair de porter haut leurs couleurs.

— Tu ne peux pas t'en charger ? avait demandé Nessie, consternée, en jetant un regard envieux au carré blond de sa sœur. La caméra t'adore.

— C'est trop risqué, avait décrété Sam. Je sais qu'il s'agit seulement d'un journal local, mais si la mauvaise personne le découvre, je suis dans le pétrin. En plus, il n'y a rien qui cloche chez toi qu'un bon anticernes et une coupe de cheveux ne puissent arranger.

Ses cheveux avaient besoin d'être coupés, concéda Nessie en s'aspergeant le visage d'eau froide dans la salle de bains glaciale. Et son anticernes était si vieux qu'il s'était craquelé dans son tube de plastique, tant remontait à longtemps la dernière fois où elle avait eu envie de faire un effort. Elle étudia son image dans le miroir taché par l'âge au-dessus du lavabo, notant le pli boudeur de ses lèvres et les légers cernes violets sous ses yeux. Il était peut-être temps qu'elle recommence à s'enorgueillir de son apparence, pour réparer son amour-propre malmené et, si elle était tout à fait honnête, peut-être aussi un peu pour le photographe du *Cotswold Chronicle*.

Le laitier avait laissé deux bouteilles sur le pas de la porte. Nessie inspira profondément l'air vif du matin en se baissant pour les ramasser et jeta un coup d'œil à l'esplanade verdoyante du village. L'herbe transparaissait sous une couche de givre, ce qui lui donnait une séduisante nuance vert argenté. Au-delà, elle voyait des toits de chaume et des murs blanchis à la chaux, nichés sous les rayons pêche et citron du soleil levant. *Comme vue, il y a pire*, songea-t-elle en se redressant. Sam trouvait Little Monkham ringard, le parfait village anglais stéréotypé, mais Nessie aimait sa perfection de carte postale.

Un mouvement sur sa droite attira son attention. Luke déboulait en trombe du Cottage des Perce-neige, un bonnet de laine bien enfoncé sur les oreilles et une écharpe traînant derrière lui, pendant qu'il courait et dérapait dans la cour.

Kathryn apparut dans l'encadrement de la porte.

— Je t'ai dit de ne pas courir, il y a du verglas partout !

Grand sourire aux lèvres, Luke descendit le reste du chemin en glissade, jusqu'à la vieille Land Rover sur le capot de laquelle il posa ses mains gantées.

— Je ne peux pas glisser correctement si je ne prends pas mon élan.

Nessie regarda Kathryn traverser prudemment la cour verglacée. Quand elle atteignit la voiture, elle tendit un bras pour attirer Luke à elle.

— Et mon bisou du matin, il est où ?

— Beurk, laisse-moi ! s'écria le garçonnet.

Toutefois, Nessie remarqua qu'il ne se dégageait pas pour autant. Au contraire, il entoura Kathryn de ses bras et lui rendit son câlin. Ils restèrent ainsi pendant une seconde ou deux, avant que Kathryn ne dépose un baiser sur son front et ne le libère.

— Maintenant, monte dans la voiture, on va tenter notre chance sur les routes.

Luke ne semblait guère tourmenté par la peur d'une mort imminente. Il se glissa côté passager et aperçut Nessie au passage. Une lueur de quelque chose traversa le visage du petit bonhomme – de la curiosité ? La déception que le fantôme ne l'ait pas encore achevée ? –, puis il leva un bras pour la saluer. Un grattoir à la main, Kathryn regarda elle aussi dans sa direction.

— Bonjour ! lança-t-elle. Il fait frisquet aujourd'hui, vous ne trouvez pas ?

Nessie hocha la tête, soudain consciente de la chair de poule sur ses bras. Elle resserra sa robe de chambre un peu plus étroitement.

— Bonjour ! Oui, il fait froid.

— Attendez seulement janvier, on aura besoin d'un chalumeau pour dégivrer le pare-brise à ce moment-là. (L'expression de Kathryn s'éclaira.) Eh, vous ne seriez pas libre, plus tard, pour une tasse de thé ?

Nessie réfléchit à la matinée qui l'attendait : le plombier devait venir examiner le système de chauffage vétuste, le poseur de moquette prendre des mesures et, bien sûr, il y avait le redoutable entretien avec le journaliste à gérer. Ce serait chouette d'avoir une perspective agréable à attendre avec impatience.

— Ce serait avec plaisir, répondit-elle.

— Super ! s'exclama Kathryn en souriant. Je serai de retour vers seize heures, si ça vous convient ? Venez juste frapper quand vous verrez la voiture.

— D'accord, promit Nessie en lui retournant son sourire. À tout à l'heure.

Luke baissa la vitre et la fixa d'un regard intense.

— Sauf si tu croises Elijah avant.

Nessie éclata de rire et regagna le pub. La Land Rover effectua un demi-tour et Kathryn baissa sa vitre de quelques infimes centimètres.

— À seize heures, alors. Apportez des gâteaux !

Nessie opina et agita la main pour accompagner le départ de la voiture. Refermant la porte avec un soupir, elle gagna l'escalier. Il lui faudrait bientôt entamer la tâche héroïque de se rendre présentable pour la caméra, mais pas avant d'avoir bu un thé et mangé un sandwich au bacon. Tout serait plus facile alors.

— On peut donc dire que votre sœur et vous êtes des novices dans le secteur hôtelier ?

Joe Poole, du *Cotswold Chronicle*, avait un sourire charmant et des manières qui vous mettaient à l'aise, mais Nessie ne pouvait se défaire de la pénible impression que chacune de ses questions avait un double sens. Sam avait donné des instructions très strictes sur la quantité d'informations que Nessie pouvait révéler.

— Tiens-t'en au pub et à la manière dont il nous est échu, mais ne te lance pas dans l'histoire de notre famille, avait insisté sa sœur lorsque Nessie s'était présentée devant elle pour qu'elle inspecte son allure. Explique que nous envisageons de faire du *Star and Sixpence* le centre de la vie de Little Monkham, en symbiose avec le village. Et fais en sorte de ne pas mentionner mon nom, si tu le peux.

— Comment je suis censée me comporter ? avait demandé Nessie, étourdie par tout ce qu'elle devait faire et ne pas faire. Il va forcément poser des questions sur toi.

— Donne-moi le même nom de famille qu'à toi, alors, avait aussitôt suggéré Sam. Personne n'ira chercher Sam Blake sur Internet.

— Cela peut sembler le cas à première vue, mais j'ai géré une librairie pendant des années et beaucoup de compétences sont transférables, répondit Nessie à Joe avec un grand sourire. Certaines choses seront sans doute nouvelles pour nous, mais nous apprenons vite et nous bénéficions de l'aide experte de Joss Felstead, qui s'occupait de la cave pour notre père. Les villageois ont également été formidables. La gestion du *Star and Sixpence* va être un vrai projet communautaire.

Elle dissimula ses doigts croisés dans la poche de son cardigan à grosses mailles et chassa l'image d'Henry Fitzsimmons de son esprit. Joe baissa les yeux sur ses notes.

— Super. Je crois que j'ai tout ce dont j'ai besoin, sauf vos noms et âges complets.

Il sourit à nouveau et Nessie ne vit plus rien de charmant dans ce sourire qui lui évoquait désormais un loup : il avait bien trop de dents. Sans lui retourner son visage aimable, elle lui donna leur âge, en leur ajoutant un an à chacune, pour faire bonne mesure.

— Et vos noms ? Je sais que vous vous appelez Vanessa, mais je ne pense pas avoir saisi votre nom de famille.

Elle hésita une seconde, se demandant comment laisser Sam en dehors de tout ça et réalisa que c'était impossible.

— Chapman, répondit-elle enfin. Je suis Vanessa Chapman et ma sœur est Sam Blake.

Ce n'était pas grand-chose, elle le savait, et Google ferait le lien de toute façon, mais si quelqu'un était à la recherche de Sam, ce petit subterfuge pourrait faire gagner encore un peu de temps à sa sœur.

— Bien, déclara Joe en refermant son cahier. L'article devrait paraître dans l'édition de la semaine prochaine, juste à temps pour Noël. Nous avons pensé prendre nos photos à l'extérieur, s'il ne fait pas trop froid pour vous ?

— Pas de problème, répliqua Nessie en attrapant son manteau.

Chapitre 6

Accroupie au bas des marches de la cave, Sam prêtait l'oreille au timbre plus grave des voix masculines. Frissonnante, elle regretta pour la centième fois de n'avoir pas enfilé un pull plus épais – la cave était froide. L'endroit sentait aussi étrangement bon, une odeur mêlée de levure et d'humidité, même si Joss était méticuleux sur la propreté et qu'il n'y avait pas la moindre trace de saleté. Elle s'enveloppa de ses bras et se balança d'un pied sur l'autre. Pourquoi Nessie mettait-elle autant de temps ? C'était censé être une discussion rapide sur leurs projets visant à faire entrer le *Star and Sixpence* dans le XXIe siècle, pas une interview complète pour une émission d'information. Ils auraient certainement dû en avoir terminé maintenant, non ?

La porte en haut des marches s'ouvrit et une silhouette imposante apparut. Sam recula, regardant vers le sommet de l'escalier avec méfiance, puis elle laissa échapper un soupir de soulagement silencieux quand elle réalisa qu'il s'agissait de Joss.

— Bonjour, lança-t-il après avoir descendu la moitié de l'escalier en bois, quand il l'eut repérée entre deux fûts de bière en acier. Qu'est-ce qui vous amène ici ? Vous êtes venue jeter un œil sur le Graal du Gobelin ?

— Peut-être, répondit-elle en coulant un regard à l'étiquette portant la date de péremption sur le couvercle de l'un des fûts. Je vérifie juste que tout est en ordre.

Elle ne savait absolument pas si le Graal du Gobelin était un nom de bière existant ou s'il venait juste de l'inventer.

Il l'examina alors de ses yeux bleus qui pétillaient d'amusement.

— Bien sûr. Et c'est le cas ?

Elle croisa les bras, bien résolue à ne pas oublier que c'était son pub, qu'elle avait tout à fait le droit de se trouver à la cave si ça lui chantait.

— Apparemment, oui.

Joss traversa la pièce dallée et vérifia le thermomètre numérique sur le mur.

— Bien, déclara-t-il d'un ton solennel. Je suis content qu'on ait réglé ça. Je peux vous aider, sinon ?

— Non. Faites juste comme si je n'étais pas là, répliqua-t-elle en prêtant à nouveau l'oreille au murmure révélateur d'une conversation au rez-de-chaussée.

Il esquissa un sourire, sans commentaire, et commença à vérifier les conduits qui partaient de chacun des fûts. Sam l'observait du coin de l'œil. Maintenant que la cave était presque opérationnelle, elle se félicitait encore plus d'avoir rappelé Joss pour s'en occuper ; outre les muscles nécessaires pour manipuler les fûts pleins et vides, ni Nessie ni elle n'avaient le temps de se repérer dans le labyrinthe de tubes qui sortaient de chaque tonneau et se raccordaient à la masse de tuyaux de cuivre et de cylindres étroits remplis de liquide ambré. Et si Nessie était horrifiée par l'attitude désinvolte de Joss concernant le paiement des impôts, les deux sœurs ne trouvaient rien à redire quant à l'approche méthodique qu'il avait mise en œuvre dans la cave.

Il tournait le dos à Sam, occupé à prélever des échantillons dans chacun des fûts pour les examiner attentivement. Pour autant qu'elle puisse en juger, il l'avait prise au mot et semblait avoir oublié sa présence, ce qui lui laissait à elle tout loisir de le reluquer. Aujourd'hui, il portait un jean noir confortable et un T-shirt anthracite avec dans le dos une liste presque illisible de dates de concerts. Ses cheveux blonds avaient besoin d'une coupe ; ils commençaient à friser dans son cou constellé de taches de rousseur. Il n'était manifestement pas du genre à aller chez le coiffeur toutes les deux semaines, même si elle avait remarqué que sa barbe avait été taillée. Il inclina la tête, pour observer un échantillon de bière à la lumière, et lui donna l'occasion d'examiner son profil. Il avait un joli nez, décida-t-elle en toute impartialité, et des lèvres correctes, qu'on avait envie d'embrasser ; pas dures et d'une finesse de crayon, comme celles de son dernier amant d'une nuit – il n'embrassait pas bien… Il faisait tout mal, en fait, mais elle n'en avait pas attendu plus, il s'était simplement trouvé au bon endroit au bon moment quand elle avait eu besoin d'une distraction. Elle était partie avant l'aube, le lendemain matin, en promettant de le revoir bientôt. Ce qu'ils n'avaient pas fait.

— Vous devriez juste l'admettre, vous savez.

La voix de Joss s'était insinuée dans ses pensées sans qu'il prenne seulement la peine de se retourner. Sam tiqua.

— Admettre quoi ?

— Que je vous plais, vu que vous ne me quittez pas des yeux. Mais vous refusez de l'admettre, parce que vous êtes ma patronne et que la situation deviendrait alors trop compliquée. Sauf que ce ne serait pas le cas.

Sam en resta bouche bée. Elle le savait présomptueux, mais là ! Il devrait travailler à la City avec un culot comme le sien.

— Vraiment ? Vous êtes persuadé de ce que vous dites ?

Il se tourna vers elle.

— C'est bon. Vous ne seriez pas la première à me trouver irrésistible et j'ose dire que vous ne serez pas la dernière.

Incapable de s'en empêcher, elle éclata de rire.

— Donc vous êtes ce que Little Monkham propose en matière de Casanova, c'est ça ?

— Je me débrouille, admit-il bien volontiers. Je ne suis pas Owen Rhys, remarquez.

Sam fronça les sourcils.

— Qu'est-ce que ça veut dire ?

— Vous n'avez pas remarqué ? La moitié des femmes du village se pâment devant Owen, répondit Joss. Un passé tragique, ça vaut de l'or auprès des dames. Mais il n'en profite même pas. Quel gâchis ! conclut-il en secouant la tête.

Intéressant, pensa Sam, qui emmagasina l'information pour la soupeser ultérieurement.

— Il a comme qui dirait une certaine moralité. Contrairement à vous.

Joss n'eut pas l'air le moins du monde offensé.

— Je ne mène personne en bateau et tout le monde y trouve son intérêt.

Jusqu'à ce que ta conquête veuille passer aux choses sérieuses, car alors je parie que tu détales comme un lièvre. Sam lui lança un regard froid.

— Même si vous me plaisiez, Joss, et je ne dis pas que c'est le cas, il n'y a pas la moindre chance que je fasse quelque chose à ce sujet. Premièrement, je suis votre employeuse, oui, et deuxièmement, je suis bien trop occupée pour vous aider à ajouter une autre encoche à votre tête de lit déjà suffisamment garnie.

Joss haussa les épaules.

— Très bien, fit-il en retournant aux fûts. Je suis un homme patient.

Elle brûlait de faire disparaître cet air arrogant de son visage, de lui répliquer qu'elle le trouvait ridicule. Elle avait déjà rencontré ce genre d'hommes, qui se croyaient trop bien pour qu'on leur résiste, et elle savait comment s'y prendre avec eux. La difficulté, en l'occurrence, c'était qu'elle ne pouvait se permettre d'être trop cinglante. Joss était un bon caviste, dont elles avaient besoin. Elle refoula donc son envie de le prendre de haut et se contenta d'un sourire glacial.

— Vous risquez d'attendre longtemps.

— Sam ? Où es-tu ? La voie est libre.

La voix de Nessie lui parvenait, assourdie, dans l'escalier.

Joss lui lança un coup d'œil, sourcil levé.

— Vous vous cachez ?

Après lui avoir lancé un regard noir, Sam se précipita à l'étage. En plus de tout le reste, elle était congelée et, vu la façon dont les choses se passaient, elle n'hésiterait pas longtemps si Joss lui offrait un câlin pour la réchauffer. Parvenue au rez-de-chaussée, elle s'empara de la tasse de café que Nessie lui tendait.

— Comment ça s'est passé ? demanda-t-elle. Quand est-ce qu'ils publient l'article ?

— La semaine prochaine, à les en croire… Est-ce que je t'ai entendue parler à Joss en bas ? ajouta Nessie en indiquant la porte de la cave, sourcils froncés.

Sam fit la grimace.

— Oui. Il va falloir garder un œil sur lui. Il est convaincu qu'il me plaît.

Nessie croisa les bras.

— Ce qui est le cas. Tu pourrais aussi bien avoir un panneau clignotant au-dessus de la tête, tellement c'est évident. Reste concentrée sur le travail et ne l'encourage pas.

Sam se renfrogna, vexée par le peu de confiance que lui accordait sa sœur.

— Je n'avais pas l'intention de lui sauter au cou par-dessus le bar. Honnêtement, Ness, accorde-moi un peu de bon sens. Tu es bien placée pour parler, de toute façon, toi qui flirtes avec M. Canon de la maison d'à côté !

— On a parlé deux fois, et c'était loin d'être un flirt, répliqua Nessie avec un dédain qui n'empêcha pas ses joues de rougir. Et puis, il est marié.

Sam secoua la tête.

— Peu importe le nombre de fois où vous vous êtes parlé, ce qui compte, c'est ce qui a été dit. Et si j'en crois Joss, il a un passé tragique.

Nessie la regarda fixement.

— Qu'est-ce que ça signifie ?

— Il n'en a pas dit plus, répondit Sam. Pourquoi tu ne demandes pas à Kathryn ?

— Je ne peux pas, protesta Nessie, scandalisée. Qu'est-ce qu'elle va penser ?

— Que tu es une voisine indiscrète, répliqua Sam du tac au tac.

Nessie frissonna.

— Que je tourne autour de son mari, plutôt. Non, merci.

Et la voilà qui avançait une excuse, la vérification de certains papiers de la brasserie, mais Sam savait que sa sœur s'enfuyait parce que la conversation menaçait de devenir plus difficile. Elle n'avait pas eu l'intention de mettre Nessie dans l'embarras ; elle voulait seulement détourner la conversation de Joss et elle. Parce qu'au fond d'elle-même, Sam savait qu'elle n'avait pas été tout à fait honnête : il lui plaisait un peu, oui. Et s'entendre dire et répéter qu'il lui était interdit ne contribuerait certainement pas à éteindre cette petite étincelle d'attirance.

— Bonjour, lança Franny, dont les yeux brillaient pardessus ses lunettes. Comment ils avancent, ces travaux de rénovation ?

Sam était entrée dans le bureau de poste juste avant l'heure du déjeuner. Ôtant ses gants, elle prit un paquet de rouleaux de papier toilette. Elle aurait préféré attendre qu'elles aient le temps d'aller au supermarché à Gloucester, mais certaines choses s'avéraient indispensables.

— Bien, répondit-elle à Franny. Si les sanitaires sont terminés et que l'électricien peut installer les nouveaux frigos, on devrait pouvoir rouvrir le lendemain de Noël.

Franny hocha la tête, en signe d'approbation évidente.

— Bien. Faites-moi savoir s'il faut le pousser un peu dans la bonne voie. Les artisans ont besoin d'être tenus d'une main ferme parfois, surtout à l'approche des vacances.

— Je suis sûre qu'on n'en arrivera pas là, objecta Sam avec un sourire poli. J'ai l'habitude de faire avancer les choses, moi aussi.

Franny renifla, comme si elle trouvait l'information difficile à croire.

— Vous avez déjà réussi à contrarier le vieil Henry Fitzsimmons, à ce que je vois. Il était ici à l'ouverture, ce matin, pour se plaindre de la façon dont vous l'avez traité. Je lui ai dit que vous vouliez secouer un peu les choses, comme le font toujours les jeunes, ajouta-t-elle en scrutant Sam par-dessus ses lunettes. Mais il n'a rien voulu entendre, j'en ai bien peur.

Sam fronça les sourcils. Y avait-il une critique sous-entendue derrière les mots de Franny ?

— Je me suis excusée auprès de lui. Malheureusement, il n'est pas aussi doué qu'il le pense.

— C'est notre lot à tous, non ? objecta Franny. Il fait une fixation là-dessus, comme quoi il va lancer une pétition pour vous faire fermer.

Sam éclata de rire.

— Quel vieux bouc stupide ! Comme si c'était possible !

Franny, elle, n'y voyait rien de drôle. Elle se contenta de fixer Sam jusqu'à ce qu'elle cesse de rire, gagnée par la nervosité, et se balance d'un pied sur l'autre, mal à l'aise.

— Euh... Ce n'est pas possible, n'est-ce pas ?

— Non, répondit Franny d'une manière qui fit penser à Sam qu'elle pensait exactement le contraire. Pas sans le soutien total du conseil du village, en tout cas.

Elle souriait, mais sans grand enthousiasme. Sam l'examina d'un œil plus incisif, bien consciente que beaucoup de non-dits demeuraient en suspens. Elle avait presque l'impression que Franny la menaçait...

— Vous ne recevez pas beaucoup de courrier, dites donc, reprit la postière, changeant brusquement de tactique. J'en vois passer pas mal pour Vanessa, mais rien pour vous.

Sam tiqua. Où voulait-elle en venir désormais ? Suggérer qu'elle n'avait pas d'amis ? Ou quelque chose d'autre ?

— Il arrive à mon appartement londonien.

— Oh, je me demandais juste si vous aviez besoin d'aide pour rediriger le courrier, précisa Franny, mais Sam remarqua l'intensité de son regard. Je ne voudrais pas que vous manquiez une missive importante. Vous n'avez pas encore mis votre ancien appartement en vente, n'est-ce pas ?

Comment peut-elle être au courant ? Incrédule, Sam se dit qu'on devait pouvoir le découvrir en croisant les listes électorales avec les sites web des agences immobilières locales, mais qui aurait le temps ou l'envie de s'y coller ? Franny, à l'évidence. Le gouvernement devrait la recruter au MI5, tenta-t-elle vaguement d'ironiser. Qui aurait encore besoin de système de surveillance perfectionné quand on avait une vieille chauve-souris fouineuse comme elle à déployer ?

— Pas encore, lâcha-t-elle.

— Je suppose que votre jeune homme s'occupe de l'appartement pour vous, poursuivit Franny. Ou bien vous êtes séparée comme Vanessa ?

Sam referma la bouche d'un coup sec, sentant l'irritation monter en elle comme un cobra. Peu importait qu'elles aient absolument besoin de rester dans les petits papiers de Franny, elle ne répondrait pas à ce genre de questions, quelle que soit l'identité de la personne qui les lui posait, d'autant qu'elle avait tout intérêt à ce que sa présence sur Little Monkham reste aussi discrète que possible. À dire vrai, la mentalité villageoise, qui entendait accéder à toutes les sphères de sa vie, commençait vraiment à l'agacer. Au moins les Londoniens avaient-ils l'élégance de déguiser leur curiosité sous les manières de la politesse, mais ici… C'était presque comme si Franny se sentait en droit de connaître les moindres détails de la vie de ses voisines et Sam préférait se vendre au diable plutôt que de lui donner cette satisfaction. Plaçant le paquet de rouleaux de papier toilette sur le comptoir avec des précautions exagérées, elle plaqua une expression neutre sur son visage.

— Juste ça, s'il vous plaît.

Franny pinça les lèvres, mais sans pousser Sam plus avant dans ses retranchements. Elle lui rendit sa monnaie bouche close et attendit qu'elle soit presque arrivée à la porte avant de reprendre la parole.

— Faites-moi savoir si vous avez besoin d'aide avec les artisans.

Sam réussit à lui adresser un sourire fragile.

— Je n'y manquerai pas.

Elle actionna la poignée à l'ancienne et sortit de la boutique, luttant contre l'envie de claquer violemment la porte. Elle fila vers l'esplanade, furieuse de la curiosité dont cette vieille femme avait fait preuve. Nessie lui rappellerait sans doute qu'elles avaient besoin d'amis à Little Monkham, et pas d'ennemis, mais Nessie n'avait pas encore rencontré Franny ; elle ne pouvait pas savoir ce que c'était que d'être interrogée sous la vrille de son regard. La mine renfrognée, Sam traversa l'esplanade, certaine que Franny l'observait. Elle devait s'éloigner de Little Monkham avant de faire quelque chose qui mettrait Nessie dans tous ses états.

Chapitre 7

Nessie avait besoin d'une pause. Cela faisait des jours – des semaines – qu'elle n'avait pas pensé à autre chose qu'au pub et, depuis que les plombiers avaient commencé à travailler sur les toilettes, il flottait dans l'air une envahissante odeur d'égouts, si âcre qu'elle lui piquait les yeux. Sam s'étant échappée pour aller faire des courses à Gloucester, Nessie laissa Joss en charge des opérations et partit se promener à l'heure du déjeuner.

Le cimetière était couvert de givre malgré le soleil de l'après-midi. Nessie passa une demi-heure à errer parmi les pierres tombales, sur lesquelles elle se penchait pour lire les inscriptions décolorées. Elle repéra plusieurs générations de Forster et Fitzsimmons. Et puis, cachée dans un coin tranquille, elle trouva la tombe de son père.

La pierre tombale était simple – juste son nom et des dates. Nessie fixa le sol, consciente de la boule inattendue qui se formait dans sa gorge. Ce n'était pas qu'il lui manquait ; elle avait passé trop de temps sans lui pour cela. Mais cette vie écourtée, ce souffle éteint par la boisson lui serraient le cœur. Autrefois, Andrew

Chapman avait été jeune et plein de potentiel. Brillant, drôle et suffisamment intelligent pour piéger sa mère à l'université, qui elle-même avait été très vive. Mais tout avait mal tourné et voilà qu'il était enterré dans le petit cimetière du village, laissant deux filles qui n'avaient pas beaucoup pleuré sa disparition.

Pourtant, quelqu'un d'autre l'avait pleuré, réalisa Nessie en chassant d'un battement de paupières l'humidité qui avait commencé à se solidifier sur ses cils. L'herbe autour de la base de la pierre tombale était soigneusement taillée et il y avait des fleurs fraîches dans le pot enfoui dans le sol à son pied. Quelqu'un avait apporté un mélange de roses et de géraniums, les avait taillés et glissés un par un dans les trous pour qu'ils soient joliment disposés, et ces soins d'horticulture remontaient aux tout derniers jours. Ce n'était pas l'œuvre de Sam, Nessie en était sûre ; elles savaient qu'Andrew était enterré dans le cimetière de l'église, mais ni l'une ni l'autre n'avait parlé de chercher sa tombe. Ce devait être l'un des habitants du village ou des environs, quelqu'un que Nessie et Sam n'avaient pas encore rencontré. Une fois de plus, force était de constater que son père n'était sans doute pas qu'un alcoolique.

La cloche sonna deux coups. Consciente qu'elle ne sentait plus ses orteils, Nessie prit le chemin du retour. Elle s'arrêta à la boulangerie qui donnait sur l'esplanade verdoyante du village, car Kathryn lui avait demandé d'apporter le gâteau qui accompagnerait leur thé plus tard. Peut-être prendrait-elle aussi du pain – si tout le reste échouait, elle pourrait l'utiliser pour se boucher le nez.

La femme derrière le comptoir était dodue et entièrement vêtue de blanc, les cheveux retenus par un filet attaché à sa toque. Son badge indiquait qu'elle s'appelait Martha. Pour Nessie, cette boulangère semblait tout droit sortie d'une publicité pour le pain, du genre qui vous parlait avec nostalgie d'une époque révolue où la vie était plus simple et le pain, du vrai pain. Il y avait une autre cliente dans la boutique, une femme à l'allure frappante dans son manteau d'un rouge profond assorti à ses cheveux. Elle portait des bas à couture qui descendaient jusque dans de magnifiques escarpins à talons hauts, fort peu pratiques. Comme elle tournait le dos à Nessie, impossible de deviner son âge, mais tout en elle respirait le glamour, d'un type qui n'avait pas sa place dans la boulangerie d'un paisible village. Toutefois, la conversation entre Martha et sa cliente donnait à penser que la femme en rouge était une habituée : elles discutaient de l'ex-mari de Mme Carruthers d'une manière indiquant clairement qu'elles le connaissaient toutes les deux. Nessie se concentra sur les gâteaux sous le comptoir en verre en s'efforçant de ne pas écouter, si bien qu'il lui fallut un moment pour remarquer le silence qui s'était installé dans la boutique. Levant les yeux, elle s'aperçut alors que les deux femmes la regardaient.

— Désolée, bredouilla-t-elle, sentant le rouge lui monter aux joues. Vous m'avez dit quelque chose ?

Martha sourit, ce qui accentua encore le rebondi de ses joues roses.

— Ruby, ici présente, disait juste que vous ressembliez à Andrew.

Nessie était prise au dépourvu chaque fois que quelqu'un faisait référence à son père. Sam et elle avaient passé tant d'années à ne jamais mentionner son nom, à essayer de faire comme s'il n'existait pas, que c'était un véritable choc d'être rappelées à lui pratiquement partout dans Little Monkham. S'efforçant d'afficher un sourire prudent, elle se tourna vers la femme rousse.

Son maquillage était impeccable : des yeux noirs charbonneux, des cils d'une longueur interminable, des sourcils parfaitement arqués et des lèvres d'un rouge brillant. Elle n'était pas jeune – Nessie se dit qu'elle devait avoir la cinquantaine – et sa beauté s'était un peu ternie avec l'âge, mais elle respirait la sophistication. *Sam serait étonnée d'apprendre qu'une telle femme habite au village*, pensa Nessie en esquissant un sourire poli.

— Vous trouvez ? Pour ma part, je pense que je ressemble davantage à ma mère. Nessie Blake, conclut-elle en tendant la main.

La femme la lui serra, un sourire ironique sur ses lèvres écarlates.

— Je sais. Je m'appelle Ruby Cabernet et j'ai beaucoup entendu parler de vous.

Franny, pensa Nessie avec une légère pointe d'agacement. Le réseau des commérages de Little Monkham était une donnée que Sam et elle avaient du mal à maîtriser : ces gens n'avaient-ils rien de mieux à raconter ? Ce nom l'intriguait cependant ; il ne pouvait pas être vrai.

— Ah bon ? fit-elle.

Une partie de son irritation dut transpirer dans sa voix, car le sourire de Ruby se rafraîchit un peu.

— De la bouche de votre père. Lui et moi… eh bien, comment dire ? Lui et moi étions amants, acheva-t-elle après quelques secondes de réflexion.

Nessie en resta bouche bée. Son père et Ruby avaient été amants ? Cela ne semblait pas possible ; dans les souvenirs qu'elle gardait de lui, Andrew Chapman était à peine capable de tenir debout la plupart du temps, et encore moins d'arriver à… bref, cela ne semblait pas possible. Peut-être avait-il trouvé un moyen d'arrêter de boire. Elle savait qu'il avait essayé au fil des ans, mais qu'il avait toujours replongé, parfois quelques heures après avoir promis de ne plus jamais toucher un verre.

— Oh, lâcha-t-elle avec raideur. Je l'ignorais.

— Il n'y avait aucune raison que vous le sachiez, répliqua Ruby avec un élégant haussement d'épaules. Vous n'étiez pas proches, ce qui lui causait beaucoup de peine. Il m'a dit une fois que son plus grand regret était de vous avoir perdues, votre sœur et vous.

Nessie ne savait pas quoi dire. Déjà à vif après sa découverte dans le cimetière, elle sentit son ventre se nouer, en proie à un mélange de confusion et de détresse ; la dernière chose à laquelle elle s'attendait en se rendant à la boulangerie, c'était tomber sur une personne susceptible de perturber encore des émotions enfouies depuis longtemps.

— Écoutez…, commença-t-elle, mais Ruby la coupa.

— Je ne voulais pas vous mettre mal à l'aise, protesta-t-elle en prenant son pain emballé. Je suis désolée. Mais si vous avez des questions à son sujet, vous me trouverez à Weir Cottage. Ou peut-être que je vous verrai au pub, quand il rouvrira ses portes.

Sur un petit signe de tête à la boulangère, elle s'éloigna de Nessie dans un nuage de Chanel.

— Je recommande les crumbles aux fruits secs, tout simplement divins avec un soupçon de Grand Marnier, lança-t-elle par-dessus une épaule.

La porte se referma avec un tintement joyeux, qui fut suivi par un bref silence. Nessie examina le comptoir de verre et ses yeux tombèrent sur une rangée de minicrumbles luisants, orné chacun d'une baie rouge enrobée de sucre.

— J'en voudrais six, s'il vous plaît, déclara-t-elle en sortant de son engourdissement pour désigner les gâteaux. Et un bonhomme de neige en meringue.

Fouillant dans son sac, elle y dégota son porte-monnaie. Elle était stupide de ne pas s'y être attendue : bien sûr que son père avait eu des amis et même une petite amie au village. Il y avait vécu pendant des années, bon sang ! Au moins le mystère des fleurs était-il résolu.

Dehors, dans l'air glacial de décembre, elle vit Ruby au loin, qui empruntait Sixpence Street. Pour sa part, elle rebroussa chemin vers le pub, avec le sentiment désagréable qu'elle n'avait pas fini de croiser la petite amie de son père. Et bien que le *Star and Sixpence* ait besoin de clients, Nessie n'était pas sûre que Sam ou elle seraient heureuses de fréquenter Ruby.

Kathryn accueillit chaleureusement Nessie lorsqu'elle frappa à la porte du Cottage des Perce-neige.

— Entrez, dit-elle en lui faisant signe de la rejoindre à la cuisine. Je vois que vous avez découvert le secret le mieux gardé de Little Monkham, ajouta-t-elle quand son regard tomba sur la boîte de gâteaux dans les mains de Nessie. Je suis terrifiée à l'idée que Martha pose sa candidature pour participer à l'une des émissions de pâtisserie qui passent à la télé et qu'on la perde au profit de telle ou telle présentatrice.

Nessie tendit les gâteaux.

— J'ai aussi quelque chose pour Luke, j'espère que ça ne pose pas de problème.

— Non, la rassura Kathryn. Il faudrait plus qu'une meringue pour lui faire oublier son dîner. Luke ! Il y a un gâteau pour toi ici, viens le chercher.

Le martèlement sourd de petits pas se fit entendre au-dessus de leurs têtes, suivi d'un vrai tonnerre dans les escaliers. Quelques secondes plus tard, Luke faisait irruption dans la cuisine, un gros livre sur les dinosaures sous un bras. Il jeta un coup d'œil à Nessie, puis son attention fut attirée par la friandise hivernale que Kathryn était en train de déposer dans une assiette.

— Génial. Merci !

Sur un regard reconnaissant à l'intention de Nessie, il disparut à l'étage. Kathryn apporta la théière sur la table en pin. Ses yeux noirs pétillaient de malice.

— Venez vous asseoir, dit-elle en lui désignant l'une des chaises en pin assorties. Maintenant, soyez honnête… On pourrait peut-être se tutoyer, non ? Combien de fois as-tu envisagé de quitter Little Monkham depuis ton arrivée ? Dix fois ? Vingt ?

Nessie ne put s'empêcher de sourire.

— Sam a eu des débuts encore plus difficiles que moi. Mais je viens de faire une rencontre inattendue à la boulangerie.

Kathryn écouta Nessie lui donner une version revue et corrigée des événements.

— Ne fais pas attention à Ruby, commenta-t-elle, une fois que Nessie eut terminé. Elle a un goût pour le mélodrame, qui lui reste de la période où elle a été actrice.

— Oh, dit Nessie. Voilà qui explique son nom, au moins. Télévision ou film ?

— Théâtre principalement, répondit Kathryn en versant le thé. Je pense qu'elle était une véritable star à l'époque. Elle raconte toutes sortes d'histoires sur Richard Burton et consorts, quand elle a bu assez de gin.

« *Quand elle a bu assez de gin…* » Les mots résonnèrent dans la tête de Nessie et les choses commencèrent à se mettre en place. Et elle qui s'était demandé ce que son père et Ruby pouvaient bien avoir en commun, à part Little Monkham…

— Elle aime lever le coude, alors ?

Kathryn haussa les épaules.

— Comme nous tous, non ? Mais certains soirs, elle a eu besoin d'un coup de main pour rentrer du pub. Je pense que c'est comme ça qu'ils se sont mis ensemble, ton père et elle. C'était plus facile pour Ruby que de rentrer chez elle. (Elle s'arrêta, réalisant visiblement ce qu'elle sous-entendait par ces mots.) Attention, je ne suggère pas qu'elle ne l'aimait pas ou quoi que ce soit.

Nessie se souvint des plantes sur la tombe, bien taillées et arrangées avec soin, ainsi que de la dignité tranquille de Ruby dans la boulangerie. Andrew était bel et bien toujours dans les pensées de sa maîtresse.

— En effet, convint Nessie. J'ai eu l'impression qu'ils étaient très proches.

Kathryn prit une longue gorgée de son thé et lui coula un regard discret.

— Dis-moi d'aller voir ailleurs si j'y suis, en cas de besoin, mais Andrew a vécu à Little Monkham pendant presque dix ans sans que vous lui rendiez jamais la moindre visite. Donc je me demandais juste ce que vous saviez de sa vie ici ?

Nessie porta sur elle un regard tranchant.

— Je sais qu'il buvait.

— Eh bien, il a toujours été très ouvert à ce sujet, répliqua Kathryn tranquillement. Tu serais surprise de savoir combien de buveurs finissent par diriger des pubs. D'ailleurs ça ne posait pas vraiment de problème, pour commencer, ajouta-t-elle en regardant Nessie, l'air inhabituellement sérieuse. Vers la fin, ça a empiré. Nous avions peur qu'il n'oublie d'éteindre le feu avant de se coucher, ou qu'il ne fasse une chute dans les escaliers de la cave pendant la nuit. Nous nous relayions pour aller le voir, en prétendant obéir aux ordres de Franny, mais je pense qu'il n'était pas dupe.

Nessie but un peu de thé trop chaud, la gorge nouée. Elle avait deviné que son père avait sans doute reçu de l'aide, mais pas qu'il était à peine capable de s'occuper de lui-même. La honte qui lui brûlait la peau lui donnait envie de se ratatiner.

— Joss a été génial avec lui, poursuivit Kathryn avec une mimique ironique. Je sais qu'il peut se montrer un peu impertinent, mais il a bon cœur. Comme la plupart d'entre nous, même si on se croirait parfois au Village des damnés, ici.

— Merci, bredouilla Nessie en faisant de son mieux pour sourire. Je… eh bien, je suis désolée qu'il ait été un tel fardeau.

Kathryn ouvrit des yeux comme des soucoupes et secoua la tête.

— Pas du tout. Bon sang, non ! C'était un homme génial, toujours heureux de vous voir et extrêmement intelligent. Nous veillions sur lui parce que nous nous souciions de lui, Nessie, reprit-elle après une pause. C'est ce que j'essaie de te dire. Ne va pas t'imaginer que nous sommes tous comme Franny, parce que ce n'est pas vrai.

— Je commence à m'en rendre compte, admit Nessie avec un sourire qui, cette fois, n'avait rien de forcé. Il y a beaucoup de choses appréciables dans le fait de vivre à Little Monkham.

Kathryn attrapa la boîte à gâteaux.

— Tu ferais mieux de t'en persuader. Et attends de goûter les tartes de Martha. Tu ne voudras plus jamais repartir.

Chapitre 8

Nessie eut beau relire trois fois l'article du *Cotswold Chronicle*, elle ne se sentit pas moins dégoûtée pour autant. L'immense photo d'elle, désespérément désuète devant le pub, était déjà bien assez moche, sans le texte qui la flanquait, mille fois pire. Au lieu de la critique dithyrambique enjouée à laquelle Sam s'attendait, l'article de la page 5 commençait par le titre : « DU CHAMPAGNE AU MILIEU DE NULLE PART ? » et semblait suggérer sournoisement que les deux sœurs étaient inexpérimentées, incompétentes et couraient droit au désastre. Elle replia le journal et fixa des yeux la table de la cuisine sans la voir : où avait-elle commis une erreur ? Elle avait bien répété tout ce que Sam lui avait enjoint de dire, mais peut-être que ses paroles avaient sonné aussi faux et de façon aussi peu convaincante que ce qu'elle avait ressenti. En tout cas, Joe Poole n'était clairement pas convaincu de leurs capacités à Sam et elle de diriger le pub.

Franny allait s'en donner à cœur joie quand elle verrait l'article. Et Sam… Nessie n'osait pas imaginer la réaction de sa sœur quand elle reviendrait après être allée chercher les nouveaux prospectus chez l'imprimeur. Elle ferait sans doute en sorte que Joe Poole ait un malheureux accident de relations publiques.

Entendant frapper à la porte, Nessie glissa le journal sous une pile de magazines et s'en fut ouvrir. C'était probablement Joss, venu vérifier la cave avant qu'ils n'ouvrent à midi. Son comportement avec Sam avait beau lui faire grincer des dents, elle était bien forcée d'admettre qu'il était excellent dans son travail.

Elle déverrouilla la porte et la tira vers elle.

— Bonjour, Joss…, commença-t-elle, mais les mots moururent dans sa gorge.

Ce n'était pas Joss qui se tenait sur le pas de sa porte. C'était une femme âgée, coiffée d'un chignon gris serré et affichant l'expression qui allait avec. Elle avait sous un bras un exemplaire plié d'un journal. Ses yeux flamboyaient par-dessus ses lunettes à monture métallique, tandis qu'elle fixait Nessie.

— Vanessa, je présume ?

Le cœur serré, Nessie devina à qui elle avait affaire. Prenant une grande inspiration, elle s'obligea à sourire.

— C'est exact. Et vous devez être Franny.

La femme opina sèchement.

— Je ne prendrai pas trop de votre temps, répliqua-t-elle en dépliant le journal de façon que Nessie puisse en voir le titre humiliant. Ce genre de choses n'est pas acceptable. Nous visons haut à Little Monkham et il est hors de question que nous tolérions une publicité négative comme celle-là.

Nessie resta immobile. « *Il est hors de question que nous tolérions* » ? C'était censé dire quoi, ça ?

— Je peux vous assurer que nous sommes aussi déçues que vous, madame Forster, et cet article ne pourrait pas être plus éloigné de la vérité.

Franny avait l'air tout sauf convaincue. Dans le pub, la sonnerie assourdie du téléphone leur parvint à travers la porte ouverte. Nessie étouffa un soupir de soulagement.

— Si vous voulez bien m'excuser ? dit-elle en souriant poliment. Ce serait sans doute mieux si je décrochais. Ravie d'avoir enfin fait votre connaissance.

Sur un petit signe de tête, elle recula et referma la porte au nez de Franny. Les yeux clos, elle s'appuya contre la boiserie, inspira et expira, attendant que les battements de son cœur ralentissent. Puis elle se précipita sur le téléphone.

— Bonjour, vous êtes bien au *Star and Sixpence*. En quoi puis-je vous aider ? (Silence.) Allô ? répéta Nessie. Qui est à l'appareil ?

Encore un de ces stupides démarchages téléphoniques, se dit-elle. *Avec ces machines qui composent une douzaine de numéros pour ne se connecter qu'à une seule ligne.* Soupirant, elle s'apprêtait à raccrocher lorsqu'elle entendit un son étouffé, comme si quelqu'un à l'autre bout du fil s'éclaircissait la gorge.

— Il y a quelqu'un ? demanda-t-elle vivement.

Un déclic lui répondit, puis la tonalité indiquant que la ligne était coupée.

Nessie raccrocha le combiné et resta quelques secondes à réfléchir. *L'appelant s'est sans doute trompé de numéro*, conclut-elle avant de chasser cette idée de son esprit.

Sam réagit mieux à l'article que Nessie ne l'avait redouté.

— Ce n'est pas tout à fait ce à quoi je m'attendais, mais au moins on parle beaucoup de nous, commenta-t-elle tout en étudiant à nouveau le journal. Page 5… Pas mal.

— Tu n'es pas en colère ? s'étonna Nessie. Ce n'est pas de la mauvaise publicité ?

Sam sourit.

— Pas du tout. J'aurais préféré un article élogieux, évidemment, mais un compte rendu de ce genre, c'est presque aussi bien. (Elle brandit la page pour que Nessie puisse la voir.) On aurait dû débourser au bas mot plusieurs centaines de livres pour avoir une demi-page de publicité comme celle-là. Il mentionne deux fois la réouverture, le lendemain de Noël, et cela fera au moins parler les gens. On pourrait même avoir quelques curieux venus juste pour nous voir dans le pétrin.

Nessie pinça les lèvres.

— En parlant de curieux, j'ai reçu une visite de Franny.

Elle informa sa sœur du mécontentement de la commère.

— Tu vois ? répliqua Sam, l'air ravie. Ça fonctionne déjà. Franny ne pourra pas s'empêcher de venir jeter un coup d'œil et on va la charmer.

Nessie frissonna.

— Je ne suis pas sûre que l'une de nous ait assez de charme pour ça.

— N'importe quoi, rétorqua Sam, les yeux étincelants à la perspective de ce défi. Ils vont se battre pour passer la porte, le lendemain de Noël. Attends seulement de voir.

À l'approche de Noël, les jours se confondirent en un défilé incessant de maçons, de commerçants et de livraisons. La cave regorgeait de caisses, entre lesquelles on ne circulait plus que par des allées très étroites. Lorsque le réveillon de Noël arriva, les tables et les chaises dépareillées n'étaient plus, les briques des murs intérieurs du pub avaient été rejointoyées et le plafond jauni par la nicotine replâtré. Sur l'insistance de Sam, l'endroit s'enorgueillissait maintenant d'une galaxie de spots à intensité variable, fixés entre ses poutres en bois sombre. L'éclat de la lumière qu'ils projetaient donnait envie à Nessie de prendre ses lunettes de soleil et elle était certaine que les gens du coin allaient détester, mais Sam lui certifia que cela ne tarderait pas à s'atténuer.

— Les ampoules et les lampes que j'ai commandées seront là la semaine prochaine, déclara-t-elle, repoussant ses inquiétudes. Ça adoucira l'ambiance, ne t'inquiète pas.

Nessie fut étonnée de recevoir un appel du plombier juste après midi, lui annonçant qu'il serait là dans une heure, pour installer la nouvelle chaudière. Sam et elle s'étaient résignées à passer un jour de Noël dans le froid, avec une eau chaude qui ne coulait que quand elle le voulait bien.

— C'est l'effet Franny, expliqua Joss, quand Nessie lui fit part de sa surprise de voir un plombier travailler la veille de Noël. Je te l'ai dit : quand elle veut que quelque chose soit fait, c'est fait.

En fin d'après-midi, les radiateurs tout juste purgés dégageaient de la chaleur. Sam attendit que Joss ait terminé son service pour se diriger résolument vers l'escalier.

— J'ai l'impression que le Père Noël a regardé dans mon cœur et su exactement ce que je voulais, lâcha-t-elle. Si je ne suis pas sortie de la baignoire dans une heure, envoie chercher un homme-grenouille.

La porte du pub était entrouverte, laissée ainsi par le plombier qui partait. Nessie était en train de nettoyer les tasses vides qu'il avait laissées au bar quand Owen passa la tête par l'entrebâillement.

— Bonjour, Nessie, lança-t-il. J'ai apporté ta grille. Tu veux que je la dépose à l'intérieur ?

Nessie remarqua qu'il restait sur le pas de la porte, attendant qu'elle l'invite à entrer.

— Bien sûr, je t'en prie. Même si je ne suis pas sûre que nous ayons besoin d'un feu, étant donné la chaleur que dégagent les radiateurs, maintenant qu'ils fonctionnent correctement.

Owen disparut un instant, puis repoussa la porte et entra dans la pièce, une large grille de fer dans les bras. Nessie savait qu'elle devait être lourde, pourtant le visage d'Owen n'en laissait rien transparaître pendant qu'il la portait jusqu'à la cheminée et la mettait en place. Les muscles de ses bras étaient pourtant gonflés sous sa chemise. *Des muscles de forgeron*, songea Nessie en se le rappelant, penché sur l'enclume, qui faisait jaillir des étincelles du métal incandescent. Elle sentit ses joues s'empourprer légèrement à ce souvenir.

— Voilà, annonça Owen en examinant la cheminée d'un regard critique. Ça devrait faire l'affaire.

Nessie traversa la pièce pour regarder le résultat de plus près. Les chenets n'avaient rien de remarquable – une grille de fer noir banale, pratique et robuste –, mais leur enveloppe était une œuvre d'art. Le long de l'avant, dix grandes piques avaient été recourbées pour former une boucle élégante et, de chaque côté, se dressait une barre plus épaisse, élégamment tordue, surmontée d'une fleur de lys pleine de fierté. La grille était peut-être un objet d'usage terre à terre, destiné à subir les assauts des flammes et de la suie, mais Nessie voyait la beauté dans la qualité de l'exécution.

— C'est presque trop beau pour être gâché par un feu, constata-t-elle en secouant ironiquement la tête. Merci.

— Tout le plaisir était pour moi, répliqua Owen. Je ne fais plus guère ce genre de choses, à l'heure actuelle, quand on peut les fabriquer industriellement, mais c'était agréable de forger autre chose que des portails.

— On devrait organiser une cérémonie d'allumage, le jour de la réouverture, mais je suppose qu'il faudra allumer la cheminée avant que tout le monde n'arrive, dit Nessie. Vous venez, n'est-ce pas ? Kathryn et toi ?

Il acquiesça.

— Bien sûr. Remarque, Kath a peut-être ses propres projets pour le lendemain de Noël. Elle fait partie d'un groupe de folk et ils donnent parfois des concerts, le soir. Je lui poserai la question.

— Elle fait partie d'un groupe ? De quel instrument joue-t-elle ?

Owen grimaça.

— Du violon. Je suis surpris que tu ne l'aies pas entendu grincer. (Il gloussa.) En fait, je suis injuste : elle est plutôt douée, si je veux être honnête.

— Tu ne vas jamais la voir jouer ? s'enquit Nessie, intriguée.

— Autrefois, j'y allais, oui, répondit Owen. Mais je n'aime pas quitter Luke trop souvent et je ne suis pas sûr qu'elle tienne à ce que je sois là tout le temps. Je risquerais de la gêner.

Nessie fronça les sourcils.

— De la gêner ? Mais comment ?

Il sourit.

— Elle ne l'admettra jamais, mais je pense qu'elle a un énorme béguin pour le chanteur. Un de ces jours, elle pourrait entreprendre quelque chose et je ne voudrais pas qu'elle se sente embarrassée devant moi.

Nessie sentit son estomac se tordre.

— Mais… mais… ça ne te dérange pas ?

— Pourquoi ça me dérangerait ? s'étonna Owen, les sourcils haussés, perplexe. Elle est assez grande pour… Oh… (Sa voix s'éteignit et il dévisagea Nessie avec un grand sérieux.) Tu penses que Kathryn et moi, on est…

— En couple, acheva Nessie, à l'agonie, mais incapable de détourner le regard. Ce n'est pas le cas ?

Il éclata d'un rire guttural et chaleureux qui atténua son embarras.

— Non. Kathryn est ma sœur et la tante de Luke. La mère de mon fils… Eh bien, sa mère est morte il y a quelques années.

Nessie ferma les yeux brièvement. Ce devait être l'événement évoqué par Joss quand il avait parlé du passé tragique d'Owen. Désormais, elle se sentait encore plus mal, plus maladroite, plus stupide et sacrément insensible.

— Je suis désolée, réussit-elle à dire. Je l'ignorais.

Owen secoua la tête.

— Pas besoin de t'excuser, protesta-t-il, soulageant encore son embarras avec une facilité déconcertante. C'est bien connu dans le village, je suis surpris que personne ne t'ait mise au parfum.

Joss a essayé, pensa Nessie, *mais j'ai été trop lâche pour le suivre sur ce terrain-là.* Heureusement que Sam ne se trouvait pas dans les parages, car elle se serait probablement attendue à ce que Nessie lance sur-le-champ une offensive de séduction. L'idée lui donnait envie de frissonner : qui faudrait-il être pour inviter quelqu'un à dîner juste après qu'il venait de vous apprendre son veuvage ?

— On a été assez occupées, expliqua-t-elle, saisissant l'occasion d'orienter la conversation vers un sujet moins sensible. Qu'est-ce que tu penses du résultat ?

— C'est super, constata Owen en regardant autour de lui. Le même endroit qu'avant, mais en plus neuf. Et en mieux.

— Espérons que tous les autres habitués seront d'accord, répliqua Nessie, malgré le plaisir ridicule qu'elle éprouva à ses louanges.

Owen hocha la tête pour la rassurer.

— Je suis sûr que oui. Le problème, ce sera plutôt de s'en débarrasser, je pense. Mais je ferai de mon mieux pour passer, moi aussi.

— Super ! déclara Nessie, surprise de constater qu'elle était parfaitement sincère.

Cela n'avait rien à voir avec la découverte de son célibat, non, se dit-elle tandis qu'il prenait congé d'elle et se dirigeait vers la porte. Rien du tout.

Après s'être obligée à oublier la grande réouverture, ne serait-ce que pour un jour, Nessie put se réjouir de la perspective du repas de Noël. Ayant à peine quitté le pub depuis des jours, elle était certaine d'exploser si elle voyait encore un plat tout prêt. Sam avait réussi à trouver le temps pour une dernière visite au supermarché, de sorte que les placards de la petite cuisine à l'étage regorgeaient de friandises tentantes, et le boucher du village avait fourni quelques saucisses à l'air très savoureux et une couronne de dinde pour le jour de Noël. Kathryn avait tenté de persuader Nessie de venir dîner au Cottage des Perce-neige, mais elle avait refusé.

— Noël est un moment familial, avait-elle objecté, lorsque Kathryn s'était rendu compte que Sam et elle allaient passer la journée seules au pub.

— C'est pour la famille et les amis, avait répliqué Kathryn. On est amies maintenant, non ?

Nessie ne savait pas comment répondre à cette question, parce qu'elle appréciait beaucoup Kathryn, à commencer par ses observations piquantes de la vie de Little Monkham. Nessie appréciait Owen aussi, mais pas de la manière que prétendait Sam, et Luke lui paraissait un adorable petit gars. Cela étant, elle ne les connaissait pas très bien et savait que Sam ne résisterait pas à l'envie de jouer les entremetteuses autour des biscuits de Noël, surtout maintenant qu'elle savait Owen célibataire. Non, s'immiscer dans le dîner de Noël de la famille Rhys, c'était trop. De plus, il y avait encore beaucoup à faire avant la réouverture le lendemain de Noël, même si Sam lui avait fait promettre de lever le pied pendant toute la journée de Noël proprement dite.

Ce fut seulement lorsque Nessie tourna le bouton du four pour y mettre la dinde à rôtir, le matin de Noël à neuf heures, qu'elle découvrit la faille de leur plan : le four était mort. Sam était encore au lit, après avoir consommé la plus grande partie d'une bouteille de Moët, la veille au soir, tandis que Nessie, debout depuis sept heures, épluchait les pommes de terre, coupait les légumes et écrasait les baies de canneberge. Maintenant qu'elle scrutait les profondeurs noircies du four glacé, elle avait envie de pleurer. Pourquoi n'avait-elle pas pensé à vérifier qu'il marchait ? La plaque de cuisson fonctionnait bien, elle pouvait donc faire cuire les légumes et probablement les saucisses aussi, mais elle ne pouvait en aucun cas mettre la dinde ou les pommes de terre à rôtir. C'était un désastre.

Poussant un lourd soupir, elle se leva et arpenta le salon. Un minuscule sapin de Noël artificiel trônait dans un coin, abritant un modeste groupe de cadeaux. Ni Patrick ni elle n'avaient jamais fait beaucoup d'efforts à Noël, échangeant des cadeaux symboliques et s'assurant d'être entourés de leur famille et de leurs amis, afin que les silences ne deviennent pas trop flagrants. Malgré tout, le contraste entre les Noëls passés et celui du présent était si frappant que Nessie ne put retenir le petit soupir qui lui échappa.

Sam apparut à ses côtés.

— Joyeux Noël ! lança-t-elle en lui présentant un grand verre de jus de tomate. C'est un Bloody Mary. Pour soigner le mal par le mal.

— Tu es la seule à avoir mal, protesta Nessie qui prit pourtant une gorgée avant de grimacer quand la sauce Tabasco et la vodka lui brûlèrent le gosier. Mais joyeux Noël quand même.

— On se donne les cadeaux maintenant ou après le déjeuner ? demanda Sam avec un petit rire. C'est bizarre, non, de passer Noël ensemble à nouveau ? Tu te souviens comme maman était stricte ? Un cadeau le matin et pas plus, avant le discours de la Reine.

Nessie hocha la tête.

— Oui. Et puis papa revenait du pub et ils se disputaient.

Sam resta silencieuse pendant quelques secondes.

— Tu te souviens de l'année où il est tombé dans le sapin et où il a écrasé tous les cadeaux qui se trouvaient dessous ?

Une fois de plus, Nessie hocha la tête, redevenue soudain une fillette de dix ans.

— Il a cassé la boule à neige que maman m'avait rapportée de Paris.

— Et mon carrosse Barbie conte de fées, ajouta Sam sur un petit frisson. Bon sang, pas étonnant que j'aie toujours détesté cette période de l'année. On déjeune à quelle heure ?

Nessie soupira.

— J'ai une mauvaise nouvelle…

Elles se contentèrent de bacon frit, de saucisses et de purée, en faisant de leur mieux pour en rire, entre chapeaux en papier et mauvaises blagues. Après avoir mangé, elles échangèrent leurs cadeaux : Nessie avait offert à Sam un bracelet à breloques avec une étoile scintillante et une pièce de six pence en argent, et Sam de la lingerie hors de prix à Nessie. « Pour le jour où tu feras des avances à Owen », avait-elle précisé avec un clin d'œil encourageant. Puis elle avait sorti une bouteille de porto aux teintes fauves, que Joss avait trouvé à la cave, et elles en avaient siroté des verres copieusement remplis en regardant un film. À vingt-deux heures, les deux sœurs étaient prêtes à se mettre au lit.

— Sobres la nuit de Noël ? lança Sam en embrassant Nessie pour lui souhaiter bonne nuit. Papa nous aurait désavouées.

— Au moins, on n'aura pas la gueule de bois demain, répliqua Nessie avec une petite grimace. Rappelle-moi qui a eu l'idée d'organiser la grande réouverture le lendemain de Noël ?

— Pas moi, grommela Sam. Noël, c'est se goinfrer et se détendre, sans avoir à se demander s'il y aura assez de vol-au-vent et de cocktails aux crevettes pour les clients.

— L'année prochaine, ce sera différent, lui assura Nessie d'un ton apaisant. Je te le promets.

Sam hocha la tête.

— C'est vrai. L'année prochaine, on aura déjà rouvert, tu te taperas M. Forgeron et on pourra faire sauter la fichue dinde sur la forge.

Au moment où elle fermait les volets de la fenêtre de sa chambre, Nessie s'arrêta pour jeter un coup d'œil dans la cour de la forge en contrebas. Au milieu de la pénombre, la lampe qui surplombait la porte du Cottage des Perce-neige projetait un disque de lumière blanche qui ruisselait en cascades sur le pas de la porte. Elle distingua d'un côté deux bouteilles de lait vides soigneusement alignées et, de l'autre, le reflet argenté d'une brouette renversée. En fermant les yeux, Nessie tenta d'imaginer la famille à l'intérieur du cottage : Luke devait être endormi maintenant… ou non, d'après ce qu'elle savait de lui, probablement pas. Ils étaient peut-être en train de jouer à quelque jeu réservé aux fêtes, le genre où personne ne gagne jamais, ou bien ils regardaient un film. Ou peut-être qu'Owen levait tranquillement son verre à la mémoire de sa femme, en évoquant le souvenir des Noëls passés. Nessie n'avait aucun moyen de savoir.

Quand la porte des Rhys s'ouvrit brusquement, elle sursauta. Une silhouette apparut dans la lumière : Owen. Son souffle formait des nuages dans l'air tandis qu'il levait les yeux. Nessie recula précipitamment : qu'il n'aille surtout pas penser qu'elle l'espionnait. Coulant un regard par l'interstice du volet, elle le vit retourner la brouette dans le bon sens et la pousser dans l'obscurité. Une minute plus tard, il était de retour et la brouette chargée de bûches. Il la gara près du cottage et entreprit de transporter le bois à l'intérieur. L'opération terminée, il renversa la brouette et l'appuya à la verticale contre le mur. Puis, après un nouveau bref coup d'œil vers le pub, il disparut dans sa maison.

Avec un soupir de soulagement lorsqu'il referma la porte, Nessie pressa le front contre le bois frais du volet. Ses sentiments étaient si confus qu'elle soupçonna le porto aux teintes fauves de n'en être qu'en partie responsable. Dans le silence de sa chambre, elle pouvait bien admettre ce qu'elle avait farouchement nié devant Sam : une petite flamme d'espoir s'était allumée en elle lorsqu'elle avait découvert qu'Owen était célibataire. Pourtant, n'était-il pas trop tôt pour une nouvelle relation ? Non seulement elle n'avait même pas encore commencé à envisager la procédure de divorce, mais encore fallait-il qu'Owen soit intéressé. Or, comme Joss l'avait souligné, il ne manquait pas d'admiratrices parmi les femmes du village. Alors pourquoi s'intéresserait-il à elle ?

Elle lui serait indifférente, bien sûr. Fermant les volets, Nessie se dirigea vers le lit et s'empara de la lingerie que Sam lui avait donnée. Elle la tint un moment, caressant sa douceur satinée de la pulpe du pouce, puis elle secoua la tête et l'enterra au fond de son tiroir à sous-vêtements. *Loin des yeux, loin du cœur*, se dit-elle avant de se glisser dans son lit.

Chapitre 9

Le feu brûlait faiblement. Sam choisit la bûche la plus lourde qu'elle put trouver dans le seau en cuivre bruni et la laissa tomber avec précaution sur les braises rougeoyantes. Elle tressaillit légèrement devant la gerbe d'étincelles puis, une fois que les flammes jaunes commencèrent à lécher le bois sec, elle se redressa. Ses yeux furent attirés pour ce qui lui semblait être la centième fois vers la pendule ancienne, surdimensionnée, qu'elle avait accrochée au mur sous l'éclairage subtil de l'un des spots. Elle jeta un coup d'œil à Nessie, qui se tenait derrière le bar, l'air aussi anxieuse qu'elle.

— On avait dit « dix-neuf heures », non ? Sur les affiches et les prospectus, je veux dire.

Les yeux de Nessie se posèrent eux aussi sur l'horloge : il était vingt heures vingt.

Elle soupira.

— Oui, c'est ce qu'on a dit. La pendule est à l'heure, n'est-ce pas ?

— Pile poil, confirma Joss en vérifiant son téléphone.

— Je ne pige pas, grommela Sam, dont la voix bouillonnait de frustration. Qu'est-ce qu'ils attendent ? Un tapis rouge et une limousine ?

— Aucune idée, répondit Joss, résigné, avant de désigner les plateaux de sandwichs qui se ratatinaient déjà sur l'une des longues tables. Vous voulez que je les recouvre ? Ça ne sert à rien de les laisser se dessécher.

Sam était sur le point d'acquiescer lorsqu'elle entendit un pas lourd sur le gravier à l'extérieur.

— Enfin, lâcha-t-elle.

Quand la porte s'ouvrit, elle faillit gémir à la vue d'Owen. Non qu'elle ne soit pas contente de le voir – loin de là –, mais elle avait espéré voir arriver plus d'un client potentiel.

— Bonjour, lança-t-elle en jetant un coup d'œil dans la nuit. Tu n'as pas la moitié du village derrière toi, par hasard ?

Owen entra, secouant les gouttelettes de pluie qui constellaient son ciré.

— Non, mais la météo est sacrément mauvaise, ce soir. (Il nota l'éclairage délicat de la salle, le buffet intact et le bar vide.) Je suis le premier ? demanda-t-il.

— Le premier et probablement le dernier, répondit Nessie avec une grimace ironique, même si Sam avait remarqué que les yeux de sa sœur s'attardaient sur le visage de son interlocuteur.

Owen accrocha son manteau à la patère près de la porte.

— Je vais prendre une Thirsty Bishop, s'il te plaît.

Joss avait donné aux deux sœurs des leçons pour qu'elles apprennent à tirer la pinte parfaite, à obtenir exactement la bonne quantité de mousse par rapport au liquide dans un verre. L'opération paraissait tellement facile que Sam s'était énervée contre elle-même en constatant qu'elle n'obtenait pas sur-le-champ une bière dans les règles de l'art. Mais Joss s'était avéré un professeur étonnamment patient et il n'avait pas fallu longtemps pour qu'elles prennent le coup de main sur les pompes.

Les sourcils froncés par la concentration, Nessie posa une pinte mousseuse sur le bar.

— Celle-là est offerte par la maison, annonça-t-elle quand Owen sortit son portefeuille. Pour te remercier de nous avoir fait une grille aussi… euh… géniale.

Owen semblait hésiter à accepter, mais il porta la pinte à sa bouche et prit une longue gorgée.

— Je ne peux pas te dire comme ça m'a manqué, Joss, lâcha-t-il enfin, dans un clappement de langue approbateur. La bière en bouteille, ce n'est tout simplement pas pareil.

Joss opina et, une fois de plus, Sam se félicita de son expertise. Cependant elle ne leur serait pas d'un grand secours s'ils n'avaient pas plus de clients.

— Il y a une autre grande réouverture ce soir ? demanda-t-elle à Owen. C'est là que se trouvent tous les habitants du village ?

Il prit une nouvelle gorgée, puis posa soigneusement sa chope sur le bar.

— Je me suis demandé si c'était envisageable.

— Quoi ? demanda Sam.

Les yeux noirs d'Owen rencontrèrent les siens.

— Ce que vous devez comprendre, c'est qu'ils sont un peu bizarres, à Little Monkham, un peu… figés dans leurs habitudes. Ils aiment que les choses restent les mêmes et… Eh bien, vous les avez un peu perturbés avec tous les changements survenus ici.

Sam n'en croyait pas ses oreilles. Elle le regarda, incrédule.

— Sérieusement ? fit-elle. Ils s'attendaient à ce qu'on se contente de continuer comme avant ? Les toilettes des hommes étaient inondées chaque fois qu'on tirait la chasse.

— Je sais, confirma Owen. Je suis tout à fait favorable à vos choix. Mais la vérité, c'est que vous avez aussi froissé quelques plumes en chemin, des plumes appartenant à des oiseaux qui ont besoin de beaucoup de caresses, une fois qu'ils ont été vexés.

— Tu fais allusion à Henry Fitzsimmons ? s'enquit Nessie en tournant un regard résigné vers Sam. Je t'avais dit qu'on aurait dû garder ses tableaux.

— Oh, s'il te plaît. Ce vieux bouc a besoin de reposer les pieds sur terre.

— J'ai entendu dire que tu avais eu une petite altercation avec Franny aussi, renchérit Owen en haussant les sourcils.

Sam croisa les bras, sur la défensive.

— Ce n'était pas vraiment une altercation. Elle a commencé à me poser beaucoup de questions personnelles et je n'ai pas voulu lui dire ce qu'elle voulait savoir, c'est tout.

— Je suis surpris qu'elle t'ait laissée sortir de sa boutique, commenta Joss en souriant. J'ai entendu dire que le ruban adhésif pour colis est presque aussi bon que le chatterton pour les interrogatoires.

— Je sais qu'elle peut se montrer un peu fouineuse, mais la plupart d'entre nous ont appris à l'amadouer, nuança Owen. Le problème, c'est qu'elle a beaucoup d'influence sur les villageois. Je ne serais pas surpris que ce soit de son fait, si personne n'est ici ce soir… de son fait et de celui d'Henry.

— Mais c'est ridicule ! explosa Sam. C'est elle qui nous a imposé ce délai insensé. Et maintenant, c'est elle qui pique une colère parce que je ne lui ai pas déballé ma vie dès qu'elle m'a interrogée ?

Owen prit une autre gorgée de sa bière.

— On dirait bien.

— Et tous les autres auraient suivi le mouvement ? insista Sam, sentant une bulle de rage incandescente enfler en elle. Bon sang, on se croirait dans cette émission de télé où tout un village de cinglés était joué par les trois mêmes acteurs.

— Ça n'a plus d'importance maintenant, répliqua Nessie. Qu'est-ce qu'on peut faire pour arranger les choses ?

Owen réfléchit quelques secondes.

— Laissez-moi m'en occuper, je vais voir ce que je découvre. Si ça se trouve, je fais complètement fausse route.

Sam se tourna vers Joss.

— Et toi ? Tu as entendu quelque chose ?

— En général, on ne me fait pas beaucoup de confidences, répondit-il, redevenu sérieux. Et pour ne rien arranger, je ne suis pas vraiment dans les petits papiers de Franny. Elle ne m'apprécie pas.

Elle n'apprécie pas la façon dont tu mènes ta vie amoureuse, rectifia Sam dans son for intérieur, mais sans le dire à haute voix. À son crédit, Joss ne semblait pas le moins du monde perturbé par l'ostracisme dont le frappait Franny.

— Quelques femmes du village m'ont posé des questions sur vous, cela dit, ajouta-t-il. Il y a une petite chance qu'elles soient un peu jalouses.

Sam le fusilla du regard.

— Tu leur as dit qu'elles n'avaient aucune raison d'être jalouses, j'espère ?

Mains écartées, il lui lança un regard innocent.

— Bien entendu. Même si je ne suis pas sûr qu'elles m'aient cru. Parce qu'elles t'ont vue.

Le regard qui accompagna ces derniers mots était si ouvertement suggestif que Sam fut à deux doigts de rougir. Serrant les dents, elle refusa de croiser son regard.

Accablée, Nessie se recroquevilla.

— Quel gâchis ! Joss, tu ferais mieux de rentrer chez toi. Je suis sûre que tu as bien mieux à faire que de traîner dans un pub désert.

L'interpellé jeta un coup d'œil à Sam et elle crut un instant qu'il allait discuter. Puis il posa la serviette qu'il avait utilisée pour essuyer les tasses à café et hocha la tête. Owen vida son verre.

— Il faut que j'y aille, moi aussi, lâcha-t-il d'un air confus. Kathryn a un concert, son dernier de l'année puisqu'on leur a annulé le concert du Nouvel An. Il faut que je rentre à la maison pour garder Luke. Elle est désolée de ne pas pouvoir être là, d'ailleurs.

Nessie lui adressa un sourire crispé.

— Passe-lui le bonjour de ma part.

— Prenez des sandwichs, tous les deux, ajouta Sam en désignant la table surchargée. Sinon, on va devoir en manger pour le petit déjeuner, le déjeuner et le dîner de demain.

Un silence inconfortable s'installa une fois qu'ils furent partis. Sam s'assit près du feu, tisonnant les braises d'un air maussade.

— Vas-y, ne t'en prive pas, lança-t-elle à sa sœur au bout de quelques minutes. Tout est ma faute.

Nessie quitta le bar et s'assit en face d'elle.

— Ne sois pas stupide, bien sûr que non. Il faut juste qu'on trouve un moyen de les reconquérir, c'est tout. Heureusement, ajouta-t-elle, sourire d'encouragement aux lèvres, on a un génie des relations publiques, dans l'équipe, qui connaît tous les trucs pour redorer un blason.

Sam secoua la tête. Elle se sentait mentalement épuisée, usée par tout le travail qu'elles avaient déjà accompli. Elle n'était pas sûre d'avoir la force de reprendre courage et de lancer une offensive de relations publiques sur l'ingrate population de Little Monkham.

— Je ne sais pas, Ness. Peut-être qu'on n'est pas…

La porte s'ouvrit brusquement, la coupant en pleine phrase. Les deux sœurs se retournèrent, surprises, et Sam découvrit une femme rousse en manteau de fourrure et cuissardes plantée dans l'embrasure de la porte.

— Nom d'une pipe en bois, c'est morne plaine et compagnie, ici, lança la femme. Qu'est-ce que vous avez fabriqué ? Vous les avez tous menacés d'une rénovation ?

Sam ne put s'en empêcher : elle éclata de rire.

— Quelque chose comme ça, répondit-elle en se levant. Bienvenue au *Star and Sixpence*. Que puis-je vous servir ?

La femme s'avança en titubant et se percha sur un tabouret de bar.

— Peu importe, ma belle, pourvu que tu m'en mettes un double. (Elle attendit que Sam passe derrière le bar pour l'observer intensément.) Tu as ses fossettes.

— Les fossettes de qui ? répliqua Sam.

Perplexe, elle porta les yeux vers Nessie. *Bon sang, mais qu'est-ce que… ?*

Nessie se hâta d'intervenir :

— Je te présente Ruby Cabernet, la compagne de papa.

— Un boycott ? glapit Nessie en regardant Owen avec horreur, le lendemain matin. Elle essaie de faire fermer définitivement le *Star and Sixpence* ?

Planté de l'autre côté du bar, Owen secoua la tête.

— J'en doute. Elle est juste en train de vous montrer – ou plus exactement de montrer à Sam – qui est la patronne. Franny n'aime pas qu'on la contrarie et c'est sa façon de s'assurer que vous ne recommencerez pas.

— Je vais lui montrer qui est la patronne, moi, marmonna Sam, dont les entrailles se tordaient à force de devoir refouler sa rage. Elle se prend pour qui ? Don Corleone ?

— Arrête, Sam, ordonna Nessie. On en a déjà parlé, d'accord ? Ça ne sert à rien d'attaquer Franny de front. On doit la contourner et en appeler à la curiosité des villageois.

— Comment comptez-vous procéder ? demanda Owen.

Sam prit une profonde inspiration et se força à se calmer. Nessie avait raison, bien sûr : la meilleure façon de faire de Franny une quantité négligeable, c'était de briser son emprise sur elles et la seule façon d'y parvenir, c'était d'attirer des clients au pub. Elle était sûre de pouvoir compter sur l'aide de Ruby : une fois dissipé l'étonnement que son père ait pu attirer une femme pareille, elle avait commencé à apprécier l'humour de l'ancienne actrice et son sens de la repartie, sans même parler de son élégance. L'admiration de Sam n'était que légèrement tempérée par la quantité de gin qu'elle avait vu Ruby ingurgiter, mais puisque l'argent des consommations de Ruby avait été leur seul revenu de la soirée, Sam s'était gardée de s'en plaindre.

— Ça n'a rien de nouveau, mais à partir de ce soir, on va faire une *happy hour* : un verre acheté, un verre gratuit, aussi bien sur les vins, les bières que les spiritueux. Ça devrait en tenter certains. Et c'est vraiment à la dernière minute, mais mardi soir, j'ai demandé une énorme faveur à un ami célèbre et nous organisons un événement : « Une soirée avec… »

— Une célébrité que je connais ? demanda Ruby, les yeux papillotants.

— Je serais très surprise si ce n'était pas le cas, répondit Sam en souriant. Et pour le réveillon du Nouvel An, nous allons mettre le paquet et organiser une bonne vieille fête à l'ancienne. J'ai même demandé à l'un des meilleurs fabricants de cocktails de Londres de nous concocter une boisson originale.

Nessie se pencha en avant.

— On se demandait si le groupe de Kathryn aimerait jouer ici, puisque leur concert a été annulé, d'après ce que tu as dit. Qu'est-ce que tu en penses ?

Owen sourit.

— Je suis sûr qu'ils adoreraient. J'amènerai Luke, si ça ne pose pas de problème ?

— Absolument pas, plus on est de fous, plus on rit, répondit Nessie. Il pourra dormir dans la chambre d'amis s'il est fatigué.

— Ouh là, aucune chance que ça arrive, ironisa Owen. Il sera encore plein d'énergie quand nous irons nous coucher.

Sam observa attentivement sa sœur. La réticence qu'elle avait manifestée à l'égard d'Owen, la première fois qu'elle l'avait rencontré, avait disparu. Nessie était tout à fait détendue en sa compagnie et, même s'il aurait été exagéré de qualifier leur relation de flirt, il y avait bel et bien un potentiel. Cela valait la peine d'attiser un peu la flamme, décida Sam avec satisfaction. Il ferait un bon petit ami pour Nessie, quelqu'un qui lui redonnerait confiance. Et si tout se passait bien, peut-être qu'Owen Rhys se révélerait plus que cela. L'avenir le dirait.

— Il va falloir se mettre au travail, expliqua-t-elle en repensant au plan que Nessie et elle avaient mis au point la veille au soir. On va faire imprimer des prospectus dès demain et les distribuer dans tout le village. Ce dont on a vraiment besoin, c'est provoquer du bouche à oreille.

— J'ai l'impression que c'est déjà fait, constata Owen.

— Presque, admit Sam. Maintenant, voilà où tu entres dans le jeu…

Chapitre 10

Nessie devait reconnaître que Sam avait tenu parole. Le lendemain matin, elle se lança dans une offensive de charme, arrêtant les gens dans la rue, frappant aux portes et passant chez tous les commerçants du village, à l'exception du bureau de poste.

— L'*happy hour* a lieu entre dix-huit et dix-neuf heures tous les soirs, jusqu'à l'Épiphanie, lança-t-elle en brandissant les prospectus qu'elle avait fait imprimer. Et ce serait dommage de rater, demain soir, une exclusivité *Star and Sixpence*. Faites-moi confiance, vous ne vivrez cette expérience nulle part ailleurs.

— « Une soirée avec Nick Borrowdale », lut Martha sur le prospectus que Sam lui avait fourré dans la main. *Le* Nick Borrowdale ? Celui de *L'Auberge des contrebandiers* ?

— Lui-même, répondit joyeusement Sam. Et vous pourrez le rencontrer si vous venez au *Star and Sixpence* demain soir.

Martha avait l'air tentée.

— Mais…

— Mais quoi ? la coupa Sam en se penchant en avant. Vous avez peur de ce que Franny va dire ? Voyez la situation sous cet angle : est-ce qu'elle peut vous donner accès à Nick Borrowdale dans toute la splendeur incandescente de ses yeux sombres ? Peut-elle le faire venir assez près pour que vous soyez presque en mesure de le toucher ?

Martha ouvrait des yeux comme des soucoupes.

— Vraiment ? souffla-t-elle. Aussi près que ça ?

Sam opina.

— Et j'ai entendu dire qu'il était célibataire en ce moment, renchérit-elle, sachant parfaitement que Martha ne l'était pas. Au fait, vous avez remarqué que le cocktail au champagne était offert ?

— Oh ! couina Martha. Je serai là. C'est une certitude.

— Super, répliqua Sam en souriant. N'oubliez pas de faire passer le mot à vos amis et à votre famille.

Le regard fixé sur le prospectus, Martha hocha distraitement la tête.

— Oui, bien sûr. À mes amis et à ma famille...

Sam sourit à Nessie et désigna la boucherie.

— Que dirais-tu d'aller faire un tour là-bas ?

Nessie la regarda d'un air dubitatif. Elle n'imaginait pas que la photo de Nick et un kir royal offert auraient tout à fait le même effet sur les frères costauds qui fournissaient le village en viande, mais qui sait ?

— Tu es sûre que Nick pourra venir ? demanda Nessie. Et s'il a déjà des projets ? Il doit être terriblement occupé.

— J'ai un coup d'avance sur toi, Ness, répondit Sam avant de jeter un coup d'œil par-dessus son épaule et de reprendre, plus bas : J'ai réservé un sosie pour venir à sa place.

— Quoi ? Mais... mais..., balbutia Nessie, interloquée.

Sam jeta un coup d'œil à son expression horrifiée et éclata de rire.

— Je plaisante. En fait, j'ai déjà parlé à Nick. Tout est arrangé. Il arrive vers dix-huit heures demain.

— J'espère que ça va marcher, fit Nessie en se mordillant la lèvre.

Elle n'en avait rien dit à Sam, mais entre leurs coûteuses rénovations et le stock qu'elles avaient commandé, leurs économies commençaient à baisser de façon alarmante. En fait, si les affaires ne reprenaient pas bientôt, elles allaient devoir puiser dans le fonds d'urgence. Et une fois qu'il serait tari...

— Bien sûr que ça va marcher, répliqua Sam avec confiance. Et quand ils verront la splendeur du pub, ils ne pourront pas résister à l'envie de revenir le soir du Nouvel An. Crois-moi, on va même être obligées de les chasser.

Nessie revenait d'un café avec Kathryn, cet après-midi-là, quand elle vit les premiers perce-neige. Nichés sous un arbre en bordure du jardin du cottage, ils ressemblaient à de minuscules cloches blanches entre des feuilles d'un vert luxuriant. Elle s'arrêta pour les observer de plus près, admirant les fleurs délicates éclairées par le soleil de fin d'après-midi. C'étaient les premières et elles en annonçaient beaucoup d'autres : des pousses vertes révélatrices étaient en train de percer çà et là la boue terne en bord de pelouse, et Nessie en décelait bien d'autres le long du mur de pierre qui délimitait le cottage et le pub. Si elle regardait bien, peut-être même en découvrirait-elle dans le jardin du pub encore envahi par les herbes folles.

Elle se dirigea vers le mur et se pencha pour chercher d'autres perce-neige. Comme elle l'avait deviné, il y en avait beaucoup, pas tout à fait en fleurs, mais qui dressaient une forêt de bourgeons prêts à éclore et de solides épines vertes sous les arbres du jardin de derrière. Ils formeraient un tapis blanc une fois que les fleurs seraient écloses. Un sentiment de paix inhabituel envahit Nessie, qui posa la tête sur ses bras. Cela faisait moins d'un mois que Sam et elle étaient arrivées… Comme les choses avaient changé depuis cette sombre nuit de décembre ! Les nuits étaient toujours sombres, bien sûr, mais elle avait désormais sous les yeux un signe que le printemps était en route. On aurait dit que le pub se réveillait lui aussi après un long hiver, qu'il se débarrassait de sa vieille peau et repartait de zéro. Elles commençaient à se sentir à leur place, bien que, pour Sam, le choix se soit plutôt fait par défaut. Nessie savait que l'excitation et l'éclat de son ancienne vie lui manquaient. Malgré tout, sa sœur avait mis un peu d'eau dans son vin, depuis leur arrivée, et Nessie était sûre qu'elle était en train de trouver ses marques. Il ne leur manquait plus que les clients.

— Ils sont jolis, non ?

Nessie sursauta au son de la voix d'Owen : ses pensées l'avaient tellement absorbée qu'elle ne l'avait pas entendu approcher. Elle laissa les battements de son cœur ralentir avant de se retourner pour lui adresser un sourire accueillant.

— Magnifiques, convint-elle. Cela dit, les tiens sont plus beaux.

— Ils sont en avance cette année, constata Owen. Normalement, on ne les voit pas avant février, même si je pense qu'ils sont sortis fin décembre une fois ou deux.

— Je suis contente qu'ils sortent tôt, dit Nessie. Ils m'évoquent un nouveau départ.

Les yeux sombres d'Owen se posèrent solennellement sur son visage.

— Il y a beaucoup à dire sur le sujet.

Elle soutint son regard, appréciant cette opportunité de le contempler. Il était plus solide que jamais, simple et facile d'abord, mais Nessie n'était pas dupe : Owen Rhys était quelqu'un d'intense. Mais il recelait une part d'ombre aussi, la perte de sa femme avait laissé des traces. Prendre la décision de quitter Patrick avait été difficile, mais c'était son choix à elle. Owen n'avait pas eu le choix du tout et elle se demandait s'il était possible de recommencer après une telle épreuve. Sans doute ressentirait-il toujours un vide à l'endroit où se trouvait son amour perdu.

— Tu es allée chez le coiffeur, constata-t-il en examinant ses cheveux soigneusement coupés, au balayage coûteux. C'est très joli.

Sentant le rouge lui monter aux joues, Nessie s'enfonça les ongles dans la paume.

— Merci, bredouilla-t-elle. J'avais tellement besoin d'une coupe que Sam a décrété qu'elle cacherait à Nick que nous sommes sœurs si je ne faisais pas quelque chose pour remédier au problème avant demain soir. Tu vas venir ?

Owen secoua la tête.

— C'est Kathryn qui va venir. Elle m'a très clairement fait savoir qu'elle ne pourrait pas garder Luke, vu qu'elle devait aller rencontrer son futur mari.

Nessie grimaça. Y avait-il une femme sur cette terre qui ne soit pas attirée par Nick Borrowdale ? En fait, il lui faisait beaucoup penser à Owen : la même allure celtique ténébreuse et les mêmes yeux sombres incandescents, bien qu'Owen soit sans doute plus proche de quarante ans que de trente.

— Elle devra peut-être faire la queue. À en juger par la vague de commandes de billets, la moitié du village va venir.

— Tant mieux, approuva Owen. Et le réveillon du Nouvel An devrait être fantastique.

— Je l'espère, soupira Nessie. On mettra les billets en vente demain… Pourvu que l'expérience du lendemain de Noël ne se reproduise pas. Je ne pense pas pouvoir supporter un nouveau flop.

Les yeux d'Owen s'adoucirent.

— Les gens viendront. Une nouvelle année signifie un nouveau départ, tu te rappelles ?

Ce serait un nouveau départ à plus d'un titre, décida Nessie, une fois de retour au *Star and Sixpence*. Sa sœur avait raison : il était temps de laisser le passé derrière elle et de recommencer à vivre. Quant à savoir si Sam était prête à suivre son propre conseil, c'était une tout autre affaire.

Chapitre 11

— Joss, je crois qu'il n'y a plus de Graal, lança Sam en chassant une mèche de cheveux de son front moite et en relâchant la pompe à bière qui crachotait. Tu pourrais changer le fût ?

Le bar était bondé de clients qui attendaient tous d'être servis. Dire que l'apparition de Nick avait été un succès serait l'euphémisme de l'année : Sam ne pouvait imaginer que le *Star and Sixpence* ait jamais été aussi plein. Soupirer devant de beaux Irlandais devait donner soif : une fois avalés les cocktails gratuits, la foule s'était tournée avec enthousiasme vers la carte des vins et des cocktails soigneusement concoctée par Nessie. Le public n'était pas majoritairement féminin pour autant : il y avait un nombre d'hommes surprenant dans l'assistance. *Des maris et des petits amis*, supposa Sam. Venus pour s'assurer que Nick ne s'enticherait pas de leur femme. Et eux aussi avaient soif.

— Je m'en occupe, répondit Joss, qui disparut dans l'escalier de la cave.

— Désolée, répondit Sam en souriant au père Goodluck. Ça arrive dans un instant.

— Pas de problème, dit le pasteur en lui rendant son sourire. Il y a beaucoup de monde ce soir.

Sam acquiesça en observant la foule face à elle. Ruby était là, bien sûr, qui échangeait des potins de stars avec Nick et s'attirait quelques regards acérés de la part des femmes qui l'entouraient. Martha était là, elle aussi, assise au premier rang pendant l'exposé de Nick qu'elle avait regardé avec adoration. Aucun signe de Franny ou d'Henry, en revanche, et quelques autres villageois manquaient à l'appel, mais Sam ne s'était pas attendue à ce que les membres de la Société pour la préservation de Little Monkham capitulent facilement. Elle était persuadée qu'ils ne pourraient pas résister à la fête du Nouvel An, en revanche, surtout si elle jouait son atout maître.

Elle reporta son attention sur le pasteur et le gratifia d'un sourire chaleureux.

— C'est incroyable ce qu'un peu de poussière d'étoile peut faire.

— Et une étincelle de génie, répliqua le père Goodluck. Mais je ne voudrais pas vous accaparer. Occupez-vous de vos autres clients.

Sam lui jeta un regard reconnaissant et passa au client suivant. Quelques minutes plus tard, Joss réapparut.

— C'est fait, annonça-t-il en la frôlant plus que nécessaire dans l'espace étroit derrière le bar.

Elle secoua la tête, amusée. Nessie avait raison, elle allait devoir décider d'ici peu quelle attitude adopter avec lui. Mais pas ce soir : ce soir, ils devraient se féliciter d'avoir mené leur tâche à bien.

Vers vingt-trois heures, la foule s'était clairsemée et Nick s'efforçait de ne pas bâiller. Sam saisit la cloche en laiton à l'ancienne qui pendait au-dessus du bar et la fit tinter rapidement.

— Il est l'heure, s'il vous plaît, mesdames et messieurs. Merci d'être venus et bonne nuit.

Avec Nessie, elles firent le tour des tables pour ramasser les verres vides. Quand Sam atteignit Nick et Ruby, elle s'arrêta.

— Écoutez-moi ces deux cabotins, leur lança-t-elle en souriant. Tu es censé charmer la foule, Nick, pas parler boutique.

L'interpellé haussa un sourcil.

— Cette fille devrait être retirée des relations publiques, déclara-t-il à Ruby avec un soupir. J'ai prodigué mon charme sans lésiner, ce soir, merci bien.

— En effet, confirma Ruby. Je suis sûre de l'avoir vu amadouer Percy Miller à un moment donné et c'est pourtant un vieil enquiquineur insupportable. Si ce n'est pas outrepasser ce que prescrit le devoir, je ne sais pas ce que c'est.

Sam tendit la main pour exercer une pression sur le bras de Nick.

— Merci, lui dit-elle, sincère. Je sais à quel point tu es occupé. Nessie et moi, on a vraiment apprécié ton geste.

Il sourit.

— C'est le moins que je puisse faire. Quand est-ce que tu reviens à Londres, au fait ? Tu me manques.

— Je n'en doute pas, monsieur Sexy du magazine *Glitz*, s'esclaffa Sam.

Il lui retourna un regard sérieux, de l'inquiétude au fond de ses yeux sombres.

— Je ne plaisante pas. Tu devrais revenir. Affronter ce qui t'a conduite ici.

Sam hésita, pleinement consciente que Ruby écoutait. La vérité, c'était que Londres lui manquait, tout comme l'énergie et le dynamisme de la ville. Et sa vie sociale lui manquait. Il avait été difficile de se couper du monde pour s'en aller vivre au milieu de nulle part, bien plus difficile que pour Nessie, surtout quand tout à Little Monkham engendrait la claustrophobie. Qu'elle n'ait pas l'habitude de se cacher – qu'elle soit même plutôt habituée au contraire – n'avait pas aidé.

— C'est compliqué, répondit-elle en choisissant ses mots avec soin. Et Ness a besoin de moi. Tu comprends, n'est-ce pas ?

Il la prit dans ses bras pour un câlin.

— Tu plaisantes ? Bien sûr que je comprends. Je suis tout à fait favorable à l'idée de se couper de tout, par intermittence. Mais pas pour toujours.

Sam s'abandonna à son étreinte, les yeux clos.

— Je reviendrai dès que je pourrai.

Il la relâcha et recula d'un pas.

— D'accord. Notre bonne et grande ville de Londres a besoin de toi. J'ai besoin de toi.

Certes, mais il y avait là-bas une ou deux personnes qui n'avaient vraiment pas besoin d'elle, songea Sam, qui garda pourtant cette réflexion pour elle.

— Tu es sûr que je ne peux rien faire pour t'inciter à rester ici ce soir ? demanda-t-elle, remarquant Nessie qui les observait depuis le bar, les yeux légèrement plissés. Tu as beaucoup de route à faire pour rentrer chez toi et je deviendrai immanquablement l'ennemi public numéro un si tu t'endors au volant.

Nick secoua la tête.

— Malheureusement, j'ai une interview à Rome pour la télévision italienne, sinon j'aurais accepté ton offre. Mais dînons ensemble quand je serai de retour. À défaut d'autre chose, je peux te rappeler ce que tu rates.

Pour un observateur non averti, Nick parlait de l'ancien style de vie de Sam, mais elle savait qu'il s'agissait d'une allusion coquine aux nuits épisodiques qu'ils avaient passées ensemble un certain nombre de fois. Elle jeta un coup d'œil à Ruby, dont le regard ne cessait d'aller et venir, amusé, entre Nick et elle.

— Fais comme si je n'étais pas là, Sam, la rassura-t-elle avec un haussement d'épaules pour souligner son propos. Si j'avais dix ans de moins, je lui courrais moi-même après. Mais tu devrais peut-être faire un peu attention à Joss. S'il verdit encore, il va lui pousser des feuilles.

Fronçant les sourcils, Sam porta les yeux vers l'endroit où se tenait Joss : leur caviste fusillait Nick du regard, l'air frémissant de colère. Elle marmonna un juron. À l'évidence, elle allait devoir entamer la fameuse conversation plus tôt que prévu.

Sam attendit que Nick soit rentré chez lui et Nessie partie se coucher, avant de s'attaquer à Joss.

— On a bien travaillé, ce soir, commenta-t-elle en ouvrant la caisse pour en sortir le compartiment regorgeant, Dieu merci, de billets.

Il gardait les yeux baissés, continuant à dévisser les tubes des pompes à bières.

— On dirait bien, oui.

Elle s'approcha pour tenter d'attirer son regard.

— Je suis sincère. Merci pour toute l'aide que tu nous as apportée. Nous t'en sommes très reconnaissantes.

Joss grogna.

— J'aimerais bien voir ton petit ami rouler les tonneaux dans la cave. Jouer la comédie, ce n'est pas exactement un travail viril, si ?

Sam se mordilla la lèvre : elle savait pertinemment que Nick faisait de la musculation tous les jours et qu'il avait des abdos assez durs pour qu'on y craque une allumette. Pendant l'épisode de *L'Auberge des contrebandiers* où il s'était mis en caleçon, le pic des commentaires sur les réseaux sociaux avait presque fait planter Twitter. Mais peut-être n'était-ce pas le meilleur moment pour mentionner la chose.

— Nick n'est pas mon petit ami.

Joss pinça les lèvres.

— Peu importe.

Elle prit une profonde inspiration.

— Écoute, Joss, je pense qu'on devrait mettre les choses au clair. Je suis ta patronne, tu es mon employé. Ce qui veut dire que mes relations avec Nick ou avec qui que ce soit susceptible de me plaire ne te concernent pas.

— Donc, il te plaît, c'est ça ? insista Joss.

— Ce ne sont pas tes affaires, répliqua Sam en s'efforçant de garder un ton égal. Tout comme ce ne sont pas les miennes de savoir sur qui tu craques.

— Sauf que si, répliqua-t-il en levant les yeux au ciel. Ça te regarde si la personne qui me plaît, c'est toi, non ?

— Il ne va rien se passer, Joss, murmura-t-elle. Arrête ça avant d'être blessé.

Il continuait à la regarder, de ses yeux dont le bleu s'était fait profond et orageux. Si les circonstances avaient été différentes, Sam n'aurait pas hésité à aller plus loin, elle l'aurait peut-être même revu plus d'une fois. Il n'était pas le genre d'hommes avec lesquels elle sortait habituellement, mais quelque chose en lui captivait son attention et la retenait. Il ne s'agissait ni de son physique ni de son comportement, mais de quelque chose qu'elle ne parvenait pas à identifier. Quelque chose qui faisait voler en éclats ses bonnes intentions de tuer les choses dans l'œuf.

Il parut lire dans ses pensées. Sam ne comprit pas si c'était lui ou elle qui avait fait un pas en avant, mais il se retrouva soudain tout près. Sans la quitter des yeux, il s'approcha et lui effleura la joue du revers des doigts.

— Je pense que ça vaut le coup de prendre le risque.

Échauffée par son contact, elle leva les yeux vers lui pour se perdre dans un océan de bleu. *Il va m'embrasser*, comprit-elle, et son flot de panique se noya dans une déferlante d'impatience. Pourtant, il n'en fit rien. À la place, il recula et rangea les derniers verres dans le lave-vaisselle, abandonnant Sam qui le dévisageait. *Que vient-il de se passer ?* se demanda-t-elle en s'obligeant à respirer plus lentement. *Comment suis-je passée du stade où je disais qu'il ne me plaisait pas à celui où je voulais qu'il m'embrasse ? Et comment vais-je empêcher que ça se reproduise, bon sang ?*

Chapitre 12

Le téléphone sonna juste au moment où Sam passait devant. Jonglant avec trois sacs jumbos remplis de bombes de table et des tas de chandeliers, elle saisit le combiné.

— Allô, *Star and Sixpence* ?

Quelques secondes plus tard, elle raccrochait brusquement, au moment où Nessie sortait du bar.

— Encore du démarchage téléphonique ? demanda-t-elle avec compassion.

— C'est la troisième fois depuis hier, soupira Sam en réarrangeant les bombes de table, avant qu'elles ne tombent par terre. Ça me rend dingue.

Nessie hésita.

— Tu ne penses pas… ?

— Quoi ?

Sam se demanda si sa sœur pensait la même chose qu'elle, à savoir que ces appels pouvaient être plus que de pénibles hasards.

— Rien, répondit Nessie en affichant un sourire rassurant. Laisse tomber. Je suis venue te dire qu'Henry est au bar. Quoi que tu lui aies dit, ça a marché.

— Bien, lâcha Sam en chassant l'appelant mutique de son esprit pour se précipiter au bar armée de son plus beau sourire. Bonjour, Henry. Merci infiniment d'être venu…

Joss entra dans la salle de bar et s'arrêta net.

— Tu as perdu la tête ? demanda-t-il en fixant le tableau que Sam accrochait au mur.

Elle recula d'un pas pour fixer le paysage marin, puis redressa l'alignement du cadre.

— Ne t'inquiète pas, ce n'est que pour une soirée, répondit-elle. J'ai dû ravaler une énorme part de fierté et proposer une « Soirée des arts » récurrente : c'est le seul moyen auquel j'ai pensé pour contourner Henry. Ne laisse jamais dire que je n'admets pas mes torts.

Les lèvres de Joss se retroussèrent, mais il garda sa pensée pour lui et regarda la salle.

— Et il est de qui, celui-là ?

Sam jeta un coup d'œil vers une nature morte à l'aquarelle.

— Aucune idée. Un des amis d'Henry, je suppose. Vois ça comme un bonus pour la fête de ce soir : commencez la nouvelle année avec de nouvelles œuvres d'art, ce genre de choses. Une occasion à ne pas rater pour dénicher un talent inconnu avant que l'artiste ne devienne stratosphérique.

Joss lui jeta un regard incrédule.

— Et tu penses que les gens vont acheter ça ?

— Peut-être, répondit Sam en haussant les épaules. Les gens font des choix bizarres quand ils ont un verre ou deux dans le nez. Ça pourrait jouer en faveur d'Henry.

— Peut-être, concéda-t-il. Bien joué, patronne.

Sam ne détecta qu'un infime soupçon de moquerie dans le dernier mot. Joss maintenait une distance professionnelle entre eux depuis la veille au soir, ce qui – elle l'admettait à contrecœur – la dérangeait. Peut-être était-il blessé, mais au fond, c'était mieux ainsi. D'autant qu'elle ne semblait pas pouvoir se faire confiance en ce qui le concernait.

— Merci, lâcha-t-elle en soulevant le dernier tableau pour le porter vers un autre mur. Espérons que les chopes de bière rempliront leur office, ce soir.

À dix-huit heures cinquante-cinq, Sam et Nessie se tenaient derrière le bar, contemplant le pub désert. L'après-midi avait été frénétique, un tourbillon de préparatifs et de tâches de dernière minute. Le réfrigérateur regorgeait de nourriture pour la fête, la playlist comptait des tas de chansons populaires, pour créer l'ambiance avant que le groupe de Kathryn n'occupe le devant de la scène, et le champagne était au frais. *Le calme avant la tempête*, songea Sam. Du moins, elle l'espérait.

— On est prêtes ? demanda-t-elle en jetant un coup d'œil à la porte verrouillée.

Sa sœur hocha la tête.

— Je pense que oui. Il est temps d'ouvrir et de voir si les habitants de Little Monkham nous ont pardonné.

Sam se dirigea vers la porte, mais Nessie lui attrapa le bras.

— Écoute, Sam, je voulais te remercier pour tout ce que tu as fait ici. Je sais que venir à Little Monkham n'était pas ton choix et que ce déménagement a été plus dur pour toi que pour moi… alors merci, conclut-elle après une profonde inspiration.

Sam sourit.

— Eh, on forme une bonne équipe ! Et c'était amusant, ajouta-t-elle avant de réviser son affirmation et de grimacer. Bon, pas vraiment amusant, mais intéressant. Et ne t'inquiète pas pour moi, je vais bien. Je commence à m'habituer, en tout cas.

Nessie hésita, puis lâcha lentement :

— Il y a autre chose que je voulais dire. Je sais, j'ai affirmé qu'on devait être prudentes en tant qu'employeuses, mais je pense que j'ai peut-être laissé la responsabilité me monter à la tête. C'est aussi un nouveau départ pour toi et je dois commencer à te faire plus confiance.

Sam tiqua. C'était la dernière chose qu'elle s'attendait à entendre de la part de sa sœur.

— D'accord… Qu'est-ce qui t'a amenée à cette conclusion ?

— Une phrase d'Owen, répondit Nessie. Et je ne veux pas t'empêcher d'être heureuse ici, donc si tu veux aller plus loin avec Joss, n'hésite pas. Je sais que tu ne veux pas t'engager, mais tous les hommes ne sont pas comme papa, ils ne fichent pas tous le camp.

Sam demeura silencieuse. Était-ce la raison pour laquelle elle ne s'était jamais engagée avec qui que ce soit au-delà de quelques rendez-vous ? Pour que ces hommes n'aient jamais la possibilité de la quitter ? Avec Nick, c'était différent – ils savaient tous les deux que leur relation ne relevait que d'un amusement sans attaches –, mais il y en avait eu d'autres, trop nombreux, dont elle avait bloqué le numéro lorsqu'ils avaient essayé de reprendre contact. Elle s'était dit que c'était une question de liberté, mais ne faisait-elle en réalité que se protéger contre la douleur d'être abandonnée une fois de plus ?

Nessie s'éclaircit la gorge.

— Et si ça ne fonctionne pas entre vous… eh bien, les cavistes sont plus faciles à remplacer que les sœurs.

Sam comprit alors : Nessie, qui avait remarqué son agitation, lui tendait une bouée de sauvetage, l'encourageait à s'enraciner pour la première fois de sa vie.

— Je vais garder cette idée à l'esprit, répondit-elle prudemment. Merci.

— D'accord, dit Nessie en souriant. On y va, alors ?

Tendant les bras pour étreindre sa sœur, Sam lui rendit son sourire.

— Oui. Allons-y.

À vingt-deux heures, la fête battait son plein. Sonic Folk venait juste d'entamer son concert avec une reprise de Mumford and Sons et la foule battait déjà la mesure du pied, ce qui, Sam en était sûre, indiquait que les danseurs n'allaient plus tarder à se lancer. Plusieurs marines d'Henry avaient été vendues. Bien sûr, certains acheteurs étaient des amis acteurs de Ruby, qui avaient reçu la consigne expresse de ne pas laisser entendre qu'elle les avait aiguillés sur les toiles en vente. Mais ce n'était pas le cas de tous.

— Les miracles ne cesseront jamais, commenta Joss en désignant du menton un Henry à l'air euphorique. Il en a vendu un.

— Trois en fait, rectifia Sam, impassible. Il faut rendre à César ce qui est à César.

Joss tapota la pompe à bière devant lui.

— Je ferais mieux de tester le degré d'alcool de ce breuvage, demain.

Owen arriva sur ces entrefaites, flanqué de Luke.

— Une autre pinte de Bishop, s'il te plaît, Joss, demanda-t-il en tendant son verre. Et un jus d'orange pour Luke.

— Papa, protesta vigoureusement son fils. Je voulais un Coca.

Owen baissa les yeux pour examiner les joues rouges et les yeux brillants de son fils.

— Je pense que tu en as eu plus qu'assez pour ce soir. Tu ne veux pas t'écrouler avant le feu d'artifice sur l'esplanade, si ?

— Non, soupira Luke, dont le visage s'éclaira soudain. Mais en fait, Nessie a dit que je pourrais dormir ici si je m'écroule. Je me demande si Elijah va guetter une proie.

Owen grimaça, puis se tourna vers Sam.

— J'ai l'impression que tout le village est là. Beau boulot !

— Merci, répondit-elle avec un sourire. Ça a été un vrai travail d'équipe. L'équipe du *Star and Sixpence*.

Joss déposa une pinte mousseuse sur le bar devant Owen.

— Il ne manque plus que Franny et le boycott sera bel et bien relégué aux oubliettes.

Owen désigna la porte d'un signe de tête.

— Quand on parle du loup…

Le regard de Sam vola vers l'entrée. Et bien sûr, Franny se tenait là, balayant le pub du regard, comme si elle reniflait une odeur nauséabonde. Redressant les épaules, Sam afficha un sourire de bienvenue et entreprit de se frayer un chemin à travers la foule.

— Franny, quel plaisir de vous voir ! lança-t-elle en atteignant la porte. Vous êtes à la recherche de nouveaux artistes ? Ou puis-je vous tenter avec un Silver Sixpence, le cocktail maison ? Gin et fleur de sureau, additionnés d'une goutte de clair de lune pour lui donner un magnifique reflet argenté.

Elle avait veillé à injecter autant de chaleur que possible dans sa voix. Franny, qui avait fini de regarder autour d'elle, fronçait le nez sous les lumières vives.

— J'ai du mal à tenir quand je bois toutes ces cochonneries sophistiquées.

Sam vit Nessie les observer depuis l'autre côté de la salle et devina qu'elle retenait son souffle.

— Nous proposons aussi beaucoup de boissons plus traditionnelles. Joss a fait un excellent travail avec la cave : nos bières reçoivent des critiques élogieuses de la part des vrais amateurs.

— Ah bon ? fit Franny, l'air sceptique. C'est bien de le voir travailler à autre chose qu'à sa vie amoureuse, commenta-t-elle en décochant un regard dur à l'intéressé.

Sam dut faire un effort pour ne pas manifester son agacement.

— Je me demandais si vous aimeriez donner une conférence, un soir de la nouvelle année, reprit-elle, afin de changer de sujet. Sur l'histoire du village et la place centrale du pub. Vous êtes experte en la matière, après tout.

Un court silence s'ensuivit. Sam se rendait bien compte que Franny luttait pour ne pas se sentir flattée. Finalement la commère opina brièvement du chef.

— Ça devrait être dans mes cordes.

— Fantastique ! s'enthousiasma Sam, comme si Franny venait d'accepter de faire un discours aux Nations unies. Jetons très vite un coup d'œil à nos agendas pour fixer une date. Alors, dites-moi maintenant : qu'est-ce que je peux vous servir à boire ?

Les yeux de Franny croisèrent les siens et Sam crut détecter une lueur de quelque chose – peut-être de l'amusement ? – dans leurs profondeurs glacées.

— Je pense que je vais me laisser tenter par un Silver Sixpence, si ça ne vous dérange pas. Ce cocktail a l'air d'être susceptible de me plaire.

Une heure plus tard, ça dansait dans le pub. Kathryn et son groupe avaient mis tout le monde en ébullition en alignant des reprises entraînantes qui allaient de Bellowhead à Beyoncé. Sam était impressionnée. Réserver le groupe sans jamais l'avoir entendu était une démarche extrêmement risquée, mais l'instinct de Nessie semblait avoir porté ses fruits : les villageois adoraient Sonic Folk, surtout parce que les membres du groupe paraissaient s'amuser autant que les danseurs. Kathryn souriait jusqu'aux oreilles pendant qu'elle jouait. Au centre de la piste de danse improvisée, Ruby avait enlevé ses talons aiguilles pour se dandiner pieds nus sur *Single Ladies* en compagnie de Martha et de la plupart des autres femmes. Pendant ce temps, Luke et les autres enfants avaient leur propre concours de danse, tandis que, dans un coin, quelques hommes défiaient Owen au bras de fer. Pour autant que Sam puisse en juger, il n'avait pas encore perdu un seul round. Même Franny se balançait sur les rythmes contagieux – cela dit, de l'avis de Sam, le nombre de Silver Sixpence qu'elle avait ingurgités y était aussi pour quelque chose.

Henry tenait salon dans un coin, cravate desserrée et visage rougi. Sam se sentit soudain coupable de s'être montrée aussi dédaigneuse à son égard, lorsqu'elle était arrivée, mais pas assez coupable cependant pour accepter sa demande guindée de lui accorder le plaisir d'une danse alors qu'elle passait dans ses parages pour ramasser les verres.

— Une autre fois, Henry, répondit-elle en se réfugiant derrière la muraille protectrice du bar. Ce soir, c'est boulot, boulot, boulot.

À vingt-trois heures trente, Sonic Folk avait épuisé son répertoire et Sam tenait prête sa playlist pleine de morceaux qui ne manqueraient pas de précipiter à nouveau tout le monde sur la piste. Nessie sonna la cloche et annonça que le bar allait fermer temporairement.

— Il y aura du champagne gratuit pour fêter la nouvelle année, mais si vous voulez autre chose, c'est maintenant qu'il faut venir le chercher.

Cette déclaration donna lieu à une petite bousculade, surtout des hommes venus commander des pintes, mais Sam remarqua que Franny demandait un autre cocktail et Ruby un double whisky. Une fois que tout le monde fut servi, Sam commença à disposer des flûtes à champagne. Nessie allait les remplir quand Sam lui toucha le bras.

— On peut s'en charger, Joss et moi, glissa-t-elle en souriant de voir les joues rougies de sa sœur. Pourquoi tu ne ferais pas une pause ?

Nessie ouvrit la bouche pour protester, mais Sam l'en empêcha.

— Le verre d'Owen est vide, lui glissa-t-elle d'un air entendu. Pourquoi ne pas aller lui demander s'il veut une autre pinte ?

Joss et elle travaillèrent côte à côte sans échanger une parole pendant un moment. Puis ils tendirent tous deux la main vers la dernière bouteille de champagne… et s'effleurèrent. Elle sentit la chair de poule crépiter sur sa peau.

— Désolée, bredouilla-t-elle machinalement.

— Pas de quoi, répliqua Joss. On sait tous les deux que tu brûles de me toucher.

Sam soupira, déterminée à ne pas se laisser perturber par ses paroles.

— C'était un accident, Joss. Quand est-ce que tu vas arrêter de te faire des idées ?

Joss croisa son regard.

— Ce n'est pas moi qui vis dans le mensonge.

Sam se figea. Il ne pouvait pas savoir pourquoi elle avait fui Londres. Personne ne savait, à part Nessie et elle. Elle se força à prendre une grande inspiration et baissa la voix.

— Qu'est-ce que c'est censé vouloir dire ?

— Que c'est toi la menteuse, qui refuses d'admettre que je te plais.

De l'autre côté du bar, les fêtards continuaient à s'amuser, sans se rendre compte de rien.

— Il n'y a rien à admettre, répliqua Sam en espérant que son visage ne la trahissait pas. On en a déjà parlé, Joss. Je ne suis pas intéressée par toi de cette façon.

Il haussa un sourcil.

— Donc tu ne seras pas tentée de m'embrasser quand les horloges sonneront minuit, c'est ce que tu ès en train de me dire ? Tu n'es pas en train de te demander, dans le secret de ton cœur, l'effet que ça te ferait ?

— Ça n'a pas d'importance, rétorqua Sam. Ça n'arrivera pas.

— C'est toi qui y perds au change, déclara Joss en secouant la tête, chagriné. Mais tôt ou tard, tu devras affronter la vérité, Sam. La question est de savoir si je serai toujours intéressé.

S'emparant d'une caisse vide, il se dirigea vers l'escalier.

— Je vais chercher du champagne.

Sam le suivit du regard pendant quelques secondes, aussi furieuse qu'amusée. C'était vraiment l'homme le plus insupportablement arrogant qu'elle ait jamais rencontré et, pourtant, elle se reconnaissait beaucoup en lui. Il n'était pas aussi ambitieux qu'elle, mais l'une des raisons de l'atterrissage de Sam à Little Monkham, c'était justement qu'elle avait été trop carriériste. Joss était très bon dans son travail, cependant, et malgré son attitude décontractée, elle savait qu'il était motivé. Et il ne manquait pas de ténacité.

Sam repensa à cette même période, l'année précédente. Elle se trouvait dans un bar sur le toit d'un immeuble surplombant la Tamise, à regarder les feux d'artifice exploser au-dessus du fleuve avec… bon, pas des « amis », parce qu'elle travaillait trop dur pour en avoir, mais avec des gens qu'elle connaissait et appréciait. Le champagne avait coulé à flots et elle était rentrée chez elle avec quelqu'un dont elle connaissait probablement le nom à ce moment-là, sans être capable de se le rappeler le lendemain. Sur le moment, elle avait éprouvé un sentiment de libération, mais à présent, avec le recul, ces péripéties lui parurent vides et dénuées de sens. Et soudain, elle réalisa pourquoi les quelques nuits passées avec Nick avaient été aussi mémorables : en plus de son corps sublime et de sa merveilleuse technique, il avait été bon de se réveiller à côté de quelqu'un de familier. Peut-être Nessie avait-elle raison ? Peut-être devrait-elle songer à donner à ses sentiments une chance de se développer. Et elle avait des sentiments pour Joss : surtout du désir, certes, mais derrière, elle percevait quelque chose d'autre, un brin de quelque chose qu'elle pouvait alimenter ou arracher…

Jetant un coup d'œil par-dessus son épaule pour vérifier que personne ne la surveillait, Sam se précipita vers la porte de la cave. Joss se tenait au bas de l'escalier, en train de garnir une caisse de bouteilles de champagne.

— Et si tu avais raison ? lâcha-t-elle, le souffle court. Et si j'avais l'intention de t'embrasser ?

Joss reposa la bouteille qu'il tenait et se tourna pour la dévisager.

— Alors je serais un homme très heureux.

— Tu ne vas pas jubiler et me rabâcher que tu me l'avais bien dit ? insista Sam dont le pouls commençait à s'emballer pendant qu'elle descendait les marches.

— Non, répondit Joss solennellement. Loin de moi cette idée.

Elle fit les derniers pas et s'approcha pour toucher les poils souples de sa barbe.

— Tu ne seras pas insupportablement arrogant ?

— Jamais de la vie.

— Et tu ne feras rien de stupide comme tomber amoureux de moi, n'est-ce pas ? murmura-t-elle en attirant son visage vers le sien. On est juste deux adultes qui s'amusent un peu, d'accord ?

La réponse de Joss se perdit dans leur baiser, qui se poursuivit jusqu'à ce que Sam ne sache plus ni qui elle était ni où elle se trouvait. Quand ils finirent par s'écarter, ce fut en poussant un petit cri. Sam recula d'un pas, les lèvres encore en feu, et s'éclaircit la gorge :

— N'oublie pas que je suis toujours ton employeuse. Il faut qu'on se comporte en professionnels sur ce point.

Il lui adressa un sourire plein de gentillesse.

— Oui, patronne.

Sam jeta un coup d'œil par-dessus son épaule.

— Je ne veux pas être le sujet de conversation du village.

— Comme tu voudras.

Elle se mordilla la lèvre, brûlant déjà de l'embrasser à nouveau, pour voir si ce serait encore mieux la deuxième fois. À contrecœur, elle recula pourtant d'un pas.

— On devrait remonter, il est presque minuit… Et je n'ai pas entendu ta réponse à ma dernière question.

Joss l'attira de nouveau à lui et baissa la bouche à la rencontre de la sienne.

— Oh, on va vraiment s'amuser ! murmura-t-il avant de lui donner un autre baiser.

Chapitre 13

Il était minuit moins cinq. Désespérant de voir Sam et Joss réapparaître, Nessie invita toute l'assistance à se munir d'une coupe de champagne et à se rassembler sur l'esplanade pour lancer le compte à rebours. Elle distinguait au loin les silhouettes sombres de Rob, le mari de Martha, et de quelques autres hommes qui achevaient la mise en place du feu d'artifice. Quelqu'un d'autre distribuait les cierges magiques et le père Goodluck les allumait. Nessie regarda Owen qui montrait à Luke comment tenir son bâton scintillant et elle sourit de voir le petit bonhomme faire tournoyer l'objet dans l'obscurité.

— Tu en veux un ? demanda Owen.

Nessie secoua la tête.

— Non, laisse-les donc aux enfants.

Il la regarda un moment, puis disparut dans la foule. Quand il revint, il tenait deux cierges magiques qui crépitaient.

— On n'est jamais trop vieux pour ça. Regarde, je peux écrire mon nom.

Elle éclata de rire.

— Et je peux dessiner une étoile, pour en rajouter une à toutes les autres là-haut.

Une fois les cierges magiques éteints, ils les enfoncèrent dans un seau de sable. C'était une nuit claire, froide sans être mordante, et l'air était rempli de bavardages et de rires. Au-dessus de leurs têtes, le ciel bleu-noir scintillait d'une infinité de diamants. Nessie frissonna, non pas sous l'effet du froid, mais plutôt d'un sentiment d'impatience. À minuit, une toute nouvelle année commencerait, pleine de possibilités et d'espoir, et elle l'attendait avec plus de fièvre qu'elle n'aurait su le dire. Owen, qui la vit frissonner, lui passa sans mot dire son écharpe autour des épaules. Elle sourit pour le remercier et soutint son regard plus longtemps que nécessaire, ignorant les palpitations qu'il provoquait dans son ventre. Minuit était une heure forcément magique, songea-t-elle. Peu importait qu'il s'agisse du début de l'année.

— Trente secondes ! cria quelqu'un à proximité.

Nessie se rendit compte qu'elle n'avait toujours pas revu Sam. Elle pivota pour fouiller la foule du regard, mais fut incapable de la repérer dans la pénombre. Où était-elle ? Y avait-il eu un problème à la cave ? Elle était sur le point de s'excuser pour prendre congé d'Owen et aller jeter un œil, quand un autre cri retentit :

— Quinze secondes !

Et alors que le compte à rebours commençait, un mouvement attira son attention : Sam accourait, Joss sur ses talons, riant à l'un de ses propos. Nessie laissa échapper un soupir de soulagement silencieux et se détendit.

— Cinq, quatre, trois…

Elle sentit comme un tâtonnement au niveau de son flanc et réalisa qu'on essayait de lui prendre la main. Une seconde plus tard, ses doigts étaient entrelacés à ceux d'Owen.

— Deux, un… Bonne année !

Les premiers feux d'artifice explosèrent dans un jaillissement de fusées rouges et vertes. Maintenant qu'elle y pensait, ce n'était peut-être pas la meilleure idée qui soit de se tenir si près d'Owen – tout autour d'elle, les gens s'étreignaient et s'embrassaient –, mais il était trop tard désormais. Elle sentit ses joues s'enflammer au moment où elle se tourna vers Owen.

— Bonne année !

Il sourit.

— Bonne année à toi aussi, Nessie. J'espère qu'elle t'apportera tout ce que tu désires.

Ses yeux sombres scintillaient à la lumière des feux d'artifice tandis qu'il la dévisageait. Nessie sentit alors le battement sourd de son cœur dans sa poitrine. Si elle se rapprochait un tout petit peu, la bouche d'Owen serait presque à portée de baiser. Il s'en était rendu compte lui aussi, elle en était sûre. Tout ce qu'elle avait à faire, c'était s'avancer et fermer les yeux. Tout ce qu'elle avait à faire, c'était…

— Bonne année, papa ! s'écria Luke en sautant sur Owen pour le gratifier d'un câlin enthousiaste. Bonne année, Nessie !

Une autre série de cris et d'explosions retentit au-dessus de leurs têtes et la magie de l'instant s'envola. Owen soutint son regard pendant une fraction de seconde supplémentaire, puis il souleva son fils dans ses bras.

— Pareil pour toi, espèce de petit chenapan.

Nessie recula d'un pas en riant.

— Bonne année, Luke !

La foule entonna *Auld Lang Syne*[1]. Un grand sourire aux lèvres, Luke s'éloigna au galop en hurlant ses vœux à tous ceux qu'il croisait. Owen sourit et ouvrit la bouche pour parler, mais Nessie sentit une main toucher son épaule.

— Bonne année, Ness, lui dit Sam en la serrant dans ses bras. Espérons qu'elle sera bonne.

Nessie lui rendit son étreinte, puis se retourna pour contempler le *Star and Sixpence*, couronné par l'éclat du feu d'artifice. Il rayonnait dans l'obscurité d'une manière qui n'était que partiellement due à la lueur projetée par ses fenêtres. Nessie eut la sensation que, pour la première fois depuis qu'elles étaient au village, le sang du pub s'était remis à circuler dans ses veines. Elle sentit l'étincelle de la satisfaction la réchauffer intérieurement. C'était plus qu'un simple endroit où Sam et elle s'étaient précipitées quand elles avaient eu besoin de se réfugier quelque part. Elle se sentait au pub comme chez elle.

— Tu plaisantes ? répliqua-t-elle en regardant sa sœur avec un sourire plein d'impatience gourmande. Ça va être une année incroyable !

---

1. Chanson écossaise que les francophones connaissent sous le titre *Ce n'est qu'un au revoir*.

Saint-Valentin au *Star and Sixpence*

Saint-Valentin au *Star and Sixpence*
Little Monkham
Shropshire

Sam Chapman et Nessie Blake
sont fières de vous inviter à une expérience
dînatoire éphémère,
pour cette soirée uniquement
à **19 heures**
dimanche 14 février
avec un menu exclusif concocté par la gagnante
de *Top chef*
Alyssa di Campo
et des boissons de l'expert en cocktails londoniens
Tom Collins
Le prix de 40 £ comprend
entrée-plat-dessert et un verre de bienvenue
RÉSERVATION OBLIGATOIRE

Chapitre 14

Sam Chapman était en train de nettoyer la machine à café quand elle sentit les bras de Joss se nouer autour de sa taille.

— Joyeux anniversaire, murmura-t-il en l'embrassant dans le cou.

Pendant une brève seconde, Sam se crispa, avant de se forcer à se détendre. Le pub n'était pas encore ouvert, il n'y avait personne pour les voir et, même s'il y avait eu quelqu'un, cela n'aurait rien changé. Ce qu'elle faisait avec le caviste ne regardait qu'elle. La seule personne qui aurait pu avoir une raison légitime de s'y opposer était Nessie, la sœur de Sam, or elle lui avait déjà fait comprendre que sa relation avec Joss ne lui posait pas de problème.

Elle se retourna pour embrasser son caviste favori, appréciant le doux frottement de sa barbe contre sa peau.

— Quel anniversaire ?

Joss sourit.

— Eh oui ! Voilà exactement six semaines que tu m'as sauté dessus, le soir du Nouvel An.

— Charmant, commenta Sam en essayant de ne pas sourire. Je ne me souviens pas que ça se soit passé de près ou de loin comme ça.

Cela ne faisait-il vraiment que six semaines ? Elle avait l'impression que leur relation avait débuté il y avait plus longtemps. En fait, elle commençait à se demander si son ancienne vie londonienne, de *golden girl* des relations publiques, n'était pas un rêve dont elle ne se souvenait qu'à moitié, plutôt qu'une carrière à laquelle elle espérait revenir un jour. La vie à la campagne ne lui laissait guère le temps de s'ennuyer.

Elle tendit les bras pour embrasser à nouveau Joss, avant de se retourner vers la machine à café.

— Je pense qu'on peut tous les deux être d'accord sur ce dernier point. Joyeux anniversaire !

Il recula pour la regarder travailler.

— Comment se passe le grand projet de la Saint-Valentin ?

Sam hésita une brève seconde, puis commença à empiler les tasses sur la machine. Il voulait parler du projet qu'elle avait de transformer le *Star and Sixpence* en restaurant pour la nuit… Du moins espérait-elle que c'était ce qu'il avait en tête. Entre ses tentatives d'amadouer la cheffe prometteuse qu'elle désirait voir composer ce repas, l'embauche de personnel en nombre suffisant pour servir les clients et les efforts déployés pour convaincre Nessie qu'il s'agissait d'une parfaite opportunité en matière de relations publiques, Sam n'avait pas eu le temps de prévoir de grandes démonstrations romantiques à l'intention de Joss, anniversaire des six semaines ou pas. Le fait qu'elle n'ait jamais eu à se soucier de la Saint-Valentin auparavant – elle avait toujours été célibataire – n'arrangeait rien. De nombreuses cartes étaient arrivées au travail, bien sûr, mais Sam les avait toutes jetées. En fait, six semaines, c'était la durée maximale de ses relations jusqu'à présent et elle avait le vague sentiment qu'il en allait de même pour Joss.

— Je pense que tout se passe bien, répondit-elle. Franny a réservé une table, même si je n'arrive pas à imaginer qu'elle puisse venir accompagnée.

Joss grimaça et Sam comprit qu'il se demandait quel genre d'homme aurait le courage de courtiser la redoutable employée des postes de Little Monkham.

— Moi non plus, admit-il avant de marquer une pause. Juste pour que tout soit clair : on ne fait rien pour la Saint-Valentin, n'est-ce pas ? Genre, toi et moi ?

— On en a déjà parlé, Joss, lâcha Sam en retenant un soupir. Non, on ne va pas la fêter. Pas de fleurs, pas de cartes, pas de grands gestes romantiques. Je suis allergique à la romance, tu n'as pas oublié ?

Il leva les mains pour simuler une reddition.

— C'est bon, j'ai compris. C'est juste que j'ai déjà eu affaire à des filles qui m'ont tenu ce discours pour m'accuser ensuite de ne pas faire d'efforts. Je ne veux pas de malentendus.

Sam savait que Joss était sorti avec plusieurs habitantes de Little Monkham. Cela ne l'avait jamais vraiment troublée… jusqu'à maintenant. Combien de cœurs avait-il brisés dans le village ? Mais lorsqu'elle leva les yeux vers lui, elle vit une ombre passer dans ses yeux bleus, qui le fit paraître plus jeune que ses vingt-neuf ans. Il ne jouait pas avec elle en cet instant, il était sincère.

— Pas d'entourloupe, le rassura-t-elle d'une voix radoucie. Et pas de cartes, c'est une certitude.

Il hocha la tête.

— Pigé.

Sam se retourna pour observer le bar d'un œil scrutateur.

— La cheffe vient inspecter l'endroit ce matin, pour voir s'il est conforme aux normes, expliqua-t-elle. Je veux qu'elle aime ce qu'elle verra.

Joss jeta un coup d'œil vers l'escalier qui conduisait aux chambres que Sam et Nessie occupaient au-dessus du pub.

— Voilà donc pourquoi Nessie récure les murs de la cuisine. Je m'interrogeais.

Sam se mordilla la lèvre. Elle savait que Nessie était inquiète, et à juste titre : Sam était tellement sûre de pouvoir persuader Alyssa di Campo de faire le voyage depuis Londres pour leur événement éphémère qu'elle avait commencé à vendre des billets avant même que la gagnante de *Top chef* ne soit définitivement engagée. Si elle n'aimait pas ce qu'elle découvrait, la cheffe pourrait facilement se retirer, les laissant sans cuisinier, mais avec beaucoup d'explications à donner.

— En parlant de ça, je ferais mieux d'aller chercher Alyssa à la gare, ajouta-t-elle en laissant tomber sa lavette dans le seau d'eau chaude et savonneuse. Tu peux veiller à ce que cet endroit soit étincelant d'ici à notre retour ?

Joss empoigna le seau.

— Oui, patronne.

— C'est donc la cuisine ?

Alyssa di Campo balaya la pièce minuscule du regard, son évier unique, ses plans de travail encombrés et son étroit réfrigérateur-congélateur.

— Vous vous attendez à ce que je produise cinquante repas dignes d'une étoile au *Michelin* dans une pièce plus petite que ma remise ?

Nessie grimaça intérieurement.

— Au moins, le four est neuf, plaida-t-elle en désignant la cuisinière noire, aux chromes étincelants, qu'elles avaient achetée pour remplacer le vieux modèle laissé par leur père. Il a une fonction chauffe-plats.

Le regard qu'Alyssa lui lança était éloquent.

— Allez, Al, insista Sam en passant son bras sous celui de la cheffe. Tu aimes les défis. Ce sera comme au bon vieux temps, avant que tu n'aies des gadgets et des sous-chefs pour exécuter le moindre de tes caprices.

Alyssa lui jeta un regard noir.

— Un défi, c'est une chose, mais ça ? Même Gordon Ramsay jetterait l'éponge.

Nessie visualisa la cuisine du Cottage des Perce-neige, à deux pas, avec sa cuisinière rouge cerise, son réfrigérateur à l'américaine et ses guirlandes lumineuses.

— Et s'il y avait un autre endroit, un endroit avec plus d'espace et un four qui déchire tout ?

— Tu ne penses pas à la forge ? s'exclama Sam en haussant les sourcils. Parce que ce serait génial, question relations publiques.

— La forge ? répéta Alyssa. Je suis perdue.

— Nessie a une liaison avec le forgeron du village, dont la forge se trouve juste à côté de chez nous, expliqua Sam. Je suis sûre qu'elle pourrait le persuader de te laisser l'utiliser pour cuisiner.

Nessie secoua la tête.

— Premièrement, je n'ai pas de liaison avec Owen. Et deuxièmement, je ne pense pas qu'on puisse cuisiner quoi que ce soit sur la forge. Les plats seraient carbonisés en quelques minutes.

— Tu as raison, ce serait beaucoup trop chaud, renchérit Alyssa, l'air désolée. Où voulais-tu en venir, Nessie ?

Nessie lui décrivit la cuisine du Cottage des Perce-neige.

— Il faudrait d'abord que je demande, prévint-elle, en voyant les yeux d'Alyssa s'illuminer. Et nous devrons trouver un moyen de conserver la chaleur des plats, le temps qu'on leur fasse traverser la cour. Mais si tu penses que c'est envisageable…

— Montre-moi ! ordonna Alyssa.

Nessie culpabilisait de déranger Owen au travail, mais la Land Rover de Kathryn n'était pas dans la cour et Alyssa ne semblait pas du genre à attendre. Elle avait donc laissé Sam et la cheffe dans la cour pendant qu'elle se glissait dans la forge, espérant ainsi rendre l'intrusion moins… eh bien… intrusive.

Le feu avait un flamboiement jaune orangé sous sa hotte d'acier, presque trop brillant pour être regardé, et elle en percevait la chaleur depuis l'autre extrémité de la pièce. Vêtu d'un T-shirt gris ardoise qui collait à ses biceps, Owen tripotait un bouton sur le mur : celui qui, d'après ses vagues souvenirs, réglait le flux d'air sur le coke en train de brûler. Ses boucles brunes avaient de légers reflets cuivrés lorsqu'il se retourna et la découvrit.

— Nessie, quelle agréable surprise !

Son accent gallois, plein de profondeur, enveloppait de chaleur les consonances de son prénom.

Elle s'efforça de ne pas la dévisager.

— Désolée de te déranger, mais j'ai besoin de te demander une faveur.

— Pas de problème, répondit-il en s'essuyant les mains sur le tablier de cuir. Qu'est-ce que je peux faire pour toi ?

— C'est moins pour moi que pour nous, répliqua Nessie, qui ouvrit la porte de la forge pour y laisser pénétrer un souffle d'air frais bienvenu. On a un petit problème de logistique et je pense que tu pourrais nous sauver la mise…

— Ce n'est pas parfait, mais ça devrait faire l'affaire, annonça Alyssa une fois qu'elle eut terminé son inspection de la cuisine d'Owen.

— Kathryn sera ravie de l'entendre, ironisa celui-ci. C'est son domaine, même si j'aime à penser que je saurais m'y débrouiller en cas de besoin.

Sam haussa les sourcils de manière suggestive et Nessie comprit exactement où sa sœur voulait en venir : *Et en plus, il cuisine !*

— Tant mieux, déclara Alyssa en dévisageant Owen avec une curiosité renouvelée. Parce que je vais avoir besoin d'aide. À moins que vous n'ayez des projets pour la Saint-Valentin ?

Nessie retint sa respiration, soudain nerveuse. Les nouvelles allaient vite dans un village de la taille de Little Monkham et le veuf Owen était un bon parti. Mais elle en aurait entendu parler s'il voyait quelqu'un, non ?

Il hésita pendant une fraction de seconde.

— Non, répondit-il alors qu'il tournait le faisceau scintillant de ses yeux vers Nessie. Pas de projets.

— Alors c'est réglé, décréta Alyssa. Vous pouvez être mon sous-chef pour la soirée.

Soulagée, Nessie s'attarda à la porte du cottage pendant que Sam ramenait Alyssa au pub.

— Tu ne seras pas vraiment obligé d'aider, glissa-t-elle à Owen. C'est déjà bien assez que tu abandonnes ta cuisine.

— Ça ne me dérange pas, protesta-t-il avec un sourire. Et puis, je pourrai glaner quelques tuyaux. Ce n'est pas tous les jours qu'on a la chance d'observer une cheffe superstar au travail.

Nessie lui rendit son sourire.

— Tu n'es pas venu au pub depuis quelques jours. Débordé ?

Owen fit une grimace.

— Ça, et puis Kathryn est beaucoup sortie, ces derniers soirs. Elle t'a expliqué que le groupe avait un nouveau batteur ? Il a besoin d'un peu de temps pour s'habituer apparemment.

— Elle y a fait allusion, oui, constata Nessie, amusée, quand elle se remémora la colère de Kathryn, un peu plus tôt dans la semaine. Tu comptes assister à leur concert de Gloucester, samedi ?

— Je ne peux pas : pas de baby-sitter.

— Je pourrais garder Luke. (Les mots étaient sortis de la bouche de Nessie avant qu'elle ne puisse les retenir.) Enfin… tu sais, si tu veux y aller.

Il fronça les sourcils.

— On n'aura pas besoin de toi au bar ? Il y aura peut-être du monde.

Nessie secoua la tête.

— On a embauché une nouvelle barmaid : Tilly, la fille de Martha. Sam passe la nuit à Londres, mais Joss sera dans le coin. Autrement dit, ils peuvent se débrouiller sans moi pendant quelques heures… À moins que ça ne te gêne, ajouta-t-elle d'une voix mal assurée, car une autre possibilité lui était apparue.

— Non, pas du tout, répondit Owen. J'en serais plus qu'heureux et je sais que Luke serait aux anges. Mais c'est beaucoup demander et tu as assez à faire.

— Honnêtement, c'est bon, répondit Nessie. Tu nous prêtes ta cuisine, c'est le moins que je puisse faire.

Il l'étudia un moment, puis hocha la tête.

— D'accord, alors. Vers dix-neuf heures, ça t'irait ? Il se couche à vingt heures trente et je serai rentré avant minuit.

La chaleur de sa voix emplit Nessie de bonheur.

— J'ai déjà hâte d'y être, avoua-t-elle.

De l'extérieur, l'appartement de Sam à Kensington était toujours le même. L'élégance des murs crème et du fer forgé offrait la perfection d'une carte postale, et le hall d'entrée, avec la mosaïque complexe de ses carreaux, était toujours aussi impeccable. Fatiguée par son long trajet en voiture et la circulation agressive d'un samedi, Sam grimpa l'escalier jusqu'au dernier étage et introduisit sa clé dans la serrure.

L'endroit n'était pas en désordre. La concierge, qui possédait une clé, était passée pour déposer son courrier, soigneusement empilé sur la tablette de l'entrée. L'appartement était froid, cependant, et il y flottait une légère odeur de moisi. Sam se promena d'une pièce à l'autre, allumant les lumières et ouvrant les fenêtres pour laisser l'air vif du soir chasser l'odeur de renfermé. Finalement, elle s'assit sur le canapé et regarda autour d'elle. Cet endroit avait été sa maison pendant plusieurs années, son premier et seul achat important, et elle avait toujours été heureuse ici. Ou du moins l'avait-elle pensé. Avait-il toujours été aussi terne et impersonnel ? Elle n'avait jamais été amatrice de pagaille, pourtant quand elle comparait son appartement à la chaleur et à la vitalité du *Star and Sixpence*, elle trouvait que son ancienne maison manquait de quelque chose. Peut-être était-ce lié au silence, car il y avait toujours du bruit dans le pub, même lorsqu'il était vide : le bourdonnement du lave-verres ou le ronron de la chaudière. Elle secoua la tête, ironique : qui aurait cru qu'un pub de campagne serait plus bruyant qu'une impasse londonienne ?

Avec un soupir, elle se rendit dans la chambre où elle sortit des draps propres. Elle n'avait pas l'intention de s'attarder entre ces quatre murs : une douche rapide histoire de se rafraîchir, puis elle retrouverait Nick Borrowdale pour le dîner. Le lendemain, dans la matinée, elle irait chercher Alyssa et son matériel de cuisine avant de s'en retourner au *Star and Sixpence*. Après quelques verres de champagne en compagnie de Nick, l'atmosphère de l'appartement ne la dérangerait plus autant.

Une heure plus tard, elle était sur le point de ressortir. Elle s'arrêta dans l'entrée pour feuilleter son courrier : rien ne nécessitait son attention, les factures étaient toutes payées automatiquement et le reste était bon pour la poubelle. Franny avait suggéré qu'elle mette en place un réacheminement de son courrier, mais, d'après ce qu'elle voyait, elle n'en avait pas besoin. Quatre mois s'étaient écoulés depuis l'erreur qui l'avait poussée à fuir les lumières éclatantes de Londres et se réfugier dans l'anonymat de la campagne : assez de temps pour que la peur d'être découverte et clouée au pilori commence à s'estomper. Mais elle n'avait jamais complètement disparu.

Tremblant un peu, Sam reposa le courrier sur le guéridon et se dirigea vers la porte.

***

Le restaurant de Soho où Nick avait réservé était fréquenté par des gens que Sam connaissait personnellement ou pour les avoir vus sur le grand et le petit écran, même si elle fut soulagée de ne pas y découvrir d'anciens clients. Elle sentit malgré tout que les regards se tournaient vers eux pendant que le maître d'hôtel les conduisait à une table discrète, au fond de la salle. Bon, elle accompagnait la star de *L'Auberge des contrebandiers*, la série télévisée la plus sexy du pays, à quoi d'autre pouvait-elle s'attendre ?

— Tu fais une sacrée impression, commenta-t-elle une fois qu'ils furent assis. Ça ne te dérange pas d'être aussi célèbre ?

— Qu'est-ce qui te fait croire qu'ils me regardaient ? répliqua-t-il en souriant. C'était toi que reluquaient au moins la moitié d'entre eux. Tu es superbe.

Sam repoussa le compliment.

— Au bas mot, la moitié des hommes ici sont gays, donc ils t'imaginaient torse nu, de même que la plupart des femmes. Et chacun d'eux me déteste pour la simple raison que je suis assise ici.

— Reconnaissons simplement que nous sommes tous les deux des bombes sexuelles sur pattes et restons-en là, conclut Nick alors qu'un serveur apparaissait à leur table, tenant la carte des vins. On prend du champagne ?

Sam inclina la tête.

— Tu lis dans mes pensées.

— Alors, reprit Nick, une fois le serveur parti, comment va la vie dans mon pub de campagne préféré ?

Sam lui fit le récit des dernières semaines, l'amusant avec ses descriptions de l'extrême curiosité de Franny et du réseau de commérages à l'œuvre dans le village. Une fois leurs plats commandés et les entrées servies, elle l'interrogea sur son tournage et ils parlèrent, rirent et discutèrent tout en dégustant trois plats délicieux arrosés de deux bouteilles de champagne. Sam s'appuya contre le dossier de son fauteuil, plus qu'un peu pompette. Elle n'aurait pas dû boire autant, mais il était difficile de se restreindre quand un serveur vous remplissait constamment votre verre et qu'elle s'amusait autant. Elle avait oublié combien elle raffolait de l'humour pince-sans-rire et des observations acérées de Nick. Pourtant, sous le pétillement de l'alcool et le plaisir que lui procurait la compagnie de la star de *L'Auberge des contrebandiers*, pointait un sentiment d'inquiétude tenace, l'impression qu'elle n'avait plus sa place dans cette vie. Chinatown était bondé, toujours paré de rouge et d'or pour les célébrations du Nouvel An, mais les paillettes et la foule ne la rendaient pas aveugle au point de ne pas remarquer l'esprit mercantile rampant autour d'elle. Soho était en train de changer. Plusieurs boutiques excentriques avaient disparu et certaines de ses petites gargotes préférées avaient fermé, remplacées par des chaînes de restaurants. Elle ne pouvait s'empêcher de penser qu'il manquait à ce quartier le charme de Little Monkham, où chaque magasin était géré par la même famille depuis des décennies. Le *Star and Sixpence* était au cœur du village, un relais de poste du XVIe siècle qui avait rarement fermé, jusqu'à la mort du père de Sam et Nessie. Elles avaient alors repris en main le bâtiment décrépit et l'avaient remis en état. Sam avait passé toute sa vie d'adulte à Londres, mais cette ville lui semblait aujourd'hui lointaine et peu familière, comme si elle était tombée sur un vieil ami pour découvrir qu'ils n'avaient plus rien en commun. Elle se rendit compte brusquement que le *Star and Sixpence* était devenu sa maison.

— Tu sais, j'ai une autre bouteille dans un seau à glace, chez moi, lui glissa Nick en tapotant celui du restaurant, et leurs regards se rencontrèrent. On pourrait la vider et s'amuser un peu, en souvenir du bon vieux temps.

Sam plongea les yeux dans ses magnifiques prunelles marron foncé. Deux mois plus tôt, elle n'aurait pas hésité : ce n'était pas la première fois qu'ils s'accordaient une nuit de passion sans contraintes et la satisfaction était garantie. Mais elle fut surprise de découvrir qu'elle n'était pas du tout tentée. Nick n'était pas Joss.

— Je ne peux pas, répondit-elle. Désolée.

Nick ne sembla pas le moins du monde contrarié.

— Tu te rends compte qu'aucune autre femme du pays ne refuserait cette offre, n'est-ce pas ?

Sam éclata de rire.

— C'est exactement pour ça que je ne me sens pas coupable de te laisser en plan. Tout ce que tu as à faire, c'est sourire et quelqu'un s'empressera de venir prendre ma place.

Nick secoua la tête.

— Le problème, c'est qu'elles ne veulent pas repartir le lendemain. Alors que toi et moi, on a un accord. (Il sourit.) Des parties de jambes en l'air fabuleuses, des échanges de qualité et aucun risque que tu vendes ton histoire aux journaux.

Sam sentit le rouge lui monter aux joues.

Nick gémit.

— Mince, Sam, ce n'est pas sorti comme je le voulais, marmonna-t-il, l'air dépité. Je suis un crétin insensible, pardonne-moi.

S'intimant au calme, Sam se tamponna les lèvres avec sa serviette.

— C'est bon. Franchement, ne t'inquiète pas pour ça.

Il lui prit la main.

— Tu es sûre ? Mince, quel idiot je suis !

Elle s'obligea à sourire, sachant qu'il n'avait rien insinué par ce commentaire. Et il était réaliste de supposer que le risque de voir son visage à elle étalé en une des journaux avec des titres accablants s'amenuisait à chaque semaine qui passait. Elle avait commis une erreur, fait confiance à la mauvaise personne et été obligée de partir se cacher au *Star and Sixpence*. Même Nessie ne savait pas tout et Sam entendait que les choses restent ainsi. Mais bien que son erreur de jugement lui ait beaucoup coûté, elle avait aussi ouvert la porte au changement. Elle lui avait donné Joss, dont Sam commençait peu à peu à se rendre compte du cadeau qu'il représentait. Une vision de ses yeux aussi bleus qu'un ciel d'été lui revint en mémoire et elle regretta soudain de ne pas l'avoir, lui, assis en face d'elle. Elle avait été injuste, elle l'avait repoussé alors qu'il ne cherchait qu'à lui montrer à quel point il tenait à elle et elle s'était obstinée à ne pas comprendre à quel point il commençait à compter pour elle.

En secouant la tête, elle attrapa la main de Nick.

— Je t'assure, ne t'inquiète pas. Mais on devrait probablement rentrer dormir. La journée de demain va être chargée.

Il haussa un sourcil.

— Tu m'étonnes. Du romantisme en continu, hein ? Je parie que tu en meurs d'impatience.

Quand l'addition arriva, Sam avait un début de migraine. Ils eurent leur petite querelle habituelle pour savoir qui allait payer, mais, fatiguée, elle ne protesta pas autant qu'elle aurait pu et se laissa inviter. Plus vite elle dormirait, plus vite elle pourrait rentrer chez elle.

Nick lui posa une main pleine de sollicitude au creux des reins pendant qu'ils se faufilaient entre les tables. On aurait dit que tout le monde leur décochait des regards furtifs. Nick y était manifestement habitué, mais être aussi exposée était une sensation que Sam avait oubliée. Ce fut un soulagement pour elle que de se glisser dans son manteau et d'atteindre la porte.

Elle n'était pas préparée à l'explosion de flashs qui l'accueillit lorsqu'elle poussa le lourd battant. Étourdie pendant une seconde, Sam cligna des yeux, puis le feu roulant des voix débuta.

— Une nouvelle petite amie, Nick ?

— Par ici, chérie, qu'on voie ton visage.

— Souris, ma belle ! Comment tu t'appelles ?

La main de Nick se pressa une fois de plus contre son dos.

— Baisse la tête, continue de marcher, murmura-t-il à son oreille. Fais comme s'ils n'étaient pas là.

Les cris continuèrent alors qu'ils pressaient le pas. Quelques secondes plus tard, ils avaient franchi la haie des paparazzis et Nick hélait un taxi.

— Bonne nuit, les gars, lança Nick d'un ton amical, une fois qu'ils furent installés sur la banquette arrière. Passez une bonne soirée.

S'installant sur la banquette de cuir, Sam ferma les yeux et attendit que les flashs écœurants qui crépitaient derrière ses paupières s'estompent.

— Désolé, marmonna Nick. Je ne me doutais pas qu'ils traîneraient dans le coin.

Épuisée, Sam acquiesça. Elle avait déjà vu certains de ses clients se faire piéger par les paparazzis, mais c'était la première fois qu'elle se retrouvait elle-même sous le feu des projecteurs. Les conseils de Nick étaient avisés… En fait, c'est sans doute elle qui lui avait appris comment faire face aux caméras, à l'époque où sa carrière prenait son essor.

— Dommage que tu n'aies pas été en compagnie d'une personnalité médiatique, dit-elle en ouvrant les yeux.

Nick sourit et lui prit la main.

— C'est ce que j'aime chez toi, Sam. Tu changes toujours d'angle d'approche.

Nessie aimait le salon du Cottage des Perce-neige. Le canapé était profond et confortable, du genre à vous soutenir et à vous bercer en même temps. Un éclairage tamisé refoulait l'obscurité dans les coins et le feu qui brûlait dans le poêle à bois communiquait à la pièce une chaleur douillette. Blottie à une extrémité du canapé, entourée de coussins et un livre dans les mains, elle éprouvait un contentement si profond que ses épaules se détendirent pour la première fois depuis des mois.

Luke, le fils d'Owen, avait été une crème. Elle avait eu peur qu'il ne cherche à faire l'idiot, qu'il ne refuse d'aller au lit ou qu'il ne l'entourloupe et ne l'amène à donner son accord sur une chose qu'il n'aurait pas eu le droit de faire normalement, mais il avait été un ange. Elle l'avait écouté lui présenter sa collection de personnages Lego et aidé à faire ses devoirs d'anglais, même si elle était sûre qu'il en savait plus qu'elle sur la façon de composer un haïku selon les règles de l'art. Ensuite, à l'heure du coucher, elle lui avait lu un chapitre du livre en cours avec Owen et Kathryn et vu ses paupières devenir de plus en plus lourdes, jusqu'à ce qu'elle lui dise bonne nuit et le laisse endormi. Sans doute chaque soirée ne se déroulait-elle pas de manière aussi harmonieuse, mais, pour sa première expérience de baby-sitting, elle semblait s'en être plutôt bien tirée.

Il y avait une photo dans un cadre sur la table basse à côté du canapé. C'était une photo de famille, où le soleil encadrait deux parents hilares et un Luke beaucoup plus jeune. Nessie s'en empara et sentit son cœur se serrer. Elle avait déjà aperçu ce cliché, bien sûr, mais elle n'avait jamais eu le temps ou l'occasion de l'étudier de si près.

L'Owen de la photo semblait beaucoup plus insouciant que celui qu'elle connaissait, bien qu'il ait toujours les mêmes cheveux noirs. Peut-être était-ce la blondeur de la mère de Luke qui équilibrait sa noirceur, ou peut-être était-il tout simplement encore épargné par le chagrin à venir. Il n'y avait aucun doute sur l'identité de cette femme : elle ressemblait tellement à Luke, endormi à l'étage, que Nessie aurait reconnu Eliza Rhys, même sans la présence de Luke et Owen à ses côtés sur la photo. Elle était belle, saisie dans un moment de bonheur si pur que les yeux de Nessie se remplirent de larmes. Il était injuste qu'elle soit morte aussi jeune, injuste aussi que Luke ait perdu une mère pareille ou qu'Owen ait été privé d'une femme qu'il adorait, visiblement. Et Nessie prit alors conscience d'une autre vérité, quelque chose qui réduisit à néant l'espoir qu'elle caressait depuis le réveillon du Nouvel An. Il n'y avait aucune chance qu'elle puisse rivaliser avec le souvenir d'Eliza. Pas elle, la timide et effacée Nessie. Pas quand la moitié des femmes du village voulaient elles aussi prendre part à la compétition.

Très précautionneusement, elle reposa le cadre sur la table et ramassa son livre. Elle dut finir par s'assoupir car, soudain, la porte d'entrée s'ouvrait et Owen lui souriait.

— Désolé de te réveiller.

Kathryn apparut derrière lui. Nessie releva la tête, les yeux alourdis par le sommeil.

— Salut ! Alors, ce concert ?

— Incroyable, répondit Kathryn, débordante d'enthousiasme. On nous a retenus pour une autre date, le mois prochain.

Nessie se souvenait de la qualité du groupe lorsqu'il avait joué au *Star and Sixpence*, le soir du Nouvel An.

— Ça ne m'étonne pas, dit-elle avec chaleur, avant de jeter un coup d'œil à Owen. Et toi, tu t'es bien amusé ?

— Oui, si l'on met de côté le fait que j'étais le plus âgé du public, et d'une bonne centaine d'années, répondit-il sèchement. Tout s'est bien passé, ici ?

— Très bien.

Et elle se lança dans le récit de tout ce que Luke et elle avaient fait.

— Tu as eu droit à la leçon sur les Lego, constata Kathryn en se saisissant d'un minuscule jouet en costume noir sur la table. Je suis impressionnée. Il ne fait ça qu'avec les gens qu'il apprécie vraiment.

— Merci, renchérit Owen. Tu n'étais pas obligée et je te suis, nous te sommes très reconnaissants.

Nessie jeta un coup d'œil à sa montre.

— Honnêtement, ça m'a fait plaisir. Mais je devrais probablement rentrer maintenant et voir comment Joss s'en est tiré.

— Laisse-moi te raccompagner, proposa Owen.

Nessie eut beau protester un nombre incalculable de fois, déclarer qu'elle ne voulait pas le déranger, Owen n'en démordait pas. Elle était partagée entre l'envie de profiter de quelques instants supplémentaires en sa compagnie et l'inquiétude qu'il puisse entendre son cœur battre sous les grosses mailles de son gilet. Un silence gêné s'installa entre eux pendant qu'ils traversaient la cour jusqu'au *Star and Sixpence*.

— Tu veux entrer prendre un verre ? demanda Nessie alors qu'ils atteignirent le pub.

— Pas ce soir, répondit Owen en s'éclaircissant la gorge.

Pourtant, il n'esquissait pas le moindre geste pour partir. Au lieu de quoi, il la dévisageait comme s'il soupesait quelque chose.

— Écoute, Nessie, reprit-il, je ne suis pas vraiment…

La porte du pub s'ouvrit et Tilly, la barmaid, sortit.

— Ooh, désolée ! couina-t-elle. Je ne vous avais pas vus.

Nessie sentit le rouge lui monter aux joues, comme si elle avait à nouveau seize ans, et elle s'éloigna précipitamment d'Owen.

— Salut, Tilly. Comment ça s'est passé, ce soir ?

L'adolescente sourit.

— Chargé, mais on a géré. Ruby a bu un verre de trop, ajouta-t-elle, d'une voix plus basse, après un coup d'œil par-dessus son épaule. Joss essaie de la persuader de rentrer chez elle, là.

Nessie soupira. C'était la deuxième fois cette semaine que Ruby avait trop bu.

— Bon, je devrais probablement aller prêter main-forte à Joss. Merci de m'avoir raccompagnée, conclut-elle avec un regard d'excuse à Owen.

— Pas de problème, répliqua-t-il. Merci de t'être occupée de Luke.

Il jeta un coup d'œil à Tilly. Était-il en train de se demander s'il devait finir sa phrase ? Mais il leva ensuite une main en signe d'adieu et disparut dans l'obscurité. Libérant Tilly, même si l'adolescente avait proposé de rester encore un peu, Nessie tourna les talons et entra dans le pub.

Ce ne fut que bien plus tard, alors que Nessie se retrouvait dans son lit, après avoir guidé une Ruby chancelante vers sa maison, qu'elle eut le temps de se demander ce qu'Owen avait été sur le point de dire, avant que Tilly ne l'interrompe. D'après son langage corporel, c'était quelque chose d'important. Il n'était pas vraiment quoi ? Remis du décès de sa femme ? *Oh, bon sang, ça doit être ça !* Nessie sentit ses joues s'enflammer dans l'obscurité. Il avait vu la façon dont elle le regardait et essayait de la faire doucement redescendre. Mince ! Rien que d'y penser, elle en mourait un peu intérieurement. Plaquant son visage contre le coton frais de son oreiller, Nessie ferma les yeux. Dieu merci, Tilly était apparue avant qu'il n'ait réussi à formuler cette pensée, pensa-t-elle avec un frisson. Au moins, de cette façon, sa fierté avait-elle été quelque peu ménagée.

Sam arriva vers midi avec Alyssa et une voiture remplie de matériel. Le trajet avait été agréable, même si Sam avait passé une nuit agitée à se tourner et se retourner dans son lit devenu étranger, si bien qu'elle avait laissé sa compagne parler. Elle se gara sur le parking et s'étira, avant de jeter un coup d'œil rapide à son téléphone. Trois appels manqués de Nessie. Qu'est-ce que cela signifiait ?

Faisant disparaître son froncement de sourcils derrière un sourire, Sam se tourna vers Alyssa.

— Viens, on va t'installer.

Mais Nessie l'attendait à la porte du pub.

— Il faut qu'on parle, annonça-t-elle.

L'inquiétude de Sam monta d'un cran. Nessie était encline à s'inquiéter inutilement, mais il y avait quelque chose dans son expression qui l'incita à la prudence.

— Quel est le problème ? C'est à propos de ce soir ?

Nessie lui tendit un exemplaire d'un journal à sensation.

— Tu es la star en couverture.

Un courant d'air glacial fit soudain frissonner Sam quand elle posa les yeux sur la photo qui flanquait la bannière rouge. C'était indubitablement elle, avec Nick, visible derrière son épaule. « LA MYSTÉRIEUSE PETITE AMIE DE NICK ! » proclamait le titre. Elle laissa échapper un gémissement d'exaspération. La soirée avait vraiment dû être pauvre en événements pour que leur sortie fasse la une.

Alyssa se pencha en avant pour y regarder de plus près.

— Je ne savais pas que Nick Borrowdale et toi étiez en couple.

— Ce n'est pas le cas, rétorqua Sam d'un ton sec avant de jeter un coup d'œil vers le bar. Je suppose que Joss a vu ce canard ?

Nessie hocha la tête.

— Et ce n'est pas tout. Des fleurs sont arrivées pour toi et je devine, à la réaction de Joss, qu'elles ne viennent pas de lui. Il n'est pas de très bonne humeur…

Sam tiqua. *Des fleurs ?* Qui diable lui envoyait des fleurs le jour de la Saint-Valentin ? Presque personne ne savait où elle vivait. Se frottant les yeux, elle jeta un regard d'excuse à Alyssa.

— Désolée, ce n'est pas si théâtral d'habitude ici. Pourquoi je ne t'emmènerais pas en haut ? On dirait que j'ai quelques dégâts à réparer.

Les fleurs trônaient sur la table du salon. Sam laissa Alyssa déballer son sac de voyage et s'en fut mener l'enquête. Elle fut surprise de découvrir qu'il n'y avait pas un, mais deux bouquets.

— Un pour chacune de nous, expliqua Nessie, les joues rosies.

Sam ouvrit des yeux comme des soucoupes.

— De la part d'Owen ?

— De la part de Patrick. Tu y crois ?

Difficilement, convint Sam, surtout si l'on songeait que le mari de sa sœur n'avait pas pris la peine d'esquisser le moindre geste romantique pendant les quinze années qui avaient précédé le départ de Nessie. Mais ce devait être une caractéristique masculine : les hommes voulaient toujours ce qu'ils ne pouvaient pas avoir.

— Qu'est-ce que tu en penses ? demanda-t-elle prudemment à sa sœur.

Ce serait tout à fait le genre de Nessie de se sentir coupable.

— C'est gentil de sa part, répondit l'intéressée en effleurant le pétale rouge d'une rose. Le message sur la carte est très gentil aussi. Il espère que nous resterons toujours proches.

Sam lâcha un petit rire moqueur.

— Tu m'étonnes ! Tu n'as pas l'intention de l'appeler, j'espère ?

— Non ! s'exclama Nessie. Bien sûr que non. C'est juste que… (Elle laissa échapper un soupir mélancolique.) C'est agréable de savoir que quelqu'un pense à toi, même si ce n'est pas la personne que tu espérais.

Elle voulait parler d'Owen, bien sûr, comprit Sam.

— Peut-être qu'il t'offrira quelque chose en personne, suggéra-t-elle. Ce soir.

Nessie secoua la tête.

— Je ne crois pas, non. Tu ne regardes pas de qui proviennent les tiennes ? demanda-t-elle avec un regard dur. Joss y voit un cadeau de Nick, mais j'espère que tu n'as rien fait de stupide.

— Non, confirma Sam en repensant à l'offre de Nick la nuit précédente. Je sais que ça y ressemble, pourtant il n'y a rien de tel entre nous.

— Alors, qui t'a envoyé les fleurs ? demanda Nessie. Elles ont dû coûter une fortune, elles ont l'air bien plus chères que les miennes.

Un faible signal d'alarme commença à retentir dans l'esprit de Sam. Elle examina de plus près l'énorme bouquet – des roses d'un rouge velouté nichées à côté de superbes orchidées violettes et des fleurs mauves dont elle ne connaissait pas le nom. Qui savait où elle vivait et avait attendu de pouvoir faire un geste aussi ostentatoire pour l'impressionner ? Son regard se posa sur la petite enveloppe blanche qui dépassait derrière une feuille. Il n'y avait qu'une seule façon de le découvrir…

« Je suis désolé. »

Pas de nom, pas même une initiale. Silencieusement, elle tendit le message à Nessie.

— Tu es sûre qu'elles ne sont pas de Nick ? hasarda celle-ci, après avoir retourné la carte. Peut-être qu'il a en tête la une du journal.

Sam secoua la tête.

— Nick n'a pas à être désolé de quoi que ce soit.

Elle fixa les fleurs pendant quelques secondes. Il y avait bien une personne qui lui devait des excuses, mais elle lui avait interdit de la contacter. Il n'aurait tout de même pas été aussi stupide ?

— Qu'est-ce que tu vas faire du tien ? demanda-t-elle en désignant d'un signe de tête le bouquet relativement modeste à côté du sien.

Nessie cligna des yeux.

— Leur trouver un vase, je suppose. Je ne déteste pas Patrick, même si je ne l'aime pas non plus. (Elle marqua une pause.) Je dois en trouver un pour les tiennes aussi ?

— Inutile, répondit Sam avec détermination. Loin des yeux, loin du cœur. Maintenant, je ferais mieux d'aller expliquer certaines choses à Joss.

Et elle balaya les fleurs de la table pour les faire atterrir dans la corbeille à papier.

Nessie attendit que Sam soit descendue pour récupérer le bouquet dans la poubelle. Enfilant son manteau, elle se glissa par la porte latérale et se dirigea vers l'église Sainte-Marie, espérant que le père Goodluck trouverait une place pour les fleurs sur l'autel.

— Malheureusement, c'est le carême et l'église doit demeurer dénudée, afin de refléter le sacrifice de Dieu, dit-il en posant un regard affligé sur les fleurs. Mais merci pour cette pensée. J'espère que vous trouverez quelqu'un qui appréciera leur beauté.

Après avoir pris congé de lui, Nessie remporta le bouquet. Et maintenant ? Les déposer sur une tombe ? C'était un terrible gâchis que de les laisser se décomposer sur l'herbe humide, mais c'était sans doute mieux que de les vouer à finir dans une poubelle.

Avec les pires gelées de février derrière eux, l'air dans le cimetière était vif, mais pas glacial. Parmi les personnes enterrées là, Nessie n'en connaissait qu'une seule – son père – et, comme il les avait abandonnées, Sam et elle, lorsqu'elles étaient très jeunes, elle n'avait pas pris l'habitude de fleurir sa tombe. Sans quitter l'allée, elle contourna l'église pour parvenir au saule, derrière, qui surplombait les sépultures récentes. En s'approchant, elle vit que quelqu'un se tenait déjà près de la tombe d'Andrew Chapman, quelqu'un d'enveloppé dans un manteau bleu cobalt, avec des cheveux roux qui brillaient au soleil : Ruby Cabernet, en parfaite incarnation de l'actrice sur le retour.

Nessie hésita, rechignant à s'imposer, mais il était trop tard ; Ruby l'avait entendue approcher. Elle se retourna et fit un signe de la main, si bien que Nessie n'eut plus d'autre choix que de continuer à avancer.

— Ma belle, je voulais te remercier de m'avoir raccompagnée hier soir, lança l'ancienne actrice en rajustant ses énormes lunettes de soleil noires. Je dois apprendre à ne pas boire l'estomac vide, ça ne se termine jamais bien.

Nessie sourit. Ruby était chaleureuse, drôle et populaire parmi les habitants de Little Monkham, mais il était indéniable qu'elle buvait trop, à jeun ou pas. En fait, Nessie commençait à soupçonner Ruby de privilégier les déjeuners liquides, voire les petits déjeuners liquides. Ce n'étaient pas ses affaires, bien sûr, sauf quand cela causait du grabuge à la fermeture du pub.

— De rien, voyons, répliqua-t-elle. Ça nous arrive à tous d'être un peu pompettes de temps en temps.

Ruby se tapota le nez.

— Tu sais, c'est exactement ce que Richard Burton avait coutume de me répéter. « Ruby, ma chérie, me disait-il, il n'y a pas un seul homme parmi nous qui n'ait été rond comme une queue de pelle à un moment ou à un autre. »

Nessie ne put s'empêcher de rire. Ruby avait une réserve fascinante d'histoires remontant à sa carrière d'actrice, et Sam et elle comprenaient bien pourquoi elle avait captivé leur père. Ce qui était moins clair, c'était ce qu'elle avait vu en lui, alcoolique chronique ayant choisi la boisson au détriment de sa famille, mais Nessie n'avait aucun doute sur le fait que Ruby avait aimé Andrew, sinon pourquoi lui aurait-elle apporté une rose rouge le jour de la Saint-Valentin ?

Une tache de couleur jaune attira l'attention de Nessie. Les enterrements dans le cimetière de l'église étaient rares, si bien qu'Eliza Rhys était enterrée à quelques parcelles de là. Le jaune vibrant qui l'avait interpellée était un bouquet déposé tout récemment et avec beaucoup de soin à la base de sa pierre tombale. Contre la dalle elle-même, il y avait ce qui ressemblait à une carte dessinée par une main d'enfant.

Nessie sentit des larmes inattendues lui picoter les yeux. La mort d'Eliza ne remontait qu'à quelques années ; autrement dit, Owen et Luke devaient tout naturellement continuer à se débattre avec leur chagrin. Un sentiment de culpabilité s'insinua aussi en elle, car, pendant une seconde, ce matin-là, elle avait espéré – rêvé – que le bouquet apporté par le fleuriste vienne d'Owen. Et elle s'était promis de ne plus s'aventurer sur ce terrain-là : elle n'en retirerait qu'un chagrin d'amour. Quand il s'était avéré que les fleurs lui avaient été envoyées par Patrick, elle avait ressenti une bouffée de quelque chose d'autre : du réconfort et un sentiment flatteur. Quelqu'un la voulait, même si ce n'était pas Owen.

Ruby s'éclaircit la gorge.

— Elles sont charmantes. Tu as un admirateur ?

— Non, répondit Nessie en revenant à l'instant présent. Elles ne m'ont même pas été adressées.

— Oh, j'ai cru un instant qu'Owen avait cessé de faire l'autruche. C'est un homme charmant, commenta-t-elle, l'air réprobateur, mais il a besoin d'un bon coup de pied aux fesses.

— Ruby ! s'écria Nessie, mi-scandalisée, mi-amusée. La tombe de sa femme est juste là.

L'ancienne actrice lui lança une œillade acérée par-dessus ses lunettes de soleil.

— Je sais. Et je sais aussi qu'il ne faut pas compter sur les morts pour te réchauffer par une froide nuit d'hiver. Ils ne rient pas de tes histoires et ne te remontent pas le moral quand tu es déprimée. Seuls les vivants en sont capables. Donc si Owen en pince toujours pour Eliza, c'est un imbécile. Ne le laisse pas se comporter en idiot, Nessie. Débrouille-toi pour qu'il te remarque, conclut-elle en détournant les yeux qu'elle posa sur la rose à ses pieds.

Nessie sentit sa gorge se nouer.

— Je… je ne suis pas sûre qu'il le veuille.

— Oh, que si, répliqua fermement Ruby. J'ai vu de quelle manière il te regarde et *vice versa*. Ce dont vous avez besoin tous les deux, c'est de moins vous regarder et d'agir davantage.

Ruby pouvait-elle avoir raison ? Owen pensait-il à elle comme elle pensait à lui ? Cela semblait peu probable, vu ses paroles de la veille au soir, mais il n'avait pas terminé sa phrase. Peut-être qu'il n'avait pas l'intention de la laisser tomber en douceur après tout.

— Je vais y réfléchir, déclara-t-elle en tendant à Ruby le bouquet que Sam avait refusé. Vous les voudriez ? Sinon, elles vont finir à la poubelle.

Ruby s'empara de la composition florale et la sentit profondément.

— Des orchidées vanda et des roses grand prix, mes préférées ! Merci.

Nessie prit une profonde inspiration et lui sourit.

— Non, Ruby. Merci à vous.

Joss accueillit Sam avec un sourire sans joie quand elle vint le retrouver derrière le bar.

— La soirée d'hier a été bonne ? demanda-t-il avec une indifférence étudiée. C'est en tout cas l'impression que ça donne : « Le couple a bu deux bouteilles de champagne et partagé un homard thermidor avant de s'engouffrer dans un taxi, *dixit* le journal. Un témoin oculaire a déclaré que Nick Borrowdale semblait très épris. »

— Ce n'est pas ce que tu crois, protesta Sam en soupirant. Tu connais les journaux, ils ne s'embarrassent pas de coller aux faits quand il s'agit de raconter une bonne histoire.

— Donc tu n'as pas bu deux bouteilles de champagne ? insista Joss. Vous n'êtes pas partis ensemble ?

Son ton manquait de fermeté, à présent. Sam jeta un coup d'œil autour d'elle, pour vérifier si on risquait de les entendre, mais le pub était tranquille.

— Ces éléments-là sont vrais, mais il m'a déposée à mon appartement avant de rentrer seul chez lui. Et il n'était assurément pas « très épris », précisa-t-elle. Je te promets qu'il n'y a rien entre Nick et moi.

Joss détourna le regard, les épaules voûtées.

— Alors pourquoi il t'envoie des fleurs ? Je parie que, lui, tu ne l'as pas mis au courant de ton allergie à la romance.

Sam hésita.

— Les fleurs n'ont pas été envoyées par Nick.

Il plongea ses yeux dans les siens, s'efforçant visiblement de décider s'il devait la croire. Elle croisa son regard et le soutint, si bien qu'au bout de quelques secondes, il abandonna son air accusateur.

— Elles viennent de qui, alors ? murmura-t-il. On est combien sur les rangs, Sam ?

— Il n'y a que toi, répondit-elle en s'approchant pour lui poser une main sur le bras. Les fleurs proviennent de quelqu'un que j'ai connu, personne d'important. Tu es le seul qui compte. Et en voici la preuve. Joyeuse Saint-Valentin !

Sur un profond soupir, elle tendit l'enveloppe qu'elle dissimulait dans son dos. Joss la fixa quelques secondes des yeux, puis s'en saisit.

— Je croyais qu'on ne donnait pas dans les cartes, marmonna-t-il en ouvrant l'enveloppe.

Elle haussa les épaules.

— J'ai un peu changé d'avis. C'est bon, je sais que tu ne m'as rien offert. Je voulais juste que tu le saches : tu es mon Valentin, point.

Il lut la carte et prit Sam dans ses bras.

— Merci, lui chuchota-t-il dans les cheveux, avant de s'éloigner et de fouiller dans sa poche arrière. Joyeuse Saint-Valentin à toi aussi !

Sam sourit d'avoir elle aussi une enveloppe à ouvrir. Il lui avait écrit un poème, qui la comparait à sa meilleure bière brune et lui donnait l'avantage sur le précieux breuvage.

— Joss Felstead, tu es un indécrottable romantique.

— Je plaide coupable, admit-il en baissant la tête pour l'embrasser. Donne-moi du temps et, grâce à moi, tu en deviendras une, toi aussi.

Les lumières étaient tamisées, les bougies allumées. Un grand feu crépitait dans l'immense cheminée et les tables étaient garnies de roses rouges dans de grands vases élancés. À l'étage, le réfrigérateur regorgeait d'entrées froides au saumon fumé et une énorme marmite de soupe à la tomate et au mascarpone délicatement parfumée cuisait à petit feu sur la plaque de cuisson. Au Cottage des Perce-neige, Alyssa, Owen et Kathryn attendaient l'arrivée des premières commandes. Nessie regarda Sam qui vérifiait les tables une dernière fois.

— Prête ? demanda-t-elle.

— Il manque quelque chose, répondit Sam en pinçant les lèvres.

— Un peu de musique ? lança Joss de derrière le bar. J'espère qu'il y a du Barry White sur la playlist, il me met toujours dans l'ambiance.

Sam éclata de rire.

— Rappelle-moi ton âge ?

Joss sourit en polissant les pompes à bière.

— Il est intemporellement sexy. Un peu comme moi, d'ailleurs.

Sam leva les yeux au ciel, mais Nessie comprit que c'était de la comédie. En fait, Sam émettait une espèce de rayonnement, ce soir, véhiculait une douceur que Nessie ne lui avait jamais vue auparavant et elle était sûre que le mérite en revenait à Joss. *Les miracles ne cesseront jamais*, pensa Nessie avec un sourire.

Ma sœur qui aime tant papillonner est peut-être en train de se ranger.

— C'est l'heure, déclara Sam en allumant la sono.

La voix d'Ed Sheeran se fit entendre. Nessie haussa les sourcils.

— C'est romantique. Je suis impressionnée.

— Grâce à DJ Joss, ici présent, répliqua Sam. Si je ne le connaissais pas mieux, j'aurais pu croire qu'il était en réalité Cupidon.

— En tout cas, il te rend heureuse, observa Nessie, qui avait baissé la voix pour que seule Sam puisse l'entendre.

— En effet, confirma sa sœur. Je ne pense pas avoir jamais été plus heureuse. Il ne nous reste plus qu'à vous mettre ensemble, Owen et toi, et tout ira bien pour toi et moi.

Nessie soupira.

— Il est peu probable que ce soit pour ce soir, tu ne crois pas ? Il est au cottage et je suis ici.

— Ne sous-estime jamais saint Valentin, objecta Sam avec un clin d'œil furtif. J'ai entendu dire qu'il opérait de façon mystérieuse.

On aurait dit que la moitié du village avait afflué au *Star and Sixpence* pour sa ration annuelle de romance, et beaucoup d'étrangers aussi. Nessie ignorait si tous ces romantiques avaient été attirés par la célèbre cheffe de Sam ou par la perspective de dîner dans un endroit où c'était normalement impossible, en tout cas toutes les tables étaient prises et il arrivait un flot continu de clients venus tenter leur chance sans avoir réservé. Elle faisait de son mieux pour en accueillir, mais il y eut des visages déçus à la porte quand elle dut les refuser. Elle veilla à faire une place à Ruby, cependant : une table pour une personne dans un coin tranquille, à l'abri des effusions romantiques. C'était bien qu'elle soit là, même si son amoureux ne vivait plus que dans ses souvenirs.

Joss et Tilly tenaient le bar et géraient les commandes de boissons. Les cocktails spéciaux conçus par Tom Collins, l'expert en la matière, étaient particulièrement appréciés et Joss paraissait tellement se délecter de son rôle temporaire de mixologue que Nessie en vint à penser qu'elles pourraient proposer le cocktail Red Roses de façon pérenne. Une fois toutes les tables occupées, elle laissa Sam superviser le service et se hâta de grimper à l'étage pour chercher les commandes. Les entrées étaient considérées comme moins délicates et Alyssa avait accepté à contrecœur de laisser Nessie s'en charger, même si celle-ci n'aurait pas été surprise de découvrir une caméra dissimulée quelque part, pour permettre à la cheffe de la superviser. Elle ne pouvait pas lui en vouloir : la réputation d'une cheffe était au niveau des plats servis, après tout.

Charlotte, l'une des serveuses intérimaires, apparut dans l'embrasure de la porte de la cuisine.

— Bon, il me faut huit soupes, six saumons et deux terrines de champignons. Puis un foie au chianti, dix poulets grillés en crapaudine et cinq bœufs Wellington.

Nessie désigna le téléphone du menton.

— Super. Appelez le cottage pour commander les plats principaux, voulez-vous ?

Elle se pencha pour vérifier les petits pains qui chauffaient dans le four – ils avaient besoin de quelques minutes supplémentaires –, avant de verser la soupe dans des bols préchauffés.

Une autre serveuse – Nessie se souvint qu'elle s'appelait Sarah – passa la tête par la porte.

— Il me faut neuf saumons et cinq soupes. (Elle consulta son carnet.) Et la table 9 veut savoir si le bœuf est d'origine éthique.

— Dites-leur de poser la question à la table 4, répondit Nessie en ajoutant des bols au chauffe-plat. Elle est occupée par le boucher à qui nous l'avons acheté.

— Nessie ? l'interpella une troisième voix depuis le palier. Je pourrais avoir six terrines aux champignons, dix soupes et un saumon fumé sans vinaigrette au cresson ?

Sarah s'arrêta sur un claquement de doigts.

— Oh, une de mes tables voulait savoir si le fromage de chèvre était bio. Et une autre a demandé du pain sans gluten. C'est possible ?

— Je pense, répondit Nessie en regardant autour d'elle. Alyssa a dit qu'elle en avait commandé. Et le fromage est bio, oui, c'est une certitude.

Elle fouilla dans les sacs en papier contenant les petits pains, additionnant mentalement les commandes. *Vingt-trois soupes, seize saumons (dont un sans sauce) et huit terrines.*

— Qu'est-ce que je dois faire avec le reste de mes commandes ? demanda la troisième fille.

Nessie lui indiqua le téléphone. Charlotte lui passa le combiné et renifla.

— Il n'y aurait pas quelque chose qui brûle ?

Nessie laissa tomber le sac de petits pains et retira du feu une casserole d'oignons pour la terrine. Ils étaient moins caramélisés que carbonisés.

— Bon, cette organisation ne fonctionne pas, constata-t-elle en jetant la casserole dans l'évier. Je ne peux pas faire la cuisine et effectuer en même temps le suivi des commandes.

Owen se profila dans l'embrasure de la porte.

— Je peux me rendre utile ?

Nessie résista à l'envie de le traîner physiquement dans la cuisine déjà bondée.

— Tu ne devrais pas être au cottage ?

— J'ai reçu l'ordre de venir ici en renfort, expliqua-t-il, mais je peux aider Joss au bar, si tu n'as pas besoin de moi.

Cette fois, elle l'attira bel et bien dans la pièce.

— Non ! s'écria-t-elle d'une voix confinant au glapissement. Si je sers la nourriture, tu peux la disposer sur les plateaux ? Les filles, vous devrez vous entraider pour le service et, pour l'amour de Dieu, faites attention en montant et en descendant les escaliers.

Maintenant qu'Owen était là à lui prêter main-forte, Nessie sentit son niveau de stress diminuer. Il coordonnait les commandes avec une précision militaire, de sorte qu'elle avait la possibilité de se concentrer sur les plats et de s'assurer que tout ce qui sortait de la cuisine répondait aux normes exigeantes d'Alyssa. Il y avait un flux constant de pas dans l'escalier, que Nessie faisait de son mieux pour ignorer. Elle tentait aussi d'ignorer la proximité d'Owen, due à la nécessité plutôt qu'à un choix de l'intéressé, et l'émoi où la plongeait sa présence. Heureusement qu'elle pouvait mettre ses joues roses sur le compte du four.

Lorsque toutes les entrées furent enfin servies, Nessie s'adossa à l'évier et ferma brièvement les yeux.

— Ouh, là, là. C'est sûr, les ambitions que j'avais de cuisiner à grande échelle sont bel et bien enterrées.

Owen sourit.

— C'est dommage. Les plats avaient l'air délicieux.

— Pas grâce à moi, répliqua Nessie, qui se retourna pour remplir l'évier d'eau chaude. Tout le mérite en revient à Alyssa. Et merci d'être venu, au fait. Tu m'as sauvée du désastre.

Un torchon en main, Owen s'empara de la planche à découper que Nessie venait de laver.

— Je ne peux pas non plus m'en attribuer le mérite, avoua-t-il avec regret. Alyssa m'a reproché de traîner dans ses pattes.

Nessie sentit l'indignation bouillonner dans ses veines. Quel toupet ! Il ne lui avait pas traîné dans les pattes, à elle, et cette cuisine-ci était beaucoup plus petite que celle du cottage.

— Eh bien, j'en suis contente. Je me serais probablement noyée dans la soupe si tu n'étais pas arrivé.

Il la dévisagea.

— On forme une bonne équipe.

Nessie en eut le souffle coupé. *N'y attache pas trop d'importance*, se réprimanda-t-elle sévèrement. *Il veut parler d'ici, de ce soir.* Elle opina prudemment du chef.

— En effet.

Le regard noir d'Owen soutint le sien.

— Quand cette soirée sera terminée et que les choses se seront calmées, je me demandais si tu accepterais de…

Il fut interrompu par une cavalcade dans l'escalier. Nessie aurait pu crier. *Pas encore…*

— Désolée, Owen, lança Sarah depuis le seuil de la porte. Alyssa dit qu'elle ne peut plus se passer de vous. Elle a besoin de vous au cottage.

Et elle attendit, ayant clairement reçu l'ordre de ne pas revenir sans lui. Owen secoua la tête.

— Je pensais que je lui traînais dans les pattes, marmonna-t-il. Désolé, Nessie, je déteste te laisser avec tout le nettoyage à faire.

Nessie retint un soupir.

— Honnêtement, ne t'inquiète pas. C'est ma cuisine, mon capharnaüm. Tu ferais mieux de te dépêcher. Ça m'étonnerait qu'Alyssa aime qu'on la fasse attendre.

Avec un regard d'excuse, Owen se courba légèrement pour franchir la porte et sortit. Nessie le suivit du regard pendant quelques secondes, puis plongea les mains dans l'eau savonneuse. Ce qu'il voulait la voir accepter devrait attendre.

— On va manquer de framboises, chuchota Joss à Sam quand elle se glissa derrière le bar. J'en ai assez pour trois autres cocktails et c'est tout.

Sam examina la pièce d'un air pensif. La plupart des convives, qui avaient terminé leur plat principal, étaient passés au dessert. Ensuite, ils voudraient probablement un café, mais plus d'alcool. À l'exception de Ruby, bien sûr, installée à sa table pour une personne dans un coin. Elle avait insisté pour venir, au motif que le *Star and Sixpence* était l'endroit où elle se sentait le plus proche d'Andrew, et aucune des deux sœurs n'avait eu le cœur de lui refuser cette faveur. Pourtant, pensa Sam, il ne devait pas être évident de prendre place toute seule parmi tant de couples. C'était peut-être la raison pour laquelle Ruby en était à son cinquième cocktail alors qu'elle avait à peine touché à son repas.

Elle se retourna vers Joss.

— Quand il n'y en a plus, il n'y en a plus. Première règle valable pour presque tout : mieux vaut laisser les gens sur leur faim.

Il haussa un sourcil.

— C'est toi la patronne.

Attrapant une bouteille de rioja, Sam afficha un sourire chaleureux et se dirigea vers la table 12. Franny dînait avec le vieil Henry Fitzsimmons, un couple qui avait immédiatement fait jaser. Au début, Sam avait pensé qu'ils se tenaient simplement compagnie, mais elle voyait à présent Henry tendre la main à Franny. *Qui avait senti la chose venir ?* s'étonna Sam tout en veillant à garder un visage parfaitement neutre.

Elle s'éclaircit la gorge en s'approchant de la table. Henry retira sa main et les joues de Franny se teintèrent du plus joli rose fillette.

— Avec les compliments de la maison, déclara Sam en tendant le vin. Pour vous remercier de votre fidélité.

Si Henry la remercia d'un ton bourru, Franny lui offrit le sourire distingué d'une reine acceptant le cadeau d'un loyal sujet. Serrant légèrement les dents, Sam ouvrit le vin pour qu'Henry le goûte.

— Pas mal, grommela-t-il. Laisse-le respirer un peu, ça lui fera du bien.

Sam posa la bouteille sur la table.

— Le repas vous a plu ?

Les yeux de Franny s'allumèrent.

— Délicieux. Tu ne sais peut-être pas comment gérer une entreprise, mais tu as assurément des amis talentueux, Samantha.

— Oh oui, mes compliments au chef, renchérit Henry. Une merveilleuse boustifaille, même si tu pourrais lui recommander de laisser le bœuf un peu plus longtemps au four. Il n'était pas tout à fait cuit.

Sam s'obligea à afficher sa plus parfaite expression de responsable des relations publiques.

— Merci. Je transmettrai moi-même vos commentaires à Alyssa.

Sur un dernier sourire, Sam entreprit de faire le tour des autres convives, vérifiant de loin que tout se passait comme il se devait. Martha de la boulangerie et son mari se donnaient mutuellement la becquée avec leur cheese-cake aux litchis, comme s'ils étaient les seules personnes dans la pièce, et l'amour semblait s'épanouir à de nombreuses autres tables également. Sam prit au passage quelques commandes de boissons supplémentaires et se précipita vers le bar.

— Je vois que Cupidon a été bien occupé, commenta Joss en désignant Franny et Henry d'un signe de tête.

— N'est-ce pas ? répliqua Sam au moment où la voix moelleuse de Nat King Cole sortait des haut-parleurs. Qui sait, peut-être qu'un peu de romance les adoucira tous les deux.

Joss secoua la tête.

— Ne rêve pas. Il n'y a pas assez d'amour de par le monde pour adoucir Franny Forster.

Sam éclata de rire.

— Les gens disaient la même chose de moi.

Avec un soin infini, Joss était en train de placer une framboise en équilibre sur le cocktail qu'il parachevait.

— Oui, sauf que tu as quelque chose que Franny n'a pas, objecta-t-il avec assurance.

— Ah bon ? s'étonna Sam. Qu'est-ce que c'est ?

Joss poussa le verre vers elle et lui lança un clin d'œil.

— Moi.

— Je pense qu'on peut parler de succès, non ?

Sam était accoudée au bar, sirotant un Cosmopolitan à la cerise. Nessie lui trouvait l'air fatigué – comme eux tous. Une fois les derniers convives partis, Sam avait fait un saut au Cottage des Perce-neige pour inviter tout le monde à venir prendre un verre, afin de fêter l'événement. Owen avait choisi de rester avec un Luke endormi, mais Kathryn et Alyssa avaient répondu présentes. Joss avait offert une tournée générale de cocktails et Sam porté un toast au *Star and Sixpence* et à leur supercheffe en visite.

— Tu as impressionné Franny. Et elle est connue pour être difficile à satisfaire, observa Nessie. Une étoile au *Michelin*, ce n'est rien par rapport au sceau d'approbation Forster.

— Je suis honorée, lâcha Alyssa. La soirée a été un grand succès. Ça n'a pas été facile, mais gérer une cuisine n'est jamais une promenade de santé.

Nessie repensa au chaos de début de soirée et frissonna.

— Je ne pense pas que nous ferons de ces repas une offre permanente. Une fois par an, c'est bien suffisant.

— Mais vous pourriez ouvrir les chambres libres qui vous restent et faire Bed and Breakfast, suggéra pensivement Alyssa. Elles sont vraiment mignonnes et je suis sûre que des gens seraient prêts à payer pour séjourner dans un endroit aussi charmant que celui-ci.

Les yeux de Sam brillèrent.

— C'est une idée géniale. On pourrait faire les boutiques, les rendre uniques et y ajouter toutes sortes de touches originales. Qu'est-ce que tu en penses, Nessie ?

— Repose-moi la question demain, répondit-elle en riant. Quand la terreur de ce soir se sera estompée.

— C'est dommage qu'Owen ne puisse être là, commenta Alyssa. À ma grande surprise, il s'est avéré très utile, en fait.

Nessie fronça les sourcils.

Je pensais qu'il traînait toujours dans tes pattes…

Elle vit Sam et Alyssa échanger un regard de conspiratrices.

— Au début, oui, convint la cheffe. Mais ensuite il s'est amélioré. Je pense qu'il ferait un excellent mari.

Nessie rougit d'embarras. C'était donc de cela qu'il s'agissait : Sam avait dû recruter Alyssa en qualité d'entremetteuse. Mais fallait-il qu'elles en discutent ouvertement devant la propre sœur d'Owen ? Elle coula un regard rapide à Kathryn, qui sourit. Une autre vague d'embarras submergea Nessie.

— En parlant d'Owen, je pense qu'il mérite un verre, lui aussi, déclara-t-elle plus fort que nécessaire. Joss, tu peux me servir une pinte de Thirsty Bishop, s'il te plaît ? Que je l'apporte au cottage.

— Excellente idée, approuva Joss avec le plus grand sérieux.

Il posa la chope mousseuse sur le bar et Nessie s'en empara, impatiente de se soustraire à leurs regards complices. Est-ce que tout le monde au village s'intéressait à sa vie amoureuse ou se faisait-elle des idées ? Elle se dirigea vers la porte.

— Prends ton temps, lui lança Sam. Je me coucherai sans t'attendre.

L'air froid fut un soulagement pour les joues en feu de Nessie. Sam voulait bien faire, mais elle n'était pas vraiment subtile. Et si Kathryn répétait à Owen les propos d'Alyssa ? Il croirait que Nessie rêvait de robes de mariée alors qu'elle se demandait avec anxiété s'il était seulement intéressé.

Elle faillit se dégonfler devant la porte du cottage. Mais l'idée de retourner au pub était plus atroce que quelques minutes en compagnie d'Owen. Aussi souleva-t-elle le heurtoir en laiton et frappa-t-elle aussi doucement que possible, vu que la chambre de Luke se trouvait juste au-dessus.

— Nessie, lâcha Owen, l'air surpris, mais heureux. Je pensais que tu serais occupée à ranger.

Elle lui tendit la pinte.

— On s'est dit que tu pourrais en avoir besoin. En guise de remerciement pour tout ce que tu as fait.

Il sourit et lui tint la porte.

— Entre.

Le salon était aussi chaleureux et accueillant que dans le souvenir de Nessie. Le poêle à bois rougeoyait et un livre de poche usé reposait, dos en l'air, sur l'accoudoir du canapé. Elle jeta un coup d'œil curieux à la couverture, mais son regard fut attiré par la photo d'Eliza et elle s'empressa de détourner les yeux.

— Je peux t'offrir un verre ? suggéra Owen. J'ai une bouteille de rouge ouverte, si ça te tente ?

Nessie hésita, puis repensa au comité d'accueil qui l'attendrait au pub.

— Juste un petit, alors.

Il disparut dans la cuisine. Quelques secondes plus tard, il était de retour, un verre plein à ras bord à la main.

— Santé, lança-t-il, après l'avoir tendu à Nessie. À un autre succès retentissant du *Star and Sixpence*.

— Santé, fit-elle à son tour. Et merci encore pour ton aide.

Elle prit une gorgée de vin et, bientôt, sentit sa chaleur se lover dans son ventre.

Owen s'assit sur le canapé.

— Tout le plaisir était pour moi. C'est génial de voir la vieille baraque à nouveau pleine de vie. Ton père serait fier.

Nessie jeta un coup d'œil à la place libre sur le canapé et écarta aussitôt la possibilité : elle se retrouverait trop proche. Au lieu de quoi, elle se percha sur le bord du fauteuil qui lui faisait face.

— Il me semble, oui, confirma-t-elle en faisant de son mieux pour garder un ton neutre.

Nul n'ignorait que Sam et elle s'étaient brouillées avec leur père bien des années avant sa mort, mais Nessie s'était rendu compte que l'opinion du village sur Andrew Chapman était bien différente de celle de ses filles. À Little Monkham, il avait été apprécié et respecté et elle ne voyait aucune raison de nuire à cette bonne opinion.

Elle avala une autre gorgée de vin. Il était vraiment bon, probablement un malbec. Sauf qu'Alyssa avait concocté une sauce à base de chianti pour accompagner l'un des plats principaux, donc il s'agissait peut-être de ce vin-là. En tout cas, il lui permettait de se détendre un peu plus.

— Tu me fais penser à un petit oiseau, commenta Owen, coupant court à ses supputations. Toujours sur le point de s'envoler.

Nessie leva les yeux vers lui, s'attendant à voir une lueur amusée pétiller dans ses prunelles, mais elle n'y lut que de l'inquiétude.

— Tu n'es pas le premier à me faire ce genre de réflexions. Sam pense que je suis trop timorée.

— Je ne pense pas que tu sois timorée, protesta-t-il. Tu es, à mon avis, l'une des femmes les plus fortes que j'aie jamais rencontrées. Regarde : tu as déménagé dans un village que tu ne connais pas, tu as repris une entreprise en difficulté et tu l'as transformée en dépit d'une hostilité assez féroce. Cela ne me semble pas à la portée d'un caractère timoré.

Nessie sourit. En l'écoutant présenter les choses sous cet angle, elle se sentait plus courageuse. La remise sur pied du *Star and Sixpence* avait été une entreprise périlleuse, surtout quand Franny et Henry s'y étaient opposés, mais Sam et elle avaient réussi.

— Merci.

Ils échangèrent un long regard et Nessie se rendit compte qu'une autre sorte de chaleur s'insinuait en elle, une chaleur qui n'avait rien à voir avec le vin. Elle repensa à la suggestion de Ruby, un peu plus tôt, dans le cimetière. « *Moins vous regarder et agir davantage.* » Si Ruby et Sam avaient raison et qu'Owen était vraiment intéressé, alors rien ne l'empêchait de faire le premier pas.

Enhardie par les louanges d'Owen, Nessie avala une autre gorgée de vin et s'éclaircit la gorge.

— Ça te dirait d'aller boire un verre, un de ces jours ? Pas au pub, mais ailleurs. Dans un endroit différent.

Les mots étaient sortis plus vite qu'elle ne l'avait prévu et elle acheva sa phrase sur un couinement anxieux. *Tu parles d'une courageuse*, pensa-t-elle en gémissant intérieurement. Mais Owen ne semblait pas avoir remarqué son ton timide. Ses yeux n'avaient pas quitté les siens.

— J'aimerais bien, murmura-t-il. J'aimerais beaucoup.

Elle relâcha aussitôt son souffle.

— Moi aussi.

Il secoua la tête avec un petit sourire ironique.

— Ça fait des jours que j'essaie de t'inviter, mais un obstacle s'est chaque fois dressé sur mon chemin. Je commençais à penser que c'était un signe.

Nessie sourit alors qu'un mélange de soulagement et de bonheur la submergeait.

— On a fini par y arriver.

Owen se redressa et leva sa chope.

— À nos prochains verres.

— À nos prochains verres, répéta Nessie en trinquant avec lui.

Été au *Star and Sixpence*

JoJo et Jamie
ont le plaisir de vous inviter
à la célébration de leur mariage

en l'église St Mary,
Little Monkham, Shropshire

et ensuite sur l'esplanade du village, devant le

Star and Sixpence, Sixpence Lane,
Little Monkham
le samedi 4 juin à 13 h 30

Chapitre 15

Les rénovations ne se passaient pas exactement comme prévu, comprit Nessie Blake, quand des jurons étouffés descendirent l'escalier depuis les chambres du grenier. Avec un soupir, elle se leva de la petite table de cuisine et ferma la porte qui communiquait avec le palier. Pourquoi s'était-elle laissé convaincre par sa sœur d'ouvrir à la clientèle les chambres au-dessus du *Star and Sixpence* ? Le projet avait déjà pris du retard, même si c'était probablement mieux qu'elles aient découvert les tuiles manquantes avant l'ouverture, et le budget initial du chantier était d'ores et déjà dépassé. N'avaient-elles pas assez à faire pour assurer le bon fonctionnement du pub, sans le stress supplémentaire que causaient d'incessants nuages de poussière, des bottes martelant le sol d'un pas lourd et des bouffées de testostérone rugissante ? Sam insistait sur le fait que le jeu en vaudrait la chandelle, mais Nessie n'en était pas si sûre.

Son instinct naturel la poussait à y aller lentement, toutefois, comme d'habitude, Sam avait pris les devants et réservé une soirée de mariage pour début juin, soit dans moins d'un mois. C'était trop tôt, pensa

Nessie en serrant sa tasse de café entre ses mains, alors que les jurons s'intensifiaient. Elles avaient emménagé dans le pub seulement six mois plus tôt et se coltiner des responsabilités supplémentaires lui donnait l'impression de courir avant de savoir marcher.

Nessie jeta un coup d'œil à l'horloge : elle devrait bientôt descendre. En général, Joss entrait dans le bar sans qu'on ait à lui ouvrir, mais Nessie aimait être là pour le saluer, même si elle tombait de plus en plus souvent sur lui en train de sortir de la chambre de Sam, après avoir passé la nuit avec elle. Il ne montrait jamais le moindre signe de gêne, alors que Nessie sentait chaque fois ses propres joues s'enflammer. Ce n'était pas qu'elle désapprouvait leur relation – en fait, elle n'avait jamais vu Sam aussi heureuse –, mais tomber sur un employé habillé en tout et pour tout de la robe de chambre de sa sœur n'était pas un point qui avait été abordé dans le cours de gestion de bar qu'elle avait suivi.

Il y eut un fracas au grenier, suivi d'un bruit sourd et d'un cri furieux. Nessie avala sa dernière gorgée de café et se réfugia au bar, où il y avait sans doute moins de chances que le plafond lui tombe sur la tête. Elle n'avait pas grand-chose à y faire : Tilly et Joss, qui formaient un binôme efficace, avaient accompli le gros du travail après la fermeture, la veille au soir. Nessie nettoya l'âtre de la grande cheminée, balaya les cendres et ralluma le feu en prévision de la soirée. Elle jeta un coup d'œil par les fenêtres à losanges de plomb avant d'aller porter les cendres à l'extérieur. Un soleil éclatant jouait sur l'esplanade du village, offrant à ses yeux une éblouissante symphonie émeraude et or. Après un mois de mars où la neige avait menacé de tomber, avril avait été doux et mai chaud jusqu'à présent. Certains clients s'étaient aventurés dans la cour à l'arrière du pub pour profiter du ciel bleu et du soleil, même si les soirées étaient encore fraîches, une fois la nuit tombée. La veille au soir, Owen était venu avec Luke, et elle avait passé tellement de temps à les regarder que Sam avait ironisé : sa sœur était pire selon elle qu'une adolescente se pâmant devant son petit ami.

— Ce n'est pas mon petit ami, avait protesté Nessie, intérieurement crispée. Les femmes de trente-quatre ans ont des petits amis, selon toi ?

— Appelle-le comme tu veux, alors, avait concédé Sam avec un sourire. En tout cas, tu ne le quittes pas du regard.

Embarrassée, Nessie avait trouvé de quoi s'occuper et, quand elle avait de nouveau regardé dehors, Owen et Luke étaient partis. En fait, elle ne savait pas vraiment où elle en était avec Owen. Ils avaient eu un rendez-vous depuis la Saint-Valentin et Nessie avait trouvé que tout s'était bien passé, mais entre la rénovation du pub, le travail qui le retenait à la forge et une méchante maladie hivernale de Luke, ils n'avaient pas réussi à se revoir. Ils se trouvaient maintenant dans une sorte de no man's land amical dont Nessie ne savait comment sortir. Quelques verres dans un pub des environs ne pouvaient être qualifiés de rendez-vous amoureux…

— Tu verrais la circulation : incroyable ! s'écria Sam en franchissant la porte d'entrée, les bras chargés de provisions. Le tracteur de Mick McCluskey a perdu son chargement près du pont. L'embouteillage fait au moins huit cents mètres.

Nessie sourit.

— Ça pourrait être pire. S'il avait versé sur la M25.

Sam frissonna.

— Bien vu. Joss n'est pas là ? ajouta-t-elle après un coup d'œil au bar.

— Pas encore, ce qui est bien dommage car je voulais qu'il parle aux maçons, pour savoir comment les choses se passaient là-haut. Il y a eu beaucoup de cris ce matin.

Sa sœur laissa tomber les paquets sur le bar.

— Pourquoi tu ne vas pas leur poser la question ? On est en 2016, pas en 1816.

— J'ai essayé, répliqua Nessie en grimaçant. Ils ont fait de leur mieux pour éluder la question, puis ils m'ont presque tapoté la tête avant de me pousser dehors.

Sam la dévisagea.

— Quel toupet ! Qui va régler la note, selon eux ? Donne-moi un coup de main pour décharger la voiture et je vais aller leur toucher deux mots.

Nessie s'efforça de ne pas se formaliser de la critique implicite de sa sœur. Pourquoi avait-elle laissé les maçons la prendre de haut ? Pourquoi ne leur avait-elle pas tenu tête et exigé de savoir ce qui se passait, comme Sam était sur le point de le faire ? Après tout, elle était la sœur aînée, même si cela constituait peut-être une partie du problème – Sam avait vingt-neuf ans et faisait tourner les têtes ; Nessie quatre ans de plus et, bien qu'elle ait les mêmes yeux verts que sa sœur, leur ressemblance s'arrêtait là. Elles avaient aussi des personnalités différentes : Sam était sûre d'elle et entière, tandis que Nessie se montrait naturellement prudente et réservée. Bref, Nessie savait qu'elles ne jouaient pas dans la même catégorie. Même son mari, Patrick, avait cessé de la trouver attirante, à la fin de leur relation. Pas étonnant que les maçons la remarquent à peine quand elle leur parlait : elle pourrait tout aussi bien être invisible.

— J'ai une meilleure idée, intervint-elle en carrant les épaules. Pourquoi ne pas décharger la voiture et aller leur parler ensemble ? Au pire, je tiendrai ton manteau pendant le duel.

— Marché conclu, dit Sam. Et s'ils ne nous donnent pas satisfaction, on sort l'artillerie lourde : la bombe F.

Nessie fronça les sourcils pendant quelques secondes : Sam n'avait pas peur des expressions vigoureuses, mais qu'entendait-elle par là ? Puis le déclic se fit.

— Oh, tu veux parler de Franny !

— Oui. Il n'y a pas un maçon jusqu'à Birmingham qui ne tremble dans son pantalon rien qu'à entendre son nom. Si menacer de leur envoyer Franny Forster ne les met pas au travail, rien ne le fera.

Nessie esquissa un sourire ironique.

— Je préfère que ce soient eux qui l'aient sur le dos, plutôt que moi.

— Même si je pense qu'elle s'est un peu adoucie depuis la Saint-Valentin, nuança Sam. Je ne sais pas ce que le vieil Henry Fitzsimmons lui fait, mais il faut qu'il continue.

Et ça aussi, c'était quelque chose, songea Nessie : comment la flèche de Cupidon avait-elle pu toucher la redoutable Franny et l'acariâtre Henry, mais les avoir complètement ratés, Owen et elle ? Cela semblait injuste.

Un tintement étouffé de verre brisé leur parvint d'en haut. Sam retroussa ses manches et se dirigea vers l'escalier.

— À bien y réfléchir, le déchargement peut attendre. Il y a quelques fesses de maçons qui ont besoin d'un bon coup de pied, là-haut.

Le titre de champion du Quiz mensuel du lundi soir était toujours très disputé. Les habitués de Little Monkham percevaient les équipes de visiteurs venus des villages environnants de la même manière que Boadicée[1] devait considérer les Romains : comme des envahisseurs à arrêter et peut-être même à écraser à tout prix. Nessie essayait de s'assurer que le père Goodluck de l'église St Mary soit présent aussi souvent que possible, pour exercer sa présence paisible et apaisante. Sans surprise, l'équipe de Franny était la plus compétitive du lot.

Les questions étaient élaborées par un auteur travaillant pour les jeux télévisés, une connaissance de Sam, et elle avait fait de son mieux pour trouver chaque mois un animateur de jeu célèbre. Depuis que les sœurs avaient lancé le quiz en mars, elles avaient reçu l'ex-animateur narquois de l'émission de fin de soirée *News Tonight*, puis l'acteur Nick Borrowdale, dont le retour avait mis tout le monde en émoi. Nessie était sûre que les joueuses n'avaient pas été en mesure de se concentrer à fond, ce soir-là : même Franny avait

1. Reine celte du Iᵉʳ siècle, qui organisa le soulèvement de son peuple contre l'occupant romain.

semblé distraite, un peu moins acharnée. Nessie sourit à ce souvenir. Elles devraient peut-être demander à Nick de revenir poser les questions tous les mois.

L'animatrice de ce soir-là était Shania Khan, une humoriste à la langue bien pendue, dont Nessie attendait avec impatience les traits d'esprit. Comme toujours, elles avaient dû rajouter quelques tables pour accueillir toutes les équipes et Sam avait refusé l'entrée à quelques équipes retardataires, tout en assurant aux pauvres évincés qu'ils étaient plus que bienvenus pour regarder la partie depuis le bar et répondre officieusement aux questions. Le silence s'installa dans le pub lorsque Shania se saisit du micro.

— Bon, les équipes, soyez les bienvenues au Quiz du lundi soir organisé par le *Star and Sixpence*, attaqua-t-elle en haussant les sourcils. Les feuilles de réponses sont prêtes, les Bic sont prêts ? Alors c'est parti.

Elle se lança dans le premier round de questions. Des messes basses fusaient après chaque question et des chuchotements acharnés montaient de la table de Franny. Elle était assise avec ses coéquipiers habituels : Henry Fitzsimmons, Martha White de la boulangerie et Owen. Nessie ne les enviait pas : depuis que son équipe avait gagné le tout premier quiz, Franny n'avait cessé de faire claquer le fouet pour les inciter à viser la gloire. En avril, ils avaient été relégués à la deuxième place par une équipe de Purdon et Owen avait confié en riant à Nessie que Franny avait prévu des cours de bachotage afin de s'assurer qu'ils récupèrent le titre ce mois-ci.

— Deuxième tour : géographie, annonça Shania. Première question : il n'y a en fait qu'un seul lac dans la région des lacs. Comment s'appelle-t-il ?

Les têtes se rapprochèrent et des murmures envahirent la pièce. Nessie en profita pour couler un regard du côté d'Owen. Il chuchotait avec ses coéquipiers, concentré à l'extrême, comme en témoignait le froncement de ses sourcils bruns. Martha ne semblait pas écouter : elle contemplait Owen, une expression rêveuse sur le visage. Nessie ne pouvait pas lui en vouloir : grâce à la douceur de son accent gallois, presque tout ce que disait Owen ressemblait à de la poésie.

Shania reprit le micro.

— Deuxième question : il y a deux pays enclavés en Amérique du Sud. Pouvez-vous nommer leurs capitales ?

Les questions se poursuivirent. La partie musicale était toujours divertissante. Cette fois-ci, l'auteur des questions avait trouvé dix jingles de publicité et les équipes devaient identifier à la fois le produit et la décennie de la première diffusion de la publicité. Ce furent Sam et Nessie qui déambulèrent dans le pub pendant cette épreuve : même si personne n'avait encore été surpris en train de tricher, Franny avait exigé qu'elles soient très vigilantes quant à l'utilisation des téléphones portables. Au moment où débutait la dernière épreuve, l'équipe de Franny était au coude à coude avec celle de Purdon.

— Le dernier round portera sur l'histoire, annonça Shania en jetant un coup d'œil aux scores. C'est très serré en haut de l'affiche. On m'a indiqué qu'en cas d'égalité, le vainqueur du quiz serait désigné à l'issue d'un duel à mort. Alors, pour le bien de Sam et Nessie, faisons en sorte que cela n'arrive pas. Le sang est difficile à nettoyer sur les poutres en bois d'un plafond.

Les questions étaient plus difficiles que toutes celles qui avaient précédé, constata Nessie. Même Henry eut l'air de douter à plusieurs reprises alors qu'il était féru d'histoire locale. Des conversations soulagées s'ensuivirent une fois que les derniers bulletins de réponses furent ramassés et les équipes se mirent à causer entre elles, pour comparer leurs réponses. Franny était assise, le dos droit et raide, attendant dans un silence plein de dignité. Nessie échangea un sourire de conspiratrice avec Owen. Elle était censée demeurer neutre, mais elle ne pouvait s'empêcher d'espérer que toutes les révisions consenties par les membres de son équipe auraient porté leurs fruits.

Les bulletins furent notés et vérifiés par des correcteurs d'une probité irréprochable : cette fois-ci, les deux sœurs avaient engagé le père Goodluck et le pasteur d'une église voisine. Un silence tendu se répandit dans l'assistance lorsque Shania reprit le micro.

— J'ai le plaisir de vous annoncer que nous avons un vainqueur incontestable. Autrement dit, aucun sang ne sera versé, ce soir. À la troisième place, nous avons – et je ne suis pas sûre de pouvoir lire le nom de cette équipe sans gémir : Agatha Quiztie ! (Des applaudissements éclatèrent à l'une des tables, tandis que les autres applaudissaient poliment.) À la deuxième place, nous avons… les Guerriers de Purdon. Et à la première place, ce sont les Inquiziteurs !

Les Guerriers de Purdon se prirent la tête entre les mains pendant que la table de Franny exultait. Martha et Owen se congratulèrent en se tapant dans la main et Nessie fut amusée de voir Franny copier timidement le geste avec Henry, bien que ce soit probablement la célébration la plus maladroite à laquelle elle ait jamais assisté. Elle s'approcha pour les féliciter.

— Bravo, lança-t-elle chaleureusement en leur tendant le trophée. Qui le prend, cette fois ?

Franny s'en empara.

— Il sera exposé dans le bureau de poste, comme la dernière fois.

Nessie se mordilla l'intérieur de la joue tout en évitant le regard d'Owen : malheur à quiconque se mettrait entre Franny et son prix !

Bill, le capitaine des Guerriers de Purdon, s'approcha et serra la main de chaque membre de l'équipe gagnante.

— Félicitations, lâcha-t-il à contrecœur. Vous savez, notre pub local organise aussi une soirée quiz. Vous aimeriez peut-être venir sur notre terrain, histoire de voir si vous vous en sortez, chez nous ?

Les yeux de Franny étincelèrent.

— Est-ce un défi ?

— Oui, je pense que oui, admit Bill en redressant le menton. Le dernier jeudi du mois, si vous n'êtes pas trop froussards.

— Nous serons là, promit Franny, qui attendit qu'il soit retourné à sa table pour rassembler le reste de son équipe. C'est une déclaration de guerre. Nous aurons des séances de révision tous les mercredis et vous aurez des devoirs à faire chez vous. Il est hors de question que je perde contre ce petit général prétentieux.

Nessie se pencha plus près d'Owen.

— Désolée, chuchota-t-elle en étouffant un rire. Je pense que nous avons créé un monstre.

— Ce n'est pas ton œuvre, murmura-t-il en retour. Attends que le concours du Plus Beau Village de

Grande-Bretagne ne commence en août. Elle portera la compétitivité à un tout autre niveau, à ce moment-là.

Nessie regarda Franny dessiner un plan de bataille sur un bulletin de réponse demeuré vide et grimaça :

— J'en trépigne d'impatience.

Chapitre 16

Le portable de Sam sonna alors qu'elle était assise sur le canapé du salon après le déjeuner du vendredi, en train de feuilleter un exemplaire de *Woman and Home* à la recherche d'inspiration pour les chambres d'hôtes. Elle jeta sans beaucoup d'intérêt un coup d'œil à l'écran de l'appareil – l'époque où elle se laissait dominer par son téléphone était révolue – et constata, en fronçant les sourcils, qu'il s'agissait du numéro avec l'indicatif de la City qui l'avait déjà appelée plusieurs fois ces derniers jours. *Des appels automatisés*, supposa-t-elle. *Ou du démarchage téléphonique, en tout cas certainement personne de ma connaissance.* Elle avait changé de numéro lorsqu'elle avait quitté son emploi dans les relations publiques à Londres et seules quelques personnes avaient son nouveau numéro… Qui que soit l'appelant, ce n'était pas un ami. Elle bloqua le numéro et retourna à son magazine. Pourraient-elles se permettre une baignoire îlot dans l'une des chambres ? se demanda-t-elle en admirant une vasque sur pied dans l'une des photos sur papier glacé. Ou était-ce la garantie d'un plafond inondé ?

Son téléphone bourdonna et sonna à nouveau. Sam le fusilla du regard, notant le numéro similaire, à un chiffre près, qui s'affichait sur son écran.

— Oh, tais-toi, marmonna-t-elle tout en pressant sur le bouton de sourdine.

Presque aussitôt, il vibra et sonna une fois de plus. Elle le regarda fixement, de plus en plus mal à l'aise. Un rappel automatique ? Beaucoup d'entreprises de démarchage téléphonique en utilisaient, ça devait être quelque chose dans ce goût-là. Elle saisit le numéro dans la barre de recherche de Google – elle n'était sûrement pas la seule personne à être harcelée par cette société. Mais sa requête ne donna aucun résultat concluant. Soit l'appelant la ciblait spécifiquement, soit il s'agissait de menu fretin dans leur domaine d'activité. Poussant un soupir exaspéré, Sam ferma la fenêtre du navigateur et bloqua le deuxième numéro.

Lorsque son téléphone sonna à nouveau, Sam craqua et décrocha.

— Peu importe ce que vous vendez, je ne suis pas intéressée.

Il y eut un silence à l'autre bout du fil.

— Sam ? C'est toi ?

Sam eut l'impression qu'on lui versait un seau d'eau glacée dans le dos. C'était une voix d'homme, qui s'exprimait bien, avec un timbre parfait. La dernière fois qu'elle l'avait entendue, cette voix lui disait que son propriétaire ne pouvait pas vivre sans elle. Puis Sam avait découvert que cette voix appartenait à un menteur doublé d'un tricheur et elle n'avait plus jamais voulu l'entendre. En fait, elle avait même interdit à son propriétaire de la contacter à nouveau. Juste après avoir été « encouragée » à quitter son travail et prévenue qu'elle ferait mieux de rester loin de la presse.

— Écoute, Sam, il faut qu'on parle…

Elle n'attendit pas d'en savoir plus. Hargneuse, elle mit fin brutalement à l'appel et éteignit son téléphone. Une seconde plus tard, elle l'enterrait sous un coussin et retournait à ses plans de décoration intérieure. Mais elle le sentait là, luisant comme une particule radioactive, l'empoisonnant de sa présence. Brusquement, elle se leva et descendit.

Laissant le téléphone là où il était.

***

— Le traiteur du mariage a appelé, annonça Nessie depuis le bar, un peu plus tard dans l'après-midi. Ils veulent du champagne et du Pimm's pour les boissons de bienvenue, plus de bulles pour les discours, du chablis pour les entrées et du shiraz avec le plat principal.

Sam fronça les sourcils. La mariée, JoJo, avait grandi à Little Monkham, bien qu'elle soit maintenant journaliste à Londres, et Sam et Nessie avaient fini par bien la connaître après ses fréquentes visites pour planifier le mariage. La journée allait concerner tout le village, avec la cérémonie à l'église St Mary, puis un énorme chapiteau sur l'esplanade devant le *Star and Sixpence*. Ses parents étaient des piliers de la Société pour la préservation de Little Monkham et Franny leur avait fait savoir qu'elle ne tolérerait pas que la journée soit autrement que parfaite. La rumeur courait qu'elle avait même envisagé de teindre l'herbe de l'esplanade pour que les photos du mariage soient encore plus magnifiques. La responsable des relations publiques en Sam trouvait l'idée géniale.

— Disons cent bouteilles de champagne, trente de Pimm's, cinquante de chablis et cinquante de shiraz. Joss est en train d'installer des fûts de bière et de cidre sur l'esplanade, mais je vais lui demander de doubler aussi le stock de tout ce qu'il y a encore à la cave, par précaution. (Sam haussa un sourcil.) Il ne faudrait pas que le mariage de l'année se retrouve à sec.

Sa sœur avait l'air anxieuse.

— Je ne suis pas sûre que notre limite de crédit soit suffisante pour qu'on achète tout ça.

— Explique-leur qu'on organise un grand mariage et qu'on a besoin d'une augmentation temporaire, répliqua Sam sans se départir de son calme. Ils comprendront. Oh, et on aura besoin de quelques bouteilles de champagne millésimé : quelques-unes pour le cortège avant le mariage et une autre à laisser dans la chambre des mariés.

— Et il y a encore un problème, ajouta Nessie. Tu es sûre que les chambres seront prêtes à temps ? Je ne veux pas que JoJo et Jamie passent leur nuit de noces dans un chantier.

Sam prit une profonde inspiration. C'était tout à fait le genre de Nessie de s'inquiéter sans raison.

— Les maçons auront terminé la semaine prochaine. On pourra alors poser les nouvelles moquettes et installer les meubles. Ne t'inquiète pas, tout va bien se passer. (Elle sourit.) En fait, ça va être parfait. Quelle meilleure façon pour lancer un B&B que d'accueillir la rédactrice « Voyages » de l'*Observer* à l'occasion de sa nuit de noces ?

Nessie hésita, puis sourit, elle aussi.

— D'accord, je vais arrêter de m'inquiéter et téléphoner au grossiste.

— Super. N'oublie pas que Joss et moi, on ne sera pas là, ce soir.

— Vous faites quelque chose de sympa ?

— Pas exactement, ironisa Sam. Le ciné-club du vendredi soir passe *La Guerre des étoiles* dans la salle paroissiale. À ce propos, Owen et Luke y vont, eux aussi. Pourquoi tu ne te joindrais pas à nous ? On sera les seules personnes saines d'esprit, là-bas.

— Je ne pense pas que ce soit une bonne…, commença Nessie en secouant la tête.

— Bien sûr que si, coupa Sam avant que sa sœur ne trouve une excuse plausible. Tilly peut se débrouiller ici, surtout avec la plupart des villageois installés dans la salle paroissiale. Et on ne sera qu'à quelques minutes à pied.

— Pourtant…

Sam ravala un gémissement de frustration. Nessie était sa sœur et elle l'aimait du fond de son cœur, mais parfois elle aurait souhaité pouvoir la débarrasser de sa prudence.

— La situation n'évoluera pas entre Owen et toi, à moins que vous ne passiez plus de temps ensemble, argua-t-elle avec toute la délicatesse dont elle était capable. Et ce soir, ce serait un moyen parfait, sans pression, de faire avancer les choses. Alors viens voir ce film.

Des émotions contradictoires se succédèrent sur le visage de Nessie avant qu'elle ne finisse par hocher la tête.

— D'accord.

— Bravo, la félicita Sam, toute contente. Et qui sait ? ajouta-t-elle avec un regard malicieux. Si tu es vraiment chanceuse, il pourrait te montrer son Faucon Millenium.

Joss avait fait un effort de toilette. Il portait une tunique portefeuille beige, un pantalon large crème et sa barbe blond cuivré avait été taillée à la perfection. À en juger par l'expression de son visage, il s'attendait par-dessus le marché à ce que Sam devine quel personnage il incarnait.

— Le sabre laser est censé être un indice, n'est-ce pas ? fit-elle alors qu'ils se dirigeaient vers la salle paroissiale.

Joss tendit une main solennelle vers elle.

— La force est puissante avec cet être-ci.

Sam s'efforça de deviner.

— Je ne sais pas. Tu es Harrison Ford ?

Il laissa retomber sa main.

— Je n'arrive pas à croire que tu n'aies jamais vu *La Guerre des étoiles*.

— C'était un peu avant mon époque. Je suis plutôt une fille de *Toy Story*, expliqua-t-elle. Si le ciné-club le passe un jour, crois-moi, je serai là. Tu verrais ma Bo Peep.

— Mais c'est un classique ! insista Joss. Tout le monde l'a vu. Nessie ! lança-t-il alors qu'ils arrivaient dans le hall. Toi, tu as vu *La Guerre des étoiles*, non ?

— Bien sûr, répondit l'interpellée. À peu près trois millions de fois.

— Tu vois ? fit Joss. Comment ta sœur peut-elle l'avoir vu autant et toi jamais ?

Sam écarta les mains.

— Parce que Nessie a épousé Patrick et que Patrick était un geek. Et comme je ne suis jamais sortie avec un asocial, je n'ai jamais été forcée de regarder des films de science-fiction chelou. Jusqu'à maintenant, conclut-elle avec une grimace.

Il la fixa, outré.

— Retire ça tout de suite. *La Guerre des étoiles* est le meilleur film de tous les temps. Il y a tout, là-dedans : de l'aventure, des sensations fortes, des épées laser qui font le bruit d'un essaim d'abeilles sous speed.

Nessie éclata de rire.

— Je ne te contredirai pas, j'adore ce film, moi aussi.

Owen apparut derrière elle, avec Luke, huit ans, à ses côtés.

— Et nous aussi, évidemment, on est fans, déclara-t-il en ébouriffant les cheveux blond-blanc de son fils. C'est de là que ce petit gars tient son nom… Cela dit, si sa grand-mère pose un jour la question, on répondra qu'il le doit à l'évangéliste.

Luke portait la même tenue que Joss, en modèle réduit, ainsi que le même sabre laser bleu. Le regard de Sam revint se poser sur Joss.

— Luke… Stormtrooper ?

Joss secoua la tête.

— Viens, dit-il en l'entraînant vers la porte de la salle. Il est temps d'entreprendre ton éducation.

À l'intérieur, Sam grogna quand elle découvrit que Kathryn leur avait réservé des places au premier rang, ce qui lui interdirait de se faufiler dehors sans être vue à la moitié de la projection. Kathryn s'était également déguisée : en une espèce de princesse à la coiffure ridicule. Sam attendit que le générique d'ouverture commence à défiler sur l'écran pour se pencher vers Nessie.

— J'ai changé d'avis à propos d'Owen : la famille Rhys est clairement une bande de cinglés. Pars tant que tu en as encore la possibilité.

Nessie sourit.

— Abandonne-toi au côté obscur, Sam. On a du pop-corn.

— Alors, tu es convertie ? demanda Joss. Je peux te tenter avec *L'Empire contre-attaque* en DVD ?

La lune qui brillait éclairait le cortège des cinéphiles se dirigeant vers le pub.

— C'était moins mauvais que ce que je redoutais, admit Sam à contrecœur. Mais je ne sais toujours pas en quoi tu es habillé.

Joss éclata de rire.

— Pour être honnête, mon personnage ne ressemble pas du tout à ça dans le film que nous venons de voir. Mais ça n'a pas d'importance.

Devant eux, Luke arrêta de faire semblant de sculpter l'air avec son sabre laser.

— C'est Obi-Wan Kenobi, mais dans sa version jeune, celle des préquelles, lança-t-il. Méfie-toi de lui, il a des pouvoirs spirituels.

— En effet, confirma Joss avant de baisser la voix. Je parie que je pourrais même te persuader de coucher avec moi ce soir, si l'envie m'en passait par la tête.

Sam haussa les sourcils.

— Si l'envie t'en passait par la tête ? Je ne pense pas qu'il n'y ait jamais eu le moindre doute à ce sujet, monsieur Felstead.

— Pas un soir d'avant match, objecta Owen par-dessus son épaule. On joue contre Lower Seddon, demain, dans la Ligue de cricket des villages du Shropshire, et Joss est notre lanceur vedette. On a besoin qu'il soit aussi frais que possible.

Joss sourit et lança un clin d'œil à Sam.

— Fais-moi confiance, Owen, je suis un Jedi.

L'équipe de cricket de Little Monkham était un mélange chaotique de quelques bons joueurs et de beaucoup d'autres qui pensaient savoir jouer ou qui avaient été bons autrefois. À domicile, ils jouaient leurs matchs sur l'esplanade du village et, comme le *Star and Sixpence* jouait le rôle de club-house non officiel, Sam et Nessie n'avaient pas tardé à comprendre qu'on attendait d'elles qu'elles fournissent des rafraîchissements aux joueurs à l'heure du déjeuner. À dire vrai, maintenant que Sam avait vu deux ou trois fois Joss se ruer sur le guichet pour lancer, cela ne la dérangeait plus autant et elle se faufilait souvent dehors pour regarder le match : qui aurait cru que le cricket pouvait être sexy ? Elle supposait que cela n'embêtait pas Nessie non plus, surtout quand un match lui donnait l'occasion de voir Owen faire rouler ses appétissants muscles de forgeron en maniant une batte de cricket.

Elle les observa tous les deux, qui marchaient devant elle, leurs doigts si sournoisement proches qu'ils se touchaient presque. Tout le monde voyait qu'ils se plaisaient… Si seulement l'un d'eux prenait la main de l'autre, faisait le premier pas, elle était sûre que les lois de l'attraction s'occuperaient du reste. À la place de Nessie, Sam aurait foncé avec Owen depuis des mois. Mais elle n'était pas sa sœur et elle devait accepter que cette dernière ait une manière différente de procéder : une manière moins directe, plus détournée, pleine d'hésitations exaspérantes. Le problème, c'était qu'Owen semblait lui aussi heureux d'emprunter un chemin de traverse : s'ils n'y prenaient garde, ils seraient tellement occupés à prendre leur temps qu'ils finiraient par devenir amis et chacun aurait alors le sentiment qu'un rapprochement serait trop gênant.

Il fallait quelque chose pour les obliger à se mettre ensemble, décida Sam. Quelque chose ou quelqu'un…

Chapitre 17

Le ciel du samedi matin promettait une journée d'été parfaite. À dix heures trente, une brume chatoyante planait sur déjà le milieu de l'esplanade et la brise qui avait fait osciller l'enseigne du pub avait disparu. Nessie se tenait dans l'embrasure de la porte du *Star and Sixpence*, les yeux fixés sur deux mésanges bleues qui voletaient au-dessus d'un groupe de chaises longues disposées devant la corde fraîchement tendue pour délimiter le terrain. Dans une demi-heure, ces chaises seraient occupées et l'air retentirait du claquement de la batte sur la balle et de quelques applaudissements polis. C'était probablement la scène la plus anglaise que Nessie puisse imaginer.

Un mouvement attira son attention : Kathryn et Luke à la porte du Cottage des Perce-neige, encadrés par une glycine dont les fleurs venaient d'éclore. Kathryn lui adressa un petit signe de la main dès qu'elle l'aperçut et, flanquée de son neveu, traversa la cour devant la forge pour venir la rejoindre.

— Il va faire chaud, observa la jeune femme. Trop chaud pour courir après une balle.

Nessie sourit.

— Ce n'est pas moi qui vais te contredire sur ce point. J'ai de la citronnade bien fraîche à l'intérieur, si ça te tente.

Luke hocha la tête avec enthousiasme.

— Oui, s'il te plaît.

— Je ne dirais pas non, renchérit Kathryn qui porta une main en visière sur ses yeux pour regarder vers le monument aux morts, de l'autre côté de l'esplanade. On dirait qu'une foule est à l'approche. On ferait mieux de se trouver une bonne place.

Ils se dirigèrent vers les chaises. Rentrée leur remplir un verre de citronnade, Nessie était en train d'ajouter une paille à celui de Luke quand une voix distinguée retentit à travers le bar.

— Avec qui une dame doit-elle coucher pour avoir un gin-tonic par ici ?

Nessie se retourna.

— Bonjour, Ruby. Vous venez voir le cricket ?

Ruby était habillée avec le glamour qui la caractérisait : un chapeau à larges bords couvrait ses resplendissants cheveux roux et d'énormes lunettes noires lui dissimulaient les yeux. Elle avait tout de l'actrice d'autrefois – bien trop éblouissante pour appartenir à Little Monkham.

— Bien sûr, ma chérie, répondit-elle en levant un doigt verni de pourpre pour abaisser ses lunettes de soleil. Cela me ramène au temps des garden-partys que Larry Olivier organisait – un des garçons sortait toujours une batte et, avant même qu'on ne s'en rende compte, la serre était réduite en miettes.

Nessie sourit. L'une des choses qu'elle préférait chez Ruby, c'étaient ses anecdotes remontant à l'époque où elle était une étoile de la scène britannique.

Parfois, Nessie essayait d'imaginer Ruby et son père en couple, mais elle n'arrivait jamais à faire fonctionner la saynète : les souvenirs qu'elle conservait d'Andrew Chapman étaient ceux d'un alcoolique incohérent, qui n'avait jamais beaucoup aimé sa femme et sa famille et les avait quittées lorsqu'il avait été mis en demeure de choisir entre la boisson et elles. Ruby, en revanche, était une femme charmante et vive et, même si Nessie savait que son père avait essayé de changer dans les dernières années de sa vie, elle ne parvenait toujours pas à saisir ce que quelqu'un d'aussi plein de vie que Ruby avait vu en lui.

— J'espère qu'il n'y aura pas de vitres cassées aujourd'hui, lâcha-t-elle en versant le gin de Ruby agrémenté d'un simple soupçon de tonic, comme l'aimait l'ex-actrice. Martha a menacé de transformer les tripes d'Owen en dentelle si la vitrine de sa boulangerie reçoit encore une balle.

Ruby but une longue gorgée de son verre.

— Parfait, commenta-t-elle en faisant clapper ses lèvres. Olivier t'aurait tout simplement adorée.

Nessie la reconduisit à l'extérieur, où les chaises longues se remplissaient et où l'on étendait des couvertures sur l'herbe. Elle s'assura que Ruby avait un siège et tendit leur citronnade à Kathryn et Luke avant de regagner rapidement le pub. La chaleur allait donner soif à tout le monde et les affaires iraient bon train.

Sam et Nessie se relayèrent au bar. À l'heure du déjeuner, Nessie y descendit des plateaux de sandwichs et les disposa pour les joueurs, ainsi que de la viande froide et du fromage. Entre les équipes et les spectateurs, le pub bourdonnait d'une agréable animation.

Nessie sentit plus d'une fois son ventre se nouer lorsqu'elle entrevit Owen dans sa tenue de cricket.

— Si seulement j'avais vingt ans de moins, soupira Ruby en suivant le regard de Nessie. Il y a quelque chose de sexy chez un homme en tenue de sport, n'est-ce pas ? Non pas qu'Owen ait besoin d'aide en la matière, mais même le vieil Henry Fitzsimmons a meilleure allure. J'en viens presque à comprendre pourquoi Franny est si éprise de lui.

Ses yeux pétillaient de malice.

— Mmm, convint Nessie qui veilla à garder un visage impassible.

Elle redoutait d'imaginer ce qui se passerait si Ruby exerçait ses charmes sur Henry. Armageddon, probablement.

Kathryn était au bar, en pleine conversation avec Sam. Elles s'interrompirent quand elles avisèrent Nessie.

— Qu'est-ce que vous mijotez, toutes les deux ? demanda-t-elle en déposant plusieurs verres vides sur le bar.

— Rien, répondit Sam d'un air parfaitement innocent. Kathryn me disait juste que les campanules sont magnifiques, à cette époque de l'année.

— On dirait un océan, confirma Kathryn avec son accent gallois chantant. Demande à Owen si tu ne me crois pas.

Nessie dirigeait son regard vers lui quand Kathryn l'interpella.

— Owen ! Viens décrire les campanules à Nessie.

Les yeux sombres de l'intéressé croisèrent les siens. Un grand sourire aux lèvres, il s'éloigna des autres joueurs de cricket et vint vers elle.

— Merci pour ce délicieux déjeuner, Nessie. Tu as encore une fois fait notre fierté. Et donc, qu'est-ce que tu voudrais savoir sur les sous-bois ?

Sam la devança.

— Nessie était juste en train de dire qu'elle brûlait d'aller admirer les tapis de campanules, fit-elle, rapide comme l'éclair.

— Et je lui disais que tu connaissais les meilleurs endroits où les trouver, enchaîna Kathryn, dont les yeux s'écarquillèrent, comme si une idée venait de la frapper. Eh, je sais, pourquoi tu n'emmènerais pas Nessie les voir ? Ils annoncent une météo magnifique, demain.

Nessie sentit ses entrailles se tordre d'embarras. Ce n'était pas la première fois que Sam et Kathryn s'essayaient à jouer les entremetteuses et elle se doutait que ce ne serait pas la dernière, mais devaient-elles y aller avec d'aussi gros sabots ?

— Luke a foot le matin, répliqua Owen d'une voix hésitante. Et tu sais quel jour on est, demain.

— Bien sûr que je sais, répliqua Kathryn en fixant son frère d'un regard déterminé. C'est juste une promenade dans les bois, Owen. Tu n'arrêtes pas de me répéter qu'elles sont plus belles à la lumière du matin. (Comme il ne semblait toujours pas convaincu, elle lui prit la main.) Vas-y. J'emmènerai Luke au foot.

— Et je peux gérer le pub, renchérit Sam, qui avait manifestement anticipé l'objection de Nessie. Vous n'avez qu'à prendre votre temps, peut-être même pique-niquer. Pas besoin de vous précipiter pour rentrer.

Owen secoua la tête et lança un sourire en coin à Nessie.

— Tu n'as pas l'impression d'avoir été piégée ?

Nessie avait chaud et froid en même temps. Bon sang, il pensait qu'elle était dans le coup, c'était ça ? La pauvre Nessie, qui se languissait tellement d'un rendez-vous qu'elle avait demandé à sa sœur et à son amie de le piéger pour qu'il l'emmène quelque part. Elle aurait aimé que le sol l'engloutisse.

— Ne te sens pas obligé, marmonna-t-elle, luttant pour garder contenance. Je suis sûre que j'arriverai à les trouver toute seule.

Il ne cilla pas.

— Je n'en doute pas une seconde. Mais ce que j'ai remarqué à propos de la beauté de la nature, c'est qu'elle est souvent supérieure quand on a quelqu'un avec qui la partager. Ça te dirait de la partager avec moi, Nessie ?

Il la dévisageait en plissant les yeux. Elle soutint son regard et sa détermination à trouver une excuse – n'importe laquelle – s'évanouit.

— À quelle heure voudrais-tu décoller ?

***

Lorsque Nessie pénétra dans la cuisine, à huit heures trente le lendemain matin, elle trouva un panier en osier rempli de fruits frais, de croissants et de petits pots de confiture, ainsi qu'une énorme couverture écossaise, sur laquelle on avait épinglé un mot : « Qu'est-ce qui pourrait être plus romantique qu'un pique-nique dans les bois ? Je dis ça, je ne dis rien. »

À la fois amusée et contrariée, elle gagna le couloir et regarda la porte de Sam, bien fermée. Aucun bruit de l'autre côté : sa sœur devait encore dormir. Secouant la tête, Nessie retourna à la cuisine. C'était malin de la part de Sam, qui avait deviné que Nessie n'aurait pas l'impolitesse de partir en laissant le panier. Rien à boire, remarqua-t-elle en soupesant le panier d'une main. Sam cherchait probablement à faire preuve d'esprit pratique en limitant le poids du panier. Ou peut-être Owen avait-il trouvé une bouteille de quelque chose sur la table de sa cuisine – geste qui ressemblait davantage au style de sa sœur. Prenant de l'eau dans le réfrigérateur, elle alla voir si ses soupçons étaient fondés.

Owen attendait devant l'esplanade.

— Laisse-moi porter ça, dit-il dès qu'elle fut assez proche pour qu'il lui prenne le panier des mains.

— Pourquoi on n'échangerait pas ? suggéra-t-elle en prenant un sac isotherme avec ce qui ressemblait à une bouteille de champagne dépassant du haut. Laisse-moi deviner : un cadeau de Kathryn ?

Owen hocha la tête.

— Je l'ai trouvé dans la cuisine, avec un mot disant : « Buvez-moi. » Il y a aussi du jus d'orange fraîchement pressé.

— On pourrait se concocter des cocktails Buck's Fizz, proposa Nessie.

Boire du champagne sur un estomac vide, ce n'était pas un risque qu'elle était prête à courir.

— Bonne idée, approuva Owen en désignant l'esplanade. On y va ?

Le soleil brillait aussi fort que la veille. Si le temps se maintenait pour le mariage, ce serait fabuleux, mais

Nessie savait que JoJo n'avait rien laissé au hasard : qu'il pleuve ou que le soleil tape, les invités pourraient s'abriter sous un vaste chapiteau de luxe, où ils dîneraient et danseraient jusqu'à la moitié de la nuit. Le déjeuner de mariage était réservé à la famille et aux amis, mais tout le village se joindrait à la soirée de célébration, avec apéritif offert par les parents de la mariée. L'événement promettait vraiment d'être le mariage de l'année.

Owen et Nessie traversèrent le village, passèrent devant l'église, franchirent le pont qui enjambait la petite rivière et atteignirent un portillon en bois. L'air vibrait du chant des oiseaux et du babillage lointain de la rivière. Au-delà du portillon, les arbres exhibaient un feuillage resplendissant, vert et brillant, qui protégeait le chemin du soleil. Nessie prit une profonde inspiration et sentit le stress des dernières semaines s'envoler.

— C'est beau, n'est-ce pas ? murmura Owen pendant qu'ils marchaient. C'est toujours paisible ici, mais je trouve la lumière du matin particulièrement apaisante quand on est tendu.

Ils avançaient depuis environ une demi-heure quand Owen s'arrêta brusquement et lui saisit le bras.

— Attention, chuchota-t-il, désignant subrepticement la cime d'un arbre. On nous observe.

Le regard de Nessie remonta le long de la branche et elle laissa échapper un cri étouffé en découvrant le museau brun-roux de celui qui les fixait du regard.

— Oh ! On dirait Noisette l'écureuil !

— Ils sont en voie de disparition, donc on n'en aperçoit presque jamais. Les écureuils gris sont plus agressifs et porteurs d'une maladie qui tue aussi les roux.

Osant à peine respirer, Nessie regarda la minuscule créature filer le long de la branche.

— Pauvre petit bonhomme ! C'est injuste.

Owen sourit.

— Celui-là me semble plutôt heureux. Viens, laissons-le en paix.

Les arbres devenaient plus épais à mesure qu'ils s'enfonçaient dans la forêt. Owen marchait à un bon rythme, même si Nessie le soupçonnait d'aller plus lentement que s'il s'était trouvé seul. Elle remarqua la présence occasionnelle de campanules, ici et là, mais rien de comparable à la mer que Kathryn lui avait décrite. Et puis, elle découvrit une tache de bleu plus vaste, parmi le vert. Quelques instants plus tard, ils passèrent un virage et elle fut accueillie par un tapis de fleurs délicates, qui ressemblait à s'y méprendre à une vague, déferlant sur le sol de la forêt.

— Oh ! s'exclama-t-elle. Comme c'est beau !

— Ce n'est qu'un avant-goût, répliqua Owen avec un regard plein de chaleur. Attends de voir la suite.

Et naturellement, au tournant suivant, le spectacle se révéla encore plus beau : une petite cascade cristalline dégringolait sur des rochers gris, environnés par une forêt de campanules. Nessie s'arrêta net : c'était l'un des paysages les plus splendides qu'il lui ait été donné de voir.

— Que c'est beau !

Owen resta planté quelques secondes, à observer la scène, les yeux perdus dans le lointain, puis il parut se secouer mentalement.

— On pourra pique-niquer sur ce rocher, là-bas, suggéra-t-il en désignant une large surface plane sur un côté, à peu près à mi-hauteur de la cascade. Prête pour un peu d'escalade ?

Nessie se mordit la lèvre. L'ascension n'avait pas l'air trop périlleuse, mais la dernière chose qu'elle voulait, c'était basculer tête la première dans l'eau. Cependant, elle ne voulait pas non plus passer pour timorée. Elle hocha donc la tête.

— D'accord.

Owen ouvrit la voie. Nessie sentit ses pieds vaciller à plusieurs reprises, mais il fut là, chaque fois, pour l'aider à recouvrer son équilibre. La dernière fois qu'il lui prit la main, il ne songea plus à la relâcher.

Ils étendirent la couverture et entreprirent de déballer leurs provisions. Sous les croissants et les confitures, Nessie découvrit des œufs durs enrobés de chair à saucisse et de panure, en provenance de la boucherie du village, des tranches de fromage et des tomates cerises juteuses. Elle disposa le tout sur les assiettes qui avaient été attachées au couvercle du panier tandis qu'Owen sortait deux flûtes à champagne.

— Elles ont vraiment pensé à tout, constata Nessie en examinant le festin.

Owen s'esclaffa.

— Je ne sais pas ce qu'il en est de Sam, mais ma sœur peut être assez déterminée, une fois qu'elle a une idée en tête. Santé ! conclut-il en lui tendant une flûte bien remplie.

Trop tard pour le Buck's Fizz, songea Nessie, et elle entrechoqua son verre au sien.

— Santé, fit-elle en écho. Merci de m'avoir montré les campanules, même si tu y as été contraint et forcé.

— Je n'ai été forcé à rien du tout, protesta-t-il. Comme je te l'ai dit, la beauté est supérieure lorsqu'elle est partagée et je suis heureux d'avoir la chance de la partager avec toi.

Il plongea ses yeux dans les siens, ce qui souleva une vague de chaleur en Nessie. Échappée de la masse de ses semblables, l'une des boucles brunes d'Owen lui tombait sur le front. Elle eut soudain l'irrésistible envie de la repousser, de la remettre en place. Elle n'aurait pas à bouger beaucoup, elle était assez proche pour l'atteindre. Et pendant qu'elle y était, elle pourrait lui effleurer le visage, l'attirer assez près pour l'embrasser…

Elle détourna le regard, afin de se concentrer sur les campanules, et but une gorgée de champagne. Les bulles descendirent sans ménagement dans son estomac, explosant en une chaleur qui ne fit rien pour ordonner ses pensées confuses. Boire l'estomac vide était une mauvaise idée, sauf que cela lui permettait parfois de se sentir un peu plus courageuse. Peut-être même assez courageuse pour faire ce qu'elle avait en tête, à savoir le premier pas. Il n'y avait pas de loi l'obligeant à laisser l'initiative à Owen, après tout. Et elle ne trouverait certainement jamais de cadre plus romantique.

Prenant une autre gorgée de champagne, elle rendit son regard à Owen, qui la dévisageait toujours. Puis, sans plus se poser de questions, elle se pencha vers lui et pressa ses lèvres sur les siennes. Pendant un battement de cœur, aucun d'eux ne bougea, puis la main d'Owen plongea dans les cheveux de Nessie et ses lèvres s'entrouvrirent. Une décharge électrique la traversa tandis que leur baiser s'intensifiait. Le bruit de la cascade s'évanouit et elle ne pensa plus qu'à savourer une sensation qui lui semblait parfaite.

Et… tout se termina. Owen s'écarta, une lueur d'orage tout au fond de ses yeux marron.

— Nessie, je…

Il laissa sa phrase en suspens, ouvrant les vannes à une vague de gêne et de honte qui déferla sur elle. Nessie s'était trompée, elle avait mal interprété ses intentions et, à présent, il essayait de trouver comment la repousser en douceur.

— Je suis désolée, balbutia-t-elle sur une profonde inspiration. Je n'aurais pas dû.

Owen se rassit et poussa un long soupir de frustration.

— Au contraire. Ne va surtout pas t'imaginer que ce n'était pas bien, parce que c'était génial. C'est juste que… (Il détourna le regard, passant au-dessus des campanules avant de revenir sur elle.) Simplement, aujourd'hui, ce n'est pas le jour idéal, c'est tout.

Nessie le fixait, décontenancée.

— Pourquoi ?

— C'est la date anniversaire de mon mariage, expliqua-t-il. Eliza et moi aurions été mariés depuis dix ans, aujourd'hui.

— Je suis vraiment désolée, gémit Nessie. Je n'en avais aucune idée.

Il secoua la tête et sourit, l'air sombre.

— Comment tu l'aurais su ? C'est ma faute, j'aurais dû refuser quand Kathryn a suggéré cette promenade. Mais je voulais te montrer les campanules et je me disais qu'il était peut-être temps de… de me constituer de nouveaux souvenirs.

Le monde vacilla et Nessie sentit sa peau se couvrir de chair de poule.

— Tu venais ici avec Eliza ?

Owen soupira et baissa la tête.

— Elle aimait les campanules, elle aussi.

Il avait l'air si triste que Nessie eut envie de le serrer dans ses bras et de lui assurer que tout allait bien. Mais elle n'osa pas le toucher à nouveau. Pour s'en empêcher, elle redisposa les assiettes, afin de lui laisser le temps de se remettre.

— Tu sais, on devrait sans doute manger un peu, suggéra-t-elle au bout de quelques secondes. Sam et Kathryn seront fâchées sinon.

Il resta immobile, à fixer le sol pendant un moment, puis il releva la tête et lui adressa un sourire en coin.

— L'enfer n'est rien comparé à une sœur vexée. Et elles voulaient bien faire. C'est juste que leur timing était mauvais.

Les joues de Nessie étaient deux plaques incandescentes. Elle dissimula son malaise en remplissant son assiette d'une nourriture dont elle ne voulait pas. Son timing à elle aussi était mauvais, catastrophiquement mauvais. Parce que le fantôme d'Eliza était comme une présence physique entre eux désormais, et avec une intensité sans précédent. Et Nessie n'était pas sûre de savoir comment l'aider à trouver le repos.

Chapitre 18

Sam fixa du regard son téléphone sur la table de chevet.

Il n'avait pas sonné depuis la veille au matin, depuis qu'elle avait répondu à l'appel de Will Pargeter en l'interrompant avant qu'il ne puisse prononcer plus de quelques mots. Lesquels restaient pourtant gravés dans sa mémoire et, même si elle essayait de les oublier, elle était inquiète. « *Écoute, Sam, il faut qu'on parle...* »

Que pouvait-il bien avoir à lui dire qu'elle ait envie d'entendre ? C'était à cause de lui si elle avait perdu son travail, si elle avait tout perdu, en fait, alors que lui continuait à vivre normalement. Si seulement elle pouvait revenir en arrière, à la nuit de leur rencontre, aller dans un autre bar, ignorer ses sourires enjôleurs, lui dire d'aller voir ailleurs avec sa bouteille de Bollinger. Mais dans ce cas, elle ne serait peut-être pas ici, au *Star and Sixpence*. Et elle n'aurait pas Joss.

Il avait été imprudent de sa part d'accepter le premier verre. Mais elle avait reconnu son visage, même si elle aurait été bien incapable de préciser où elle l'avait vu, et il s'était montré extrêmement charmant.

Elle se méfiait alors de quelqu'un d'autre, d'un homme qui essayait de la draguer à travers le brouhaha du bar et refusait de se voir repoussé. Will était intervenu, avait intimé à l'homme d'arrêter de draguer sa petite amie et Sam avait baissé sa garde pendant quelques minutes. Il n'en avait pas fallu davantage à Will Pargeter.

— En temps normal, je ne fais pas ce genre de choses, avait-il précisé, une fois que l'autre homme avait compris le message. Surtout quand la demoiselle en détresse semble plus que capable de se débrouiller toute seule. Pour être honnête, j'étais plus inquiet pour lui que pour vous.

Sam avait éclaté de rire.

— Merci. Je vais prendre ça comme un compliment.

Elle l'avait alors examiné en détail. Il était grand, environ un mètre quatre-vingt-dix, d'une trentaine d'années, cheveux bruns ondulés et yeux bleu clair. Il était également très beau, surtout dans son costume coûteux et sa chemise blanche impeccable, et elle avait l'impression étrange de déjà le connaître. Ce n'était pas un client, elle s'en serait souvenue, mais elle ne parvenait pas à retrouver où elle l'avait déjà vu. Peut-être à la télévision : il parlait très bien, avec l'air de quelqu'un qui a l'habitude de s'exprimer devant un auditoire.

— Je ne peux pas lui reprocher d'avoir essayé, avait-il ajouté. Vous êtes de loin la femme la plus attirante de cet endroit. Will Pargeter, s'était-il enfin présenté en lui tendant la main.

Elle avait retourné ce nom dans sa tête : non, personne de sa connaissance.

— Sam Chapman. Enchantée de vous rencontrer.

Dès qu'il s'était saisi de sa main, il l'avait aussitôt portée à ses lèvres.

— Croyez-moi, tout le plaisir est pour moi.

Chez n'importe qui d'autre, la réplique aurait été ringarde. Mais, soit à cause de l'étincelle dans ses yeux quand il l'avait prononcée, soit en raison de l'assurance sans faille derrière son discours, elle avait produit son effet. Sam avait éprouvé le frisson de l'attirance quand elle avait croisé son regard.

— Je peux vous offrir un verre ? avait-il demandé.

Elle avait secoué la tête.

— Je devrais plutôt vous en payer un pour vous remercier de m'avoir sauvée.

— Mais vous n'aviez pas besoin d'être sauvée, avait répliqué Will avec un sourire. Donc nous sommes quittes.

— Une vodka martini, dans ce cas.

Sam avait coulé un regard subreptice vers la main gauche de Will. Pas d'alliance ni aucun signe indiquant qu'il en portait une d'ordinaire.

Hochant la tête, il s'était détourné pour aller passer commande.

— En fait, l'avait rappelé Sam sur une impulsion, et elle avait posé une main sur son bras, je prendrai plutôt un Dirty martini.

Les yeux de Will avaient croisé les siens.

— Vos désirs sont des ordres.

Et à cette seconde, Sam avait su qu'ils finiraient au lit. Le temps qu'ils mettraient à l'atteindre dépendrait juste de la façon dont il jouerait la partie.

Il revint avec son verre et ils entamèrent la danse de la séduction. Sam apprit vite qu'il avait trente-trois ans, qu'il était célibataire et qu'il dirigeait sa propre entreprise de conseil dans la City, bien qu'elle n'ait pas réussi à comprendre en quoi consistait réellement son activité. Il venait de conclure la plus grosse affaire de sa carrière, lui confia-t-il, et il était d'humeur à faire la fête. Quand il retourna au bar la fois suivante, ce fut pour en revenir muni d'une bouteille de Bollinger et la suite ne tarda pas à devenir floue. Ils gagnèrent l'hôtel de Will, le *Landmark* à Marylebone – à ce stade-là, elle savait déjà que l'argent n'était pas un problème pour lui –, et ne perdirent pas beaucoup de temps à dormir. Peu avant sept heures, Sam griffonna son numéro sur le papier à en-tête de l'hôtel et laissa Will étendu sur l'immense lit.

Il l'appela plus tard dans la journée pour la remercier de cette merveilleuse soirée et fit livrer un extravagant bouquet de lys et de roses à son bureau. Quand elle le revit, ce fut au journal télévisé de la BBC, le lendemain matin. Encore plus beau que dans le monde réel. Sam s'assit dans son lit et monta le son.

— Merci de vous joindre à nous, lord Pargeter, disait la présentatrice avec un sourire un peu plus timide qu'en temps normal. Alors dites-moi, qu'est-ce qu'un « tsar de la moralité » et pourquoi le gouvernement en aurait-il besoin ?

Sam cligna des yeux. « Lord » Pargeter ? Son regard glissa vers la légende en bas de l'écran : « Lord William Pargeter, nouveau conseiller en moralité auprès du Premier Ministre ».

Will prit un air sérieux.

— Je ne me qualifierais pas exactement de tsar, mais j'ai été nommé pour veiller à ce que certaines normes morales soient respectées en politique. Tous ceux qui lisent les journaux savent qu'il y a eu trop d'erreurs de jugement récemment parmi les membres de la Chambre des communes et celle des lords. Ces hommes et ces femmes sont censés être des modèles et c'est mon travail de m'assurer qu'ils se comportent en conséquence.

La présentatrice haussa les sourcils.

— Et comment comptez-vous vous y prendre ?

Il se pencha en avant, l'air on ne peut plus sincère.

— Il y a un certain nombre de mesures que je compte mettre en place. Un système transparent, clair et responsable des dépenses des députés et des lords, afin que chacun puisse voir sur quels postes l'argent public est dépensé. Des lignes directrices morales strictes pour s'assurer que mes collègues du service public comprennent pleinement leur position de phares de l'intégrité et de la décence. (Il agita une main.) Et bien sûr, je les encouragerai à se souvenir aussi de leurs responsabilités familiales.

Un grand froid saisit Sam lorsque les lumières du studio éclairèrent la main gauche de Will : il portait indubitablement une alliance. Elle ferma les yeux. Pour ne rien arranger, elle se souvenait désormais de l'endroit où elle l'avait vu : dans le hall de Brightman et Burgess, là où elle travaillait. Son patron, Myles Brightman, avait fait allusion à la formation aux médias qu'il avait donnée à un conseiller nouvellement nommé au 10 Downing Street et Sam les avait entraperçus au moment où elle était sortie accueillir un client. Elle n'avait pas fait le rapprochement. Jusqu'à cet instant…

Sortant du lit, elle se précipita dans le salon pour prendre son ordinateur portable, pianotant impatiemment du bout des ongles, le temps que son navigateur charge. Ses pires craintes étaient confirmées. Will Pargeter n'était pas seulement marié, il était aussi père de deux enfants, un de trois ans et un bébé de six mois. Sa femme était la fille d'un vicomte et ils vivaient dans une vaste propriété quelque part dans la campagne du Sussex. Son titre était héréditaire, mais il avait gravi les échelons du pouvoir au cours des dernières années – la rumeur prétendait qu'il était pressenti pour être maire de Londres – et là, il venait de « conclure la plus grosse affaire de sa carrière ». Sam se sentit mal. Outre le fait qu'elle avait été dupe de ses mensonges, l'agence de relations publiques où elle travaillait avait édicté des règles de conduite strictes concernant les relations sexuelles avec les clients : c'était un interdit absolu, qu'ils soient mariés ou non. Si quelqu'un découvrait qu'elle avait couché avec le soi-disant « tsar de la moralité », elle aurait de gros problèmes. Dieu merci, il semblait avoir beaucoup plus à perdre qu'elle et ne parlerait donc pas non plus de cette nuit à qui que ce soit. *Sa pauvre femme !* se dit Sam. Combien d'autres conquêtes avait-il embobinées pour les mettre dans son lit pendant qu'elle s'occupait d'un enfant en bas âge et d'un nouveau-né ?

Sam prit son téléphone et lui envoya un message furibond.

« Ne me contacte plus jamais. »

Il y eut d'autres appels, bien sûr, et d'autres fleurs. Elle les ignora tous. Et puis le pire se produisit : elle croisa Will à un endroit d'où elle ne pouvait s'échapper. Au bureau.

Elle savait que c'était une possibilité, mais elle avait compté sur le fait que l'enjeu serait trop grand pour lui et qu'il ne tenterait rien. Elle fut donc prise au dépourvu lorsqu'elle entra dans la salle de conférences et le vit de l'autre côté de la table, entre deux collègues qui n'avaient pas l'air très heureux de la voir.

— Ah, Sam, merci de te joindre à nous, lança Myles, son patron, d'un ton vif. Je suis sûr que tu sais déjà de qui il s'agit, mais j'aimerais te présenter officiellement à Will Pargeter. Nous nous occupons d'une partie de ses relations publiques pendant qu'il travaille avec Downing Street et il a demandé que tu rejoignes l'équipe.

C'était donc ça, comprit Sam. Comme les fleurs et les appels téléphoniques avaient échoué, il essayait d'attirer son attention d'une autre manière. Elle afficha le plus fade des sourires pour cacher sa colère et tendit une main à travers la table.

— Lord Pargeter.

Les yeux de Will pétillèrent tandis qu'il lui saisissait les doigts.

— Appelez-moi Will, je vous prie. Myles m'a tellement parlé de vous que j'ai l'impression que nous nous connaissons déjà.

Elle lui décocha un regard assassin.

— Comme vous voulez.

Sam sentit souvent ses yeux sur elle pendant la réunion. Elle s'abstint pour sa part de le regarder, posant les yeux partout, sauf sur lui, à moins qu'il ne s'adresse directement à elle, ce qu'il fit de plus en plus souvent, jusqu'à ce que Sam soit sûre que tout le monde dans la pièce avait deviné ce qui se passait. Néanmoins, Myles ne paraissait pas s'en être rendu compte, même lorsque Will lui tint trop longuement la main, à la fin de la réunion.

— J'ai hâte de travailler en étroite collaboration avec vous, Sam.

Une fois qu'il fut parti, elle demanda à Myles d'être déchargée de ce projet.

— Mais il t'a demandée spécifiquement, Sam. Il a donné ton nom, objecta Myles tout en l'étudiant, sourcils froncés. J'ai cru que ça te ferait plaisir.

L'esprit de Sam se démenait comme un beau diable pour trouver une excuse plausible.

— Je n'ai pas l'habitude de travailler avec les politiques, invoqua-t-elle, les dents légèrement serrées. Je ne suis pas sûre de pouvoir le supporter.

Myles lui jeta un regard incrédule.

— C'est quoi, le vrai problème ?

Elle aurait dû dire la vérité, avouer son erreur, Sam le savait, mais elle ne supporterait pas de voir la déception sur le visage de Myles.

— Je… Je ne lui fais pas confiance, c'est tout.

Son patron éclata de rire.

— Depuis quand est-ce que c'est important ? Je ne fais pas confiance à beaucoup de nos clients, mais je continue à travailler avec eux. Non, tu restes avec Will Pargeter. J'ai le sentiment qu'il sera bon pour ta carrière.

Sam s'était souvenue de ces paroles, un mois plus tard, lorsque Myles l'avait convoquée dans son bureau et dévisagée dans un silence assourdissant.

Quand il avait pris la parole, sa voix avait claqué comme un fouet.

— Explique-toi.

Elle s'était accordé quelques secondes, le temps de retrouver une contenance, avant de répondre :

— Je sais ce que tu crois, mais c'est lui qui m'a embrassée, pas l'inverse.

Myles avait abattu le poing sur son bureau.

— Comme si ça avait de l'importance ! Ce qui compte, c'est que vous vous êtes embrassés. Dans la salle de conférences, parmi tous les endroits possibles, où n'importe qui aurait pu entrer.

Sam avait brièvement fermé les yeux, se rappelant la panique qui avait été la sienne à la fin de la réunion lorsqu'elle s'était rendu compte que tout le monde avait quitté la pièce à l'exception de Will. Il avait agi rapidement, la coinçant contre la table et, avant qu'elle ne puisse réagir, il avait pressé ses lèvres sur les siennes.

— Ça fait si longtemps que j'en ai envie, avait-il murmuré d'une voix haletante, avant de l'embrasser à nouveau. Je ne peux pas vivre sans toi, Sam. S'il te plaît, arrête de me punir. Je suis prêt à tout.

Elle s'était immédiatement détournée, outrée et furieuse, pour voir Myles qui la regardait depuis le seuil…

— Je peux t'assurer que ce n'était pas mon idée, avait-elle rétorqué. J'ai essayé de te prévenir qu'on ne pouvait pas lui faire confiance.

— Depuis combien de temps ça dure ? s'était contenté de lâcher Myles, le regard scrutateur.

— Il ne se passe rien. Il y a eu aujourd'hui et c'est tout. Crois-moi, cela ne se reproduira pas.

— Je ne suis pas idiot, Sam. Dis-moi la vérité.

Alors elle avait tout déballé, bien déterminée à se défendre.

— J'ai découvert que c'était un client seulement quelques jours plus tard, avait-elle achevé. Et j'ignorais qu'il était marié. Il m'a menti à ce sujet.

Myles s'était frotté le visage avec lassitude.

— Ça n'a pas d'importance, Sam. On jase déjà. Si ça se sait – ou plutôt quand ça se saura –, les gens vont faire les mêmes suppositions que moi, à savoir que vous entretenez une liaison. Personne ne va croire que tu ignorais son mariage. Moi-même, je ne suis pas sûr de le croire.

— Honnêtement, je…

— Tu aurais dû me le dire dès que tu as réalisé qui il était, l'avait-il coupée. J'aurais peut-être pu faire quelque chose à ce moment-là, te protéger ou te transférer dans un autre bureau. Mais maintenant, je n'ai pas le choix.

Sam s'était crispée, devinant ce qui allait suivre.

— Myles…

— Je suis désolé d'en arriver là, avait-il poursuivi, l'air aussi navré que ses paroles. Tu es l'une des meilleures responsables des relations publiques que j'aie. Mais on sait, toi et moi, que tu dois partir. Tu es une bombe à retardement, Sam, et je ne peux pas te laisser entraîner Brightman et Burgess dans un scandale.

Elle l'avait dévisagé en silence, enfonçant les ongles dans sa paume pour refouler les larmes qui menaçaient de jaillir. Elle aurait dû se battre, menacer de porter plainte pour licenciement abusif ou harcèlement sexuel, sauf que tous les détails seraient alors révélés et elle ruinée. Inemployable. Non seulement cela, mais la vie de la femme et des enfants de Will serait également ruinée et elle ne pouvait pas avoir ce désastre sur la conscience.

Myles avait secoué sa tête.

— C'est plus facile si tu démissionnes. Je peux t'offrir six mois de salaire en guise de préavis, à condition que tu fasses tes valises et partes sur-le-champ. Ainsi qu'une référence solide, si tu en veux une.

Une « référence solide »… Le genre qui précise les dates dans le poste et pas grand-chose d'autre, le genre qui en dit long tout en ne disant rien. Qui essayait-il de tromper ? Sam s'était sentie nauséeuse. Elle était pratiquement inemployable, dorénavant.

— Je suppose que tu le gardes comme client ? avait-elle voulu savoir, incapable d'empêcher l'amertume d'aiguiser ses mots.

— J'y suis bien obligé, avait répondu Myles en haussant les épaules. Il est puissant, en pleine ascension. Et comme il ne semble pas en mesure de la garder dans son pantalon, j'imagine qu'un jour ou l'autre, il aura besoin de nous pour autre chose qu'une simple formation aux médias.

Sans rien ajouter, elle s'était levée pour partir et avait atteint la porte quand Myles avait repris la parole :

— Un dernier conseil, Sam. Je sais que tu es en colère et tu as le droit de l'être, mais ne pense même pas à aller trouver la presse avec cette histoire. Il n'en ressortira rien de bon.

Elle avait redressé le menton.

— Tu me menaces, Myles ? Tu me connais mieux que ça, pourtant.

— C'était le conseil d'un responsable des relations publiques à un autre. Quand tu te seras calmée, tu verras que j'ai raison. Prends soin de toi, d'accord ? avait-il finalement lâché en secouant tristement la tête.

Et sa carrière s'était brisée aussi simplement que ça.

« *Écoute, Sam, il faut qu'on parle.* » Qu'est-ce que Will Pargeter pouvait bien avoir à dire qu'elle ait envie d'entendre ? Elle se remémora sa dernière conversation avec Myles. « *On jase déjà* », avait-il dit. Elle avait toujours su que son secret risquait fort d'être découvert. Quelqu'un d'autre avait-il pu faire le rapprochement ? La femme de Will ?

Elle décrocha le téléphone et composa le numéro. Elle devrait peut-être parler à Will, pour savoir si ses craintes étaient fondées. Le cas échéant, si les ennuis étaient sur le point de s'abattre sur sa tête, mieux valait en être informée au plus tôt.

La porte de la chambre s'ouvrit brusquement et Joss apparut dans l'embrasure en boxer, portant un plateau avec une théière et des toasts. Il s'arrêta net quand il vit son visage.

— Quoi ?

L'espace d'un instant, Sam songea à tout lui dire. Puis cette impulsion passa et elle parvint à s'obliger à sourire.

— Rien, répondit-elle. Des trucs de boulot, c'est tout.

Il avança encore de quelques pas et déposa le plateau sur la table de nuit.

— Je peux faire quelque chose pour t'aider ?

Elle l'attira à elle.

— Oui, murmura-t-elle. Change-moi les idées.

Chapitre 19

— Tu as le temps pour une tasse de thé ?

Nessie leva les yeux de la paperasse relative aux livraisons, qu'elle était en train de vérifier. Kathryn se tenait de l'autre côté du bar avec, entre les mains, une boîte tout droit sortie de la boulangerie du village.

Il était treize heures trente, ce mercredi après-midi-là, et le pub était calme, ou aussi calme qu'il pouvait l'être quand des maçons travaillaient encore aux rénovations du grenier. Quelques piliers du village étaient disséminés ici et là, mais ils lisaient les journaux ou discutaient entre eux. Peu leur importait si elle prenait une pause rapide.

— S'il y a des macarons de Martha dans cette boîte, alors on va s'aimer, toi et moi, répondit Nessie.

Kathryn fit une grimace.

— J'ai pris des beignets. Désolée.

Nessie éclata de rire en se dirigeant vers la machine à café.

— Ne le sois surtout pas. Les macarons sont succulents, mais ils disparaissent trop vite. Je suis partante à n'importe quel moment de la journée pour planter les crocs dans un beignet.

Elle prépara une théière et rejoignit Kathryn à l'une des tables devant la cheminée. Le temps était trop chaud pour qu'on allume un feu désormais, d'autant que les météorologues annonçaient une vague de chaleur qui durerait au moins jusqu'au début juin. *Assez longtemps pour le mariage*, se dit Nessie. Après cette date, elle se moquait pas mal qu'il neige.

— Alors ? attaqua Kathryn en l'examinant avec un intérêt non dissimulé par-dessus sa tasse. Comment tu les as trouvées, les campanules ?

Nessie hésita. Elle aurait dû savoir que ce serait la première question de Kathryn. À dire vrai, elle était étonnée que la jeune femme ait mis autant de temps à venir l'interroger ; Sam lui était tombée dessus presque à l'instant où elle avait franchi la porte, même si elle avait été consternée par le récit de Nessie.

— Les campanules étaient magnifiques, répondit-elle prudemment. Aussi belles que tu l'avais pronostiqué.

— Bien, approuva Kathryn en se penchant en avant. Et ?

— Et j'aurais aimé savoir quel jour on était avant d'accepter cette promenade, soupira Nessie. Et de me ridiculiser.

L'étincelle disparut des yeux de Kathryn.

— Ah, l'anniversaire de mariage. Qu'est-ce qui s'est passé ?

Plutôt ramper sous la table que revivre cette situation embarrassante ! Nessie fit donc un bref résumé des événements à son amie.

— Autrement dit, je pense que je perds mon temps, conclut-elle. Owen est manifestement toujours épris d'Eliza et je ne peux pas rivaliser avec elle. Plus que ça : je n'en ai pas envie.

Kathryn ouvrit la boîte à gâteaux et mordit dans un beignet.

— J'aime mon frère, mais il y a des moments où ça me ferait plaisir de lui flanquer une claque.

— Kathryn ! s'exclama Nessie, moitié choquée, moitié amusée. Ce n'est pas vraiment sa faute. S'il y a un coupable, c'est moi, pour avoir précipité les choses.

Son interlocutrice mastiqua une bouchée de beignet pendant quelques secondes.

— Combien de fois êtes-vous sortis ensemble, avec Owen ?

— Deux, répondit Nessie. Sans compter le film de vendredi dernier.

— Vous avez eu deux rendez-vous, répéta Kathryn. En six mois. Et combien de fois vous êtes-vous embrassés ?

— Une fois, admit Nessie, sentant ses joues rosir.

Kathryn était son amie, mais aussi la sœur d'Owen. C'était bizarre de discuter de cette question avec elle.

— Une fois, répéta Kathryn avec solennité. Et c'est toi qui en as été l'instigatrice. Ce n'est pas précipiter les choses. Des gens se sont mariés bien plus vite.

Nessie frissonna.

— C'est d'ailleurs l'autre problème : techniquement, je suis toujours mariée à Patrick. Je ne suis pas sûre de devoir embrasser un autre homme.

— Pas de cette chanson-là avec moi, Vanessa Blake, la réprimanda Kathryn en lui agitant son index sous le nez. D'après Sam, Patrick relève de l'histoire ancienne, que tu aies un morceau de papier qui prétende le contraire ou non. Tout comme Eliza relève de l'histoire ancienne. Owen ne veut peut-être pas affronter la vérité, pourtant il est temps.

Nessie tripota sa cuillère à café.

— Tu ne peux pas le faire avancer de force s'il n'est pas prêt.

— Je sais, soupira Kathryn. Mais je sais aussi que je ne l'ai pas vu aussi heureux que ces six derniers mois. Alors tu me pardonneras si je semble vous pousser l'un vers l'autre. Je ne veux pas m'immiscer, je pense juste qu'il mérite un peu de bonheur, c'est tout. Et d'après ce que raconte Sam, tu le mérites aussi.

Nessie repensa à leur promenade de dimanche, quand Owen avait mentionné l'amour d'Eliza pour les campanules. Il avait eu l'air triste et seul.

— Tu as raison, concéda-t-elle en déglutissant péniblement. Mais je ne suis peut-être pas celle qui doit le rendre heureux.

— N'importe quoi, rétorqua Kathryn. Je vous ai vus, l'un avec l'autre. Tu crois que je me donnerais autant de mal si je ne pensais pas que tu es celle qu'il lui faut ? (Elle se pencha en avant, soudain sérieuse.) Écoute, je vais te dire quelque chose que je n'ai jamais dit à personne. Les apparences donnent à penser que le mariage d'Owen et Eliza était parfait, je sais, mais les choses étaient plutôt difficiles entre eux, juste avant qu'elle ne tombe malade. Je ne pense pas qu'ils auraient tenu la distance si… eh bien, si les circonstances avaient été différentes.

— Mais elles n'ont pas été différentes, objecta doucement Nessie. Et Eliza sera toujours là. Donc si Owen n'est pas prêt à lâcher prise, mieux vaut que je le sache maintenant, avant que je ne me ridiculise davantage.

Les épaules de Kathryn s'affaissèrent.

— Ne baisse pas les bras, c'est tout. Il s'en rendra compte par lui-même, s'il a un peu de bon sens.

Nessie réussit à sourire, malgré sa tension, et tendit la main vers la boîte à gâteaux.

— Mieux vaut ne pas retenir ma respiration en attendant, non ?

— Peut-être, admit Kathryn.

Nessie poussa un soupir de soulagement lorsque les ouvriers remballèrent le reste de leur matériel, le vendredi après-midi. Sam et elle avaient passé le week-end à enlever le plus gros de la poussière dans lès pièces du grenier, afin que le décorateur puisse commencer de bonne heure, le lundi matin. Et bien qu'elle rechigne à l'admettre auprès de quiconque à part elle-même, Nessie était heureuse d'avoir une excuse pour rester à l'étage, loin des regards. Elle n'avait pas revu Owen depuis le week-end, même si Franny lui avait confié qu'il avait fourni une réponse essentielle à leur courte victoire sur les Guerriers de Purdon au *Farmers Arms*, la veille au soir. Elle n'était pas sûre de ce qu'elle allait lui dire, de toute façon. La promenade de retour des bois avait été assez agréable, il l'avait embrassée sur la joue quand ils s'étaient séparés, mais elle avait décelé dans ses yeux une réserve qui n'avait pas été là jusqu'alors. Après la révélation de Kathryn sur Eliza, Nessie ne savait plus quoi penser. Mais il était plus facile de garder ses distances que d'affronter la certitude que leur relation était peut-être terminée, avant même d'avoir vraiment commencé.

Sam semblait tout aussi préoccupée. Nessie l'avait trouvée plusieurs fois en train de regarder par les étroites fenêtres du grenier, les yeux perdus dans le lointain. Cette attitude lui ressemblait si peu que Nessie lui avait demandé si quelque chose clochait avec Joss.

— Ça n'a rien à voir, avait répondu Sam. Je suis juste inquiète pour le mariage.

Et Nessie avait laissé tomber. Elle savait d'expérience que Sam ne partageait que ce qu'elle voulait bien partager. Mais le comportement de sa sœur ne faisait qu'ajouter à son propre sentiment d'inquiétude. Elle tenta de s'en débarrasser, sans succès, à tel point que Ruby lâcha un commentaire à ce sujet lorsqu'elle fit un saut au *Star and Sixpence*, dans l'après-midi du lundi.

— Tout va bien, Nessie ? demanda l'ancienne actrice quelques minutes après le début de leur conversation.

— Très bien, répondit Nessie, sachant pourtant qu'elle y mettait trop d'enthousiasme. Je pense que Sam et moi serons heureuses quand le mariage de JoJo sera terminé. (Voyant Ruby hausser l'un de ses impeccables sourcils, Nessie révisa sa dernière phrase.) Pas terminé. Parti sur de bons rails.

Ruby hocha la tête.

— Tu veux bel et bien dire « terminé » et qui pourrait t'en vouloir ? Ce n'est pas tous les jours qu'on a le mariage d'une amie à organiser, et d'une amie importante qui plus est. J'adore les mariages estivaux, ajouta-t-elle avec un soupir de satisfaction. Surtout quand tout le village y participe. Je ne me souviens pas de la dernière fois où nous en avons eu un. Andrew et moi avions prévu une grande fête pour le nôtre, bien entendu, mais il n'a pas eu lieu, malheureusement.

Nessie tiqua. Ruby et son père s'étaient fiancés ? Elle tombait des nues. Une fois de plus, elle avait la preuve que l'Andrew Chapman qui dirigeait le *Star and Sixpence* n'était pas l'homme qu'elle connaissait.

— Il vous avait fait sa demande ? s'enquit-elle en essayant de ne pas laisser transparaître trop de surprise dans sa voix.

— Pas formellement, répliqua Ruby qui agita une main dédaigneuse. Mais oui, nous avions un accord, ma chérie. Je suppose qu'on pourrait parler de pacte. Un jour, nous nous serions présentés devant Dieu et nous aurions tout abandonné pour prendre un nouveau départ. Dans le cas de ton père, cela signifiait abandonner l'alcool, ce qui explique probablement pourquoi nous n'avons jamais réussi à nous marier.

Il était difficile pour Nessie d'imaginer son père sobre. Elle ne parvenait pas à le visualiser sans un verre à la main, elle ne le revoyait que saoul, cause de sempiternelles disputes. Elle se souvenait aussi des sanglots de sa mère, tard le soir, quand elle pensait ses filles profondément endormies. Les souvenirs qu'elle conservait de ces années étaient imprégnés de l'odeur du whisky, du tabac et du goût salé des larmes.

— Je pense que tu l'aurais apprécié davantage, une fois adulte, poursuivit Ruby. Ou peut-être qu'« apprécier » n'est pas le mot qui convient… Tu l'aurais mieux compris, tu aurais été capable de voir au-delà de son passé de buveur pour découvrir ce qu'il y avait en dessous. C'était un homme bon qui faisait de son mieux pour faire ce qui était juste.

Allez raconter ça à la femme qu'il a abandonnée, pensa Nessie, mais elle tint sa langue.

— Peut-être…

Ruby lui adressa un petit sourire.

— Il rêvait de vous revoir, Sam et toi, de rattraper toutes les années perdues. Il avait beaucoup réduit sa consommation d'alcool, mais il ne voulait pas vous contacter avant d'avoir totalement cessé de boire. Il se refusait à vous décevoir à nouveau.

— Pensez-vous qu'il y serait parvenu ? demanda Nessie en essayant de déloger la boule que la dernière phrase de Ruby avait soudain créée dans sa gorge. À arrêter de boire, je veux dire.

Ruby haussa les épaules avec élégance.

— J'aime à penser que oui. J'avais choisi une robe pour le jour où il aurait fait de moi une honnête femme. Puis il m'a lâchée et on ne le saura jamais.

Nessie eut envie de la serrer dans ses bras. Quoi qu'elle pense de son père, il était clair que Ruby l'avait adoré.

— C'est juste un morceau de papier. Je suis sûre qu'il vous aimait tout autant sans.

— Et pourtant nous y attachons tous une immense importance, objecta Ruby. JoJo et Jamie dépensent une petite fortune pour ce mariage. Et puis il y a Owen et toi, qui vous cachez tous les deux derrière vos vieux certificats de mariage au lieu de tenter votre chance et d'accueillir l'amour.

Nessie en resta bouche bée. Ce n'était pas juste : Owen avait raison d'honorer la mémoire de sa femme, et sa séparation d'avec Patrick remontait à moins d'un an. Ni Owen ni elle ne se cachaient vraiment. Et pourtant…

— Vous pensez que je devrais divorcer, constata-t-elle sans détour.

— Ce serait un bon début, répondit Ruby. Pas parce que tu en as besoin – tu es une femme libre, après tout –, mais pour ce que cela représente. Tu ferais table rase, tu prendrais un nouveau départ. Et grâce à ce geste, Owen se sentirait peut-être mieux à l'idée d'abandonner lui aussi le souvenir d'Eliza.

— Et s'il n'est pas prêt ?

— Alors fais-le pour toi, insista Ruby. Regarde ton propre avenir. Retrouve qui tu es.

Bizarrement, cela avait un sens. Nessie évoluait dans une sorte de limbes pour le moment, ni mariée ni célibataire. Ce serait libérateur de couper ses liens avec Patrick, non parce qu'elle voulait l'oublier, mais parce que Ruby avait raison : un nouveau départ était exactement ce dont elle avait besoin. N'était-ce pas pour cette raison qu'elle était venue au *Star and Sixpence* ?

Sur une impulsion, elle prit l'ancienne actrice dans ses bras.

— Vous avez raison, lâcha-t-elle en inspirant une bouffée de Chanel n° 5 mêlée de gin. Merci, Ruby, je pourrais vous embrasser.

L'intéressée éclata de rire.

— C'est ce que Richard Burton me disait chaque fois que je lui conseillais de ramener ses fesses auprès d'Elizabeth.

Chapitre 20

Officiellement partie faire le plein de serviettes et de draps de luxe pour les chambres d'hôtes, Sam attendit d'être sortie de Little Monkham pour appeler Will. Le parking de John Lewis semblait être l'endroit idéal.

— C'est moi, lâcha-t-elle quand il décrocha.

— Sam, répondit-il, l'air bien trop heureux d'entendre sa voix. Comment vas-tu ?

Elle soupira, exaspérée.

— Peu importe. Qu'est-ce que tu veux ?

Il marqua un temps d'arrêt.

— Il faut qu'on se voie.

Une vague d'incrédulité envahit Sam. Il s'agissait donc de cela, après tout ce temps : de son refus d'accepter qu'elle ne voulait pas de lui ?

— Pourquoi ?

— Marina est au courant pour toi. À propos de nous.

Sam ferma les yeux.

— Comment ça se fait ?

— Est-ce que c'est important ?

— Bien sûr que oui, rétorqua-t-elle.

— Quelqu'un le lui a dit, soupira-t-il. L'ami d'un ami, quelqu'un qui travaillait chez Brightman et Burgess.

La voix de Myles résonna dans la tête de Sam : « *On jase déjà...* » Elle appuya son front contre le volant.

— Qu'est-ce qu'elle va faire ?

— Je ne sais pas, répondit Will. Il faudrait qu'on se retrouve, pour élaborer une stratégie.

Sam lâcha un petit rire amer.

— Ce serait la dernière chose à faire. Elle est probablement en train de te faire surveiller.

— Myles parle de sortir l'histoire avant que Marina ne s'en charge.

Sam n'en revenait pas.

— Myles ?

— Bien sûr, confirma Will. C'est lui qui m'a mis au courant.

Elle, en revanche, il ne l'avait pas prévenue, constata Sam avec amertume, mais ce n'était pas une surprise. Quand il lui avait demandé de partir, Myles avait été parfaitement clair sur la personne vers qui irait sa loyauté.

— Et c'est lui qui t'a donné ce numéro, je suppose.

— Non, j'ai dû solliciter quelques faveurs pour l'obtenir et pour découvrir où tu avais disparu. Comment peux-tu en être venue à tenir un pub ?

Elle en resta bouche bée.

— Tous ces appels en mode « inconnu »... c'était donc toi ?

— Au début, je voulais juste entendre ta voix. Je n'arrête pas de repenser à cette nuit, Sam. Ne va surtout pas t'imaginer que tu n'es qu'une conquête parmi d'autres. (Il prit une profonde inspiration, mal assurée.) Marina était tellement absorbée par le bébé que je me sentais seul. Et tu étais là, fascinante, drôle et irrésistible. Je suis quelqu'un de bien, Sam, je ne voulais pas que tout cela arrive.

— Oh, s'il te plaît ! grogna-t-elle. Tu ne portais pas ton alliance, Will. Qui fait ça à moins d'être en chasse ? Et ne me lance pas sur ce qui s'est passé dans la salle de conférences, ce fameux jour.

— Mon alliance était chez le bijoutier, répliqua-t-il d'un ton calme. Elle n'était pas bien ajustée et je n'arrêtais pas de la faire tourner autour de mon annulaire. Myles a trouvé que ça ferait mauvais effet pendant mes interviews télévisées, alors je l'ai envoyée chez le bijoutier. Je l'ai récupérée le lendemain de notre folle nuit. (Il hésita, puis :) Je suis désolé pour la salle de conférences aussi. Je te désirais tellement que ça me rendait fou.

Il avait réponse à tout, constata Sam qui n'en croyait pourtant pas un traître mot. Rien d'étonnant à ce qu'il évolue dans les cercles politiques désormais, il avait la personnalité adéquate.

— Tu sais quoi ? Ça n'a aucune importance, lâcha-t-elle d'un ton las. Peu importe que je te croie. Ce n'est pas à moi de réfléchir à la manière de te sortir de ce mauvais pas.

— Mais tu dois limiter les dégâts, tout autant que moi. Myles dit que si nous gérons les choses comme il faut, nous pourrions encore trouver un moyen de nous en sortir.

« Will » pourrait cncore trouver un moyen de s'en sortir, comprit Sam. Elle n'était pas incluse dans le projet. Voilà pourquoi il était si désireux de prendre le contrôle et de révéler l'histoire avant que sa femme ne le fasse. Le problème, c'était que pour dépeindre Will comme quelqu'un de bien, ayant commis une erreur qu'il regrettait amèrement, Sam devrait passer pour une garce prédatrice qui avait sciemment entamé une liaison avec un homme marié. Les médias voudraient du sang pour pimenter l'histoire et, si ce n'était pas celui de Will, ce devrait être le sien. Mais elle n'était pas prête à s'empaler volontairement sur son épée : elle n'avait peut-être plus une carrière de haut vol à protéger, mais elle avait encore beaucoup à perdre.

— Pas question que je te voie, s'entêta-t-elle. Ça fera mauvais effet si ça s'apprend, comme si on mijotait une histoire pour protéger nos arrières. Et je n'ai pas vraiment envie de me retrouver dans la même pièce que toi, après ce qui s'est passé la dernière fois. Dis à Myles que je préfère lui parler.

— Il refusera, il ne peut pas nous représenter tous les deux : conflit d'intérêts.

Sam sentit sa colère enfler.

— Je ne lui demande pas de me représenter. Mais s'il veut que je marche dans cette combine, il devra communiquer avec moi d'une manière ou d'une autre.

— D'accord, je transmettrai le message. On va s'en sortir, ne t'inquiète pas.

Entendre Will insinuer qu'ils partageaient l'un et l'autre à parts égales la responsabilité de cette situation désolante était presque au-delà des forces de Sam. Elle serra les dents.

— Au revoir, Will.

— Au revoir, Sam, répondit-il d'une voix soudain pleine de chaleur. C'était génial d'entendre ta voix.

Sam raccrocha. Les mains croisées sur les genoux, elle resta assise sans bouger, le temps que sa colère retombe. À mesure que la rage s'estompait, le côté pratique de son cerveau de spécialiste des relations publiques se mettait en fonctionnement. Il fallait qu'elle sache jusqu'où pourrait aller le désir de vengeance de la femme de Will, qui elle rendait responsable de ce bazar, et si elle était du genre à s'adresser directement à la presse. Sam fouilla dans son sac pour dénicher son petit carnet d'adresses noir. Il était temps de solliciter quelques faveurs.

— Allô, ici la terre. Je m'adresse à Sam : entre, Sam.

Amusé, Joss lui agitait une main devant les yeux. Ils se tenaient tous les deux derrière le bar, ce vendredi matin-là.

— Quoi ? fit-elle dans un sursaut.

Le sourire de Joss disparut.

— Tu étais à des kilomètres. J'ai pensé que tu aimerais savoir que le chapiteau allait être monté. Regarde.

Par-delà leurs quelques clients, il désignait la porte ouverte : Sam distingua dehors une gigantesque tente blanche qui commençait à prendre forme au loin.

— Oh ! s'exclama-t-elle en revenant à elle. C'est chouette !

Joss fronça les sourcils.

— Qu'est-ce qu'il y a ? Toute cette semaine, tu as été aussi agressive qu'un crocodile avec une rage de dents et ton téléphone n'a pas arrêté de sonner. (Il leva une main.) Et ne me sors pas une nouvelle fois l'excuse du travail, je ne suis pas idiot. Quelque chose ne va pas, Sam, je veux savoir ce que c'est.

Elle devrait le lui dire avant qu'il ne l'apprenne par des gros titres à sensation et des déclarations à l'emporte-pièce, Sam en était bien consciente. Ces événements s'étaient déroulés avant qu'ils ne se rencontrent, donc ils ne le concernaient pas *stricto sensu*, mais il se retrouverait quand même pris entre deux feux et Nessie aussi. Si Sam espérait que la situation n'en arriverait pas là, c'était que d'après ses sources, Marina Pargeter n'était pas du genre à laver son linge sale en public. Le danger résidait maintenant dans Myles et sa détermination à s'approprier l'histoire. À dire vrai, Sam ne serait pas surprise qu'il fasse lui-même fuiter la nouvelle. L'attitude la plus sensée serait de tout dire dès maintenant à Nessie et Joss, afin de minimiser les dégâts. Si elle était en train de conseiller un client, ce serait exactement ce qu'elle lui suggérerait. Mais elle redoutait la réaction des deux personnes qu'elle aimait le plus au monde. Nessie connaissait déjà une partie de l'histoire, ses grandes lignes, mais pas ses détails. Joss en revanche ne se doutait de rien. Seul Nick Borrowdale savait tout, car c'était vers lui qu'elle s'était précipitée après avoir vidé son bureau. Il s'était comporté en ami au moment où elle en avait eu besoin, et elle lui avait fait jurer de garder le secret le plus total.

— Ce n'est rien, répondit-elle à Joss. J'étais stressée à l'idée que les chambres ne soient pas finies à temps, c'est tout.

— Mais elles le sont, objecta Joss. Et elles sont super, du haut de gamme. La cave déborde de stock pour le mariage et tout est sous contrôle. Alors pourquoi tu as l'air de quelqu'un qui redoute de voir le ciel nous tomber sur la tête d'un instant à l'autre ?

— Je…

Sam hésita. Elle allait devoir le lui avouer, elle en avait envie. Mais pas ici, où des clients pourraient surprendre sa confession aussi honteuse que gênante. Pas maintenant.

— Je suppose que je suis un peu pessimiste. Désolée.

Il planta ses yeux bleus dans les siens.

— Et tu es sûre que c'est tout ? Tu n'es pas en colère contre moi pour quelque chose que j'aurais fait ou pas fait ? Ou pour quelque chose que j'aurais dit ou pas dit ?

Elle ouvrit des yeux comme des soucoupes.

— Non ! Honnêtement, ça n'a rien à voir avec ça.

Joss la dévisagea pendant de longues secondes.

— D'accord, admit-il enfin et il parut se détendre. Mais n'oublie pas que demain, à la même heure, JoJo sera à l'étage en train de se préparer et Jamie quelque part dans les parages, terrifié à l'extrême.

Sam sourit malgré elle.

— Comment le sais-tu ? Si ça se trouve, il sera à l'aube du plus beau jour de sa vie.

— Ça aussi, concéda Joss. N'empêche qu'il sera terrifié. Tous les hommes le sont.

— Dans ce cas, je m'étonne que quiconque soit jamais parvenu jusqu'à l'autel, lâcha-t-elle sèchement.

Joss éclata de rire.

— Mais c'est ça, le meilleur : on a peur et on le fait quand même. Parce que quand on rencontre la bonne personne, on le sait, et on ne laisse rien nous empêcher de passer le reste de notre vie avec elle.

Désormais, c'était au tour de Sam de le fixer du regard.

— Tu es un vrai romantique, en fait ?

Il se rapprocha.

— Oui. Et histoire que ce soit bien clair, je sais déjà que tu es la bonne personne pour moi. Dans quelques années, quand tu seras prête, ce sera mon tour d'être terrifié.

Il inclina la tête pour effleurer ses lèvres.

— Prenez donc une chambre, vous deux, plaisanta Bryan, le boucher, de l'autre côté du bar.

— Désolé, lança Joss en s'écartant, petit sourire en coin. Qu'est-ce que je te sers ?

Tout en le regardant s'éloigner, Sam sentit un frisson d'anxiété lui descendre le long de l'échine. Elle avait passé sa vie d'adulte à fuir l'engagement et il l'avait quand même trouvée, sous des traits qu'elle n'aurait jamais imaginés. Le plus étrange, c'était qu'elle n'avait plus peur, du moins pas de s'établir. Elle se sentait bien avec Joss, comme si elle était là où elle devait être, et savoir qu'il ressentait la même chose la réjouissait.

Elle le regarda s'esclaffer avec Bryan et prit sa décision : elle trouverait le temps de lui dire ce qui se passait, et très bientôt. Elle ne pouvait pas – ne voulait pas – risquer de le perdre.

Pas maintenant qu'elle était sûre d'être amoureuse de lui.

Chapitre 21

Le samedi matin, plantée au milieu de la suite nuptiale de JoJo et Jamie, Nessie balayait les lieux du regard. La chambre était dominée par un grand lit à baldaquin aux montants de chêne foncé, sculptés avec le plus grand raffinement. Des rideaux crème, de fins draps en coton égyptien et des oreillers moelleux complétaient l'ensemble. Plus tard dans la soirée, le lit serait parsemé de pétales de rose et flanqué d'un seau à champagne ancien, monté sur pied et plein à ras bord de glace. Elle traversa la pièce et pénétra dans la salle de bains : une baignoire sabot à double dossier étincelait sous des spots à intensité variable, fixés aux poutres inclinées du plafond. Des serviettes blanches duveteuses étaient suspendues au porte-serviettes chauffant et un panier de produits Molton Brown trônait à côté des deux lavabos. Nessie, qui en avait testé quelques-uns avant de les acheter pour les chambres, était tombée amoureuse du gel douche Lys-Gingembre.

Une douche à effet pluie était astucieusement cachée derrière le mur carrelé. La chambre d'amis d'à côté avait un agencement similaire, mais dans des tons bleu sarcelle, sans baignoire et avec un lit-bateau au lieu du lit à baldaquin. Sam avait insisté pour qu'elles ne regardent pas à la dépense et Nessie devait bien reconnaître que le résultat en valait la peine. La question était de savoir si JoJo serait de cet avis. Outre le fait qu'il s'agissait de sa suite nuptiale, une bonne critique de sa part vaudrait son pesant d'or.

Nessie était debout depuis cinq heures trente, incapable de dormir tant elle était stressée par la journée à venir. La journée du mariage était sans doute la plus importante de toute la vie d'un couple : et si Sam ou elle avaient oublié quelque chose ? Un minuscule détail qui ferait dérailler tout le reste ?

Cette crainte s'était mêlée à ses inquiétudes concernant Owen, le tout venant hanter ses rêves. Elle avait emporté son thé dehors, la tasse serrée entre ses mains pendant qu'elle regardait le soleil se lever à l'est du village. Peut-être était-il temps de s'éloigner d'Owen. Elle savait que Sam et Kathryn ne seraient pas d'accord, ni Ruby d'ailleurs, qui prônait le *carpe diem* et tenait à profiter de chaque instant de la vie. Nessie se sentait un peu en deuil, comme si elle avait déraciné une rose avant que celle-ci ne commence à fleurir, mais c'était bon de prendre une décision au lieu de se raccrocher à un espoir qui s'étiolait. Elle s'était un peu reprise en main, comme Ruby le lui avait conseillé. Et tandis que les rayons du soleil transformaient en or les murs ambrés du *Star and Sixpence*, Nessie prit une autre décision. Elle allait divorcer de Patrick. L'ex-actrice avait raison ; tant qu'elle ne l'aurait pas fait, elle demeurerait dans les limbes.

Voilà pourquoi, le jour où elle allait aider un homme et une femme à entamer leur vie conjugale,

Nessie avait téléchargé un dossier de demande de divorce, l'avait rempli et imprimé, prêt à être envoyé au tribunal le plus proche. Il faudrait que Patrick soit d'accord, bien sûr, mais elle ne voyait pas pourquoi il s'y opposerait : ils s'étaient séparés à l'amiable, après s'être éloignés l'un de l'autre. Et même s'il lui avait envoyé des fleurs pour la Saint-Valentin, elle ne le voyait pas envisager une quelconque réconciliation.

Elle avait passé une demi-heure paisible à réfléchir à la fin de son mariage, puis elle s'était maquillée et préparée pour ce qui l'attendait. Il était à présent dix heures trente et il ne restait plus de temps pour quoi que ce soit : JoJo et ses demoiselles d'honneur étaient attendues d'une minute à l'autre. La voix de Joss lui parvint depuis le rez-de-chaussée.

— Nessie ? Ils sont arrivés.

Après un dernier coup d'œil pour s'assurer que tout était à sa place, Nessie descendit accueillir la mariée.

— Quel plaisir de te voir, JoJo ! lança-t-elle en étreignant la petite blonde avec chaleur. Tu es radieuse !

JoJo éclata de rire et lui tapota les joues.

— D'où l'utilité de recourir au peeling chimique et au Botox. Avoir des amies rédactrices de beauté, ça paie parfois.

Nessie sourit : elle n'avait jamais vu JoJo autrement que parfaite. Mais ce jour-là, il émanait d'elle un éclat supplémentaire, le genre de rayonnement que seules les mariées semblaient avoir. Si quelqu'un parvenait à mettre la recette en bouteille, il deviendrait instantanément milliardaire.

JoJo passa un bras sous celui de sa sœur.

— Tu connais déjà Kate, bien sûr, et voici mes meilleures amies, Brid et Amanda.

— Bonjour, les accueillit Nessie. Bienvenue au *Star and Sixpence*.

— Je suis surexcitée à l'idée de coucher ici ce soir, poursuivit JoJo. Quand mes parents nous ont dit que vous ouvriez des chambres d'hôtes à l'étage, je n'ai plus eu le moindre doute sur l'endroit où Jamie et moi allions passer notre nuit de noces.

Nessie écarta les bras.

— Dans ce cas, laissez-moi vous faire visiter. J'ai hâte de recueillir vos impressions.

À l'étage, dans la suite nuptiale, JoJo resta bouche bée d'admiration.

— Bon sang ! s'exclama-t-elle en regardant autour d'elle, ravie. C'est incroyable. Vraiment magnifique, Nessie, bien joué !

— J'ai passé plus d'une nuit blanche à me demander si on allait pouvoir tout terminer à temps, admit Nessie, tremblante, mais soulagée par les louanges de la journaliste. À un moment, j'ai même cru que Sam allait frapper le plombier.

Tout le monde éclata de rire.

— Je doute que Franny elle-même ait pu réparer le coup, dans ce cas, plaisanta JoJo, qui traversa la pièce pour caresser les draperies du lit à baldaquin. Regardez-moi ça : Jamie va avoir bien du mal à me faire sortir de là, demain matin.

— Je ne pense pas qu'il fera de gros efforts, renchérit Kate avec un clin d'œil. Aucun signe du fantôme, alors ? ajouta-t-elle après un coup d'œil à la ronde.

Elle voulait parler d'Elijah Blackheart, réalisa Nessie, le fantôme d'un bandit de grand chemin malchanceux qui, disait-on, errait la nuit dans les couloirs de cette auberge du XVIe siècle. À côté d'elle, Amanda ouvrait de grands yeux.

— Pas pour l'instant, répondit Nessie. Bien que je ne sois pas censée l'avouer aux clients. Sam prétend que les fantômes sont excellents pour l'attractivité des chambres d'hôtes.

Brid secoua la tête.

— Les seuls esprits que j'aime sont ceux qu'on obtient par distillation et qu'on retrouve dans un verre.

Nessie sourit.

— Laisse-moi te montrer la chambre d'à côté. Le champagne est déjà au frais.

— Nom d'un chien ! s'écria Sam quand elle sortit juste après le déjeuner et vit les chevaux blancs ornés d'un plumet et le carrosse fleuri devant le *Star and Sixpence*. Ce n'est pas seulement le mariage de l'année, c'est le mariage de la décennie.

Le cocher, revêtu de sa tenue du matin, un costume gris avec une cravate bleu azur, souleva son chapeau.

— Bonjour ! C'est une bien belle journée.

Nessie sourit.

— JoJo et ses demoiselles d'honneur ne vont pas tarder à descendre. Je peux vous offrir un verre pendant que vous attendez ?

Le cocher secoua la tête.

— Je ne voudrais pas renverser la moindre gouttelette sur ce costume. Il vaut plus que mon salaire.

Sam grimaça en signe de compassion : les températures étaient sur le point d'atteindre les trente degrés, bien trop chaudes pour que l'on tienne longtemps sans se désaltérer. Elle espérait qu'il avait une bouteille d'eau cachée quelque part pour boire une fois qu'il aurait conduit la mariée à l'église St Mary. JoJo et Jamie avaient prévu de retraverser le village après la cérémonie, suivis par leurs familles et leurs invités, afin de saluer au passage les amis et les voisins qui n'avaient pas été à l'église. C'était une belle tradition, trouvait Sam. Elle espérait seulement que les dames avaient pensé à porter des chaussures confortables.

Les parents de JoJo arrivèrent juste avant midi. Pendant que Mme Smith grimpait quatre à quatre à l'étage pour aider sa fille à s'habiller, le père de JoJo s'était empressé de commander un grand whisky, bientôt imité par une foule d'amis et de connaissances. Joss les avait servis jusqu'à ce que Tilly vienne prendre la relève, puis il s'était rendu sur l'esplanade pour installer des tonneaux de bière et de cidre devant le chapiteau. Sam l'avait regardé partir, consciente qu'elle n'avait toujours pas trouvé le temps de lui parler de Will. Ça devrait attendre, maintenant, comme tout le reste. Elle n'était pas prête à laisser quoi que ce soit compromettre le bon déroulement du mariage.

Quand JoJo apparut, Sam et Nessie laissèrent échapper des cris d'admiration. Sa robe d'un blanc éclatant était ajustée jusqu'à ce qu'elle s'épanouisse en queue de poisson. Un corsage en dentelle d'une complexité à couper le souffle dansait et scintillait sous une constellation de paillettes et de minuscules perles de culture, qui remontait jusqu'à couvrir ses épaules et ses bras. Ses longs cheveux blonds étaient relevés en une élégante composition de boucles retenues souplement par des pinces. JoJo était aussi parfaite que si elle était sortie tout droit des pages d'un magazine.

Derrière elle, les demoiselles d'honneur portaient des robes du même bleu azur que la cravate du cocher. Mme Smith arriva en dernier, radieuse dans son taffetas rose, un bouquet de pivoines et de roses à la main.

— Tu es magnifique, JoJo, déclara M. Smith en se précipitant pour étreindre les mains de sa fille. Ton vieux père est fier de toi.

— Papa, protesta JoJo en souriant. Tu n'as même pas encore soixante ans.

M. Smith lui prit la main et la glissa dans le creux de son coude.

— Je me sens vieux aujourd'hui. Il me semble qu'il n'y a pas si longtemps, je changeais encore tes couches.

JoJo éclata de rire, mais Sam la vit échanger avec son père un regard d'où les larmes n'étaient pas loin.

— La calèche vous attend, si vous êtes prêts, annonça-t-elle.

Il fallut deux voyages : Mme Smith et les demoiselles d'honneur d'abord, JoJo et son père ensuite.

— Tu devrais y aller, Ness, lui souffla Sam alors qu'elles saluaient de la main la calèche qui s'éloignait avec la mariée et M. Smith.

L'interpellée hocha la tête.

— Tu es sûre que tu peux te débrouiller ?

— Naturellement, répondit Sam en la gratifiant d'une petite poussée. Va donc reluquer Owen en costume.

Le sourire de Nessie vacilla quelque peu, mais elle n'objecta pas.

— D'accord. Je reviens dès que possible.

Sam la regarda traverser l'esplanade : couper en droite ligne allant plus vite qu'emprunter le même trajet que la calèche, Ness arriverait sans peine avant la mariée. Alors que Sam était sur le point de partir en quête de Joss, elle sentit son téléphone vibrer dans sa poche. Elle sourit en voyant le nom qui s'affichait sur l'écran :

— Nick Borrowdale, comment ça va ?

— Je viens de recevoir l'appel d'un journaliste de tabloïd à ton sujet, Sam, répliqua Nick d'une voix pressante qui n'augurait rien de bon. Il voulait savoir ce que je ressentais après m'être fait damer le pion par le tsar de la moralité, accessoirement marié et membre du gouvernement.

Le sourire de Sam disparut comme le soleil derrière un nuage de pluie.

— Quoi ? Quand ?

— Il y a environ vingt minutes, répondit Nick. Qu'est-ce qui se passe, Sam ? Comment savent-ils, pour Will et toi ?

Bonne question, pensa Sam, hébétée. Quelqu'un avait manifestement parlé. Mais qui ? Marina Pargeter ou Will lui-même ?

— Dis-moi tout, exigea-t-elle.

Une heure plus tard, Sam accueillit sa sœur à la porte du pub, avec l'impression d'être sur le point de s'évanouir.

— Nessie, je suis désolée de t'imposer ça, mais je dois y aller.

— Quoi ? Aller où ? balbutia Nessie, interloquée.

— À Londres. Nick a appelé : mon secret est découvert. Le *Sunday Planet* le publie en première page demain.

Elle vit le visage de sa sœur se vider de son sang.

— Comment ça ?

Sam pinça les lèvres : elle avait une assez bonne idée de ce qui s'était passé, mais elle n'était pas encore prête à partager ses conclusions avec Nessie, pas sans connaître les faits.

— Sa femme est au courant depuis un moment. Je pense que c'est lié à elle.

— Sam ! s'exclama Nessie. Pourquoi tu ne m'as rien dit ?

— Je n'ai pas le temps de t'expliquer, lança Sam, que la douleur et la confusion visibles sur le visage de sa sœur emplirent de culpabilité. Tu t'en sortiras sans problème sans moi. J'ai demandé à Tilly de s'occuper de l'installation de la suite nuptiale plus tard et les traiteurs se chargeront des boissons pendant le repas. Tout ce que tu dois faire, c'est garder un œil sur le personnel du bar et ne pas oublier de sourire.

Nessie la dévisagea.

— Pour l'amour de Dieu, Sam, comment je suis censée y arriver ?

Sam sentit ses yeux s'emplir de larmes et les chassa du revers de la main : elle n'avait pas le temps de s'apitoyer sur son sort. Elle devait aller à Londres pour affronter Will et voir s'il y avait moyen d'empêcher l'histoire d'être publiée. Et dans le cas contraire, elle aurait besoin des services d'un sacré bon spécialiste des relations publiques.

— Fais de ton mieux, souffla-t-elle à Nessie en lui serrant les bras. Tout ira bien.

Sa sœur lui adressa un signe de tête réticent.

— Sois prudente au volant.

— Promis.

Sur quoi elle se précipita vers la porte. L'esplanade du village commençait à être sacrément peuplée. Sam inclina la tête, dans l'espoir d'entrevoir Joss, mais il y avait trop de monde. Elle n'arrivait pas à le repérer. Une fois de plus, elle regretta de ne pas lui avoir dit ce qui se passait. Il devrait attendre son retour. Sur cette pensée, elle se dirigea vers sa voiture. Pourvu seulement qu'il comprenne…

Chapitre 22

Nessie savait qu'elle devait rester concentrée sur son travail, mais c'était difficile, sachant que sa sœur fonçait vers Londres, sans doute dans un état qui aurait dû lui interdire de conduire. Comment cela avait-il pu arriver, et aujourd'hui parmi tous les jours possibles ? Elle savait que l'amant secret de Sam était quelqu'un d'explosif – il l'était forcément pour qu'elle ait perdu son emploi – et sa sœur avait toujours affirmé que c'était quelqu'un que les journaux mettraient en pièces. Mais depuis qu'elles avaient repris le *Star and Sixpence*, Sam avait commencé à se détendre un peu. Peut-être avait-elle même fini par se convaincre que sa malencontreuse aventure d'un soir ne lui reviendrait pas en pleine figure. Nessie l'avait en tout cas presque oubliée, pour sa part. Or, la bête avait relevé la tête, ouvrant une bouche qui semblait pleine de crocs acérés. Pourvu que ce voyage *in extremis* à Londres en vaille la peine !

La plupart des invités à la réception et au repas de mariage étaient revenus de l'église et se disséminaient sur l'esplanade du village. Le personnel de restauration se faufilait à travers la foule, offrant des verres de

Pimm's à la fraîcheur parfaite et de grandes flûtes de champagne pétillant. Nessie repéra Joss qui faisait des affaires en or avec ses fûts de cidre Thirsty Bishop et Sycamore, non loin du stand proposant un spectacle de Guignol aux enfants. Un peu plus loin, il y avait un chamboule-tout, un jeu de Jenga géant et beaucoup d'autres attractions villageoises festives pour distraire les invités pendant que M. et Mme Brady, les nouveaux mariés, se faisaient photographier. Nessie n'avait pas grand-chose à faire, pourtant elle se retrouva au milieu de l'esplanade, avec la sensation soudaine d'être dépassée.

— Tout va bien, Nessie ? demanda Kathryn alors qu'elle passait avec Luke. Tu m'as l'air un peu perdue.

Nessie se secoua.

— Non, tout va bien, c'est juste un léger contretemps.

Elle lui parla de l'absence de Sam, tout en gardant pour elle la raison du départ brutal de sa sœur.

— Qu'est-ce que je peux faire pour t'aider ? s'enquit Kathryn alors que Luke déguerpissait pour aller jouer avec ses amis. Owen ! lança-t-elle d'une voix forte, dès qu'elle eut repéré son frère. Viens par ici. Sam a dû partir et Nessie est un peu à court de personnel.

— Tout va bien, honnêtement, protesta Nessie en s'efforçant de cacher son embarras à l'approche d'Owen. Il s'agit surtout de garder un œil sur le bar, de s'assurer que toutes les boissons sont enregistrées correctement, pour que nous puissions produire une facture à la fin de la soirée, et de laisser le personnel du bar faire une pause quand il en a besoin. Mais vraiment, je peux me débrouiller.

Owen jeta un coup d'œil vers le pub presque vide.

— Je ne pense pas qu'il y ait trop de raisons de s'inquiéter pour le moment. Tout le monde est trop occupé à profiter du soleil et à s'amuser sur l'esplanade.

Nessie se laissa momentanément distraire par la beauté de son costume noir. Plutôt habituée à le voir en tenue de travail, elle n'aurait jamais cru qu'il possédait un costume aussi bien coupé si elle ne l'avait pas vu dedans. À l'église, elle s'était tenue dans le fond, assez loin pour pouvoir l'examiner du coin de l'œil sans se faire remarquer.

— Il n'y a aucune raison de s'inquiéter, assura-t-elle à Kathryn et Owen. Tout va bien se passer.

L'ambiance sur l'esplanade était joyeuse, le soleil brillait et il n'y avait pas un nuage dans le ciel. JoJo avait eu la délicate attention de laisser des tubes de crème solaire dans les remorques de luxe qui abritaient les toilettes, ainsi que des tongs pour les pieds endoloris. Un camion de glaces servait des minicornets et de délicieuses sucettes glacées aux fruits frais à tous les amateurs et la file d'attente était longue. L'air bourdonnait du bruit des bavardages et des rires des gens qui s'amusaient. Au bout d'une heure environ, les invités commencèrent à entrer dans le chapiteau et Nessie supposa qu'on les plaçait pour le dîner. Après avoir vérifié que tout allait bien derrière le bar, elle suivit l'assistance à l'intérieur.

Le chapiteau offrait une vision enchanteresse : l'herbe avait été recouverte d'un sol en dur et d'une moquette. Nessie compta plus de trente tables, dont le centre était orné de splendides cascades de pivoines. Les sièges, eux, étaient ceints d'un ruban bleu azur assorti aux robes des demoiselles d'honneur. Petit à petit, les invités se dirigèrent vers les tables numérotées. Et au bout de la salle, à la place d'honneur, se trouvait la table principale.

M. et Mme Smith étaient déjà assis, avec les parents du marié, M. et Mme Brady. Le garçon d'honneur, Jed, était là lui aussi, qui farfouillait dans ses notes, l'air nerveux. Dieu merci, il ne donnait pas l'impression d'avoir trop puisé de courage dans l'alcool, à l'instar du garçon d'honneur de Patrick, qui s'était endormi juste avant les discours et ne s'était réveillé qu'après leur première danse.

Nessie se tenait discrètement à l'arrière de la tente, s'efforçant de ne pas trop regarder Owen. Quand il fut clair que tout le monde avait trouvé sa table, Jed porta un microphone à ses lèvres.

— Veuillez vous lever pour les tout nouveaux M. et Mme Brady !

Un tonnerre d'applaudissements retentit sous le chapiteau à l'entrée de JoJo et Jamie. Nessie avisa Franny qui se tamponnait les yeux avec un mouchoir et souriait à Henry Fitzsimmons d'une manière qu'il ne semblait pas remarquer. Peut-être que ce serait le prochain mariage de l'année, pensa Nessie, qui dut lutter pour demeurer impassible.

Elle s'éclipsa au milieu des discours afin de vérifier si Sam lui avait laissé un message. Elle n'attendait rien pour l'instant : il y avait plusieurs heures de route jusqu'à Londres et sa sœur ne la contacterait pas avant d'avoir des nouvelles. Mais Nessie s'en assura tout de même. Après quoi elle retourna au *Star and Sixpence*, resplendissant à l'autre extrémité de l'esplanade sous le glorieux soleil de cette fin d'après-midi. En dehors du fait que Sam aurait dû être là, à partager avec elle la satisfaction d'un travail bien fait, Nessie se rendit compte que sa sœur ne lui manquait pas vraiment sur le plan professionnel. Le gros du travail avait été accompli dans les jours et les semaines précédant le mariage, et c'était alors que Nessie aurait été perdue sans elle. *À moins que ce ne soit le calme avant la tempête*, pensa-t-elle en se mordillant la lèvre. Elle espérait que non : elle n'était pas sûre de pouvoir supporter d'autres surprises pour l'instant.

***

Sam retrouva Nick à Golden Square. Cette place avait toujours été l'un de ses joyaux londoniens préférés, caché, passant presque inaperçu derrière les rues animées de Soho, comme une émeraude nichée derrière un diamant tape-à-l'œil qui attirait l'attention. Nick portait une casquette de baseball et des lunettes noires pour passer inaperçu et Sam lui était reconnaissante de cette attention : la dernière chose dont elle avait besoin, c'était qu'une foule d'adorateurs de *L'Auberge des contrebandiers* les suive jusqu'au bureau de sa conseillère en relations publiques.

— Lizzy connaît les éléments de base, mais je te laisse combler les blancs, précisa Nick quand ils arrivèrent dans les bureaux déserts. À nous trois, on devrait être en mesure de gérer la situation.

Sam posa une main sur son bras.

— Merci, Nick. J'apprécie vraiment.

Il releva ses lunettes de soleil et lui sourit.

— Pas de problème. Je ferais n'importe quoi pour toi.

Il y eut le bourdonnement caractéristique de la porte qui s'ouvrait et ils prirent l'ascenseur jusqu'au quatrième étage, où se trouvaient les bureaux de Goldman PR. Lizzy les accueillit tous les deux avec chaleur, même si, Sam le savait, elle avait été arrachée à sa famille pour s'occuper de cette affaire. Mais bon, quand votre client est Nick Borrowdale, vous ne ménagez pas votre peine.

— Dites-moi tout, attaqua Lizzy, une fois qu'ils se furent assis dans son bureau, un café fumant entre eux. Je suis sûre que je n'ai pas besoin de vous préciser que l'honnêteté est la meilleure politique ici : tout ce que vous me direz restera strictement confidentiel.

C'était étrange pour Sam de se retrouver de l'autre côté du bureau. Elle connaissait Lizzy de réputation et avait toujours été impressionnée par la façon dont elle s'occupait du personnage public de Nick. Non qu'il ait vraiment besoin d'être géré : une fois que son étoile au firmament était devenue supernova, il s'était mué en rêve de tout chargé de relations publiques. Il était donc d'autant plus important que son rôle dans ce bazar soit géré correctement.

Après que Sam eut déballé toute sa désolante histoire, Lizzy s'adossa à son fauteuil et examina Sam puis Nick d'un regard pensif.

— Pardonnez-moi de vous poser la question, mais quelle est votre relation actuelle ? Est-ce que vous sortez ensemble ?

— Non, répondit Nick. Nous avons passé une nuit ensemble à l'occasion, si ça nous convenait, mais pas depuis que Sam a quitté Londres.

Était-ce l'imagination de Sam ou y avait-il une pointe de regret derrière ses mots ? Elle chassa cette pensée.

— Je suis en relation avec quelqu'un d'autre. L'histoire avec Will s'est déroulée avant que je ne le rencontre, mais il n'est pas au courant. Pas encore, nuança-t-elle après une pause.

Lizzy soupira.

— Vous avez travaillé dans les relations publiques pendant des années, Sam, donc vous devinez sans doute comment ça va se passer. D'après ce que je comprends, l'histoire va sortir. Nous devons penser à limiter les dégâts et notre façon de procéder dépendra de qui va raconter l'histoire.

— Le journaliste à qui j'ai parlé était du *Sunday Planet*, intervint Nick.

— Lizzy voulait parler de la source, expliqua Sam. Pas du média.

Lizzy acquiesça.

— Si c'est Marina Pargeter qui est à l'origine de cette fuite, nous pourrions essayer de noyer le poisson, suggérer que Sam n'est pas la seule autre femme ou peut-être même publier un démenti catégorique. Mais si c'est Will lui-même qui a parlé, alors nous sommes en difficulté. (Elle marqua une pause.) Je dois dire que si Will était mon client, je serais tentée de révéler l'histoire en premier pour que sa version des faits soit connue du public.

— C'est ce que je ferais aussi, convint Sam.

— Avez-vous eu des contacts avec lui depuis le début de la semaine ? demanda Lizzy.

— Non. J'ai tiré quelques ficelles auprès de journalistes de ma connaissance, pour voir si l'un d'entre eux pouvait découvrir que des accords avaient été conclus et j'ai parlé à quelques amis chez Brightman et Burgess. Personne n'avait rien de concret : même ceux qui travaillent étroitement avec Myles n'ont pas entendu grand-chose. J'ai pensé à organiser une réunion aujourd'hui pour le confronter, ajouta Sam en secouant la tête. Mais j'y ai renoncé pendant le trajet.

— Bien, conclut Lizzy en décrochant le téléphone. Autant se renseigner directement à la source. Je vais appeler Myles.

Sam demeura le regard rivé à la fenêtre pendant toute la conversation, luttant contre l'envie d'arracher le téléphone de la main de Lizzy. Myles se montrait clairement fuyant, mais Lizzy était une pro.

— Ma cliente s'inquiète de la façon dont les révélations vont affecter ses relations et sa réputation, déclarait-elle en fixant Sam. Et comme c'est votre client qui a omis de mentionner sa femme et ses jeunes enfants avant de passer la nuit avec elle, il n'y a aucun doute que la personne en tort n'est pas elle. (Son regard se durcit tandis qu'elle écoutait.) Si vous faites ça, ma cliente lancera des poursuites contre vous.

Le cœur de Sam se serra. Il n'y avait plus le moindre doute quant à l'origine des fuites, désormais. Will allait la jeter à la vindicte populaire pour sauver sa peau. Elle attendit que Lizzy termine la conversation avant d'évacuer sa colère.

— Les salauds ! Ils comptent me mettre tout ça sur le dos, j'ai bien saisi ?

Lizzy laissa échapper un rire sans joie.

— À peu près. Si je lis entre les lignes, Myles a organisé une sorte d'« interview confession » entre Will et le *Sunday Planet*. Myles a suggéré que la dépression post-partum de Marina avait rendu Will vulnérable et que vous aviez tenté de le séduire, non sans savoir exactement qui il était.

— N'importe quoi, cracha Sam. C'est Will qui m'a abordée, pas l'inverse. Je n'avais aucune idée de son identité, pas pendant plusieurs jours. Et Myles le sait.

— C'est pourquoi la version des événements racontée par Will semble si plausible, répliqua Lizzy. Myles a toutes les cartes en main. Alors, comment voulez-vous gérer ça ?

Sam se passa une main lasse sur les yeux.

— Je ne pense pas qu'il y ait un moyen de faire disparaître l'histoire. Donc vous avez raison, nous devons limiter les dégâts. Je suppose que je pourrais donner ma version des faits, mais personne ne s'intéressera à moi tant que je ne ferai pas la une des journaux.

— On pourrait te rendre plus intéressante, suggéra Nick.

— Comment ? demanda Lizzy d'un air dubitatif. Ne le prenez pas mal, Sam. Vous savez ce que nous voulons dire.

— Et si on mettait en scène une romance entre Sam et moi ? reprit Nick. Les journaux pensent déjà qu'il y a quelque chose entre nous. On pourrait partir de là et se faire prendre en photo ensemble, très clairement amoureux.

— Non, intervint aussitôt Sam. Merci, Nick, mais je ne pense pas que ça va aider ma relation actuelle.

— Mais cela pourrait sauver votre réputation et affaiblir les mensonges de Will, enchaîna Lizzy, pensive. Réfléchissez-y : Will est impliqué dans la politique et les gens se méfient naturellement des politiciens, alors que Nick est pratiquement un trésor national, avec une popularité au sommet. Révéler qu'il est dans une relation avec vous ne l'entamera certainement pas. En fait, les femmes l'aimeront probablement encore plus pour vous avoir soutenue dans un moment difficile.

Sam se représenta le regard de Joss quand elle tenterait de lui expliquer la situation.

— Non, répéta-t-elle. Merci, Nick. Je te suis vraiment très reconnaissante de ta proposition, mais il doit y avoir un autre moyen.

— Dans ce cas, vous pouvez aussi affronter la tempête, suggéra Lizzy. Garder un silence digne, refuser toute demande d'interview. Le problème, c'est que ça vous donne l'air coupable et que Will s'en sort.

Nick secoua la tête.

— Tu risques aussi d'être rendue responsable de leur divorce. Marina Pargeter pourrait te désigner comme l'autre femme.

— Dans l'éventualité où ils divorcent, objecta Sam. Ils gagneront davantage à des retrouvailles pleines d'effusion suivies d'un article de magazine sur papier glacé qui les montrera plus forts que jamais.

— Tu penses comme une conseillère en relations publiques, commenta doucement Nick. Marina est une femme bafouée, tu te rappelles ? Est-ce que tu reprendrais quelqu'un après qu'il t'a trompée et qu'il a diffusé l'information devant toute la nation, non sans traîner au passage ta santé mentale dans la boue ?

— Non, admit Sam, qui sentit la moutarde lui monter de nouveau au nez, au nom de Marina cette fois. Je le pendrais par les valseuses.

Le regard de Lizzy se fit incisif.

— L'angle de la dépression postnatale pourrait se retourner contre Will. En réalité, ce qu'il fait, c'est rejeter subtilement une partie de la faute sur Marina : si elle s'était bien occupée de lui à la maison, il ne se serait jamais détourné du droit chemin.

C'était un bon point, comprit Sam.

— On pourrait peut-être s'en servir. En préparant quelques journalistes féministes ? En nous arrangeant pour qu'un professionnel de santé habitué des médias dénonce le fait qu'il accuse sa femme ?

— Je pense que nous devrions cibler aussi son rôle de conseiller au 10 Downing Street, ajouta Lizzy. Comment peut-il prêcher la moralité à qui que ce soit alors qu'il s'avère incapable de respecter ses vœux de mariage ? Jouons aussi sur l'angle de la jeune famille : il a abdiqué ses responsabilités en la matière. Le gouvernement n'a-t-il pas publié récemment un rapport concernant l'impact du divorce sur la réussite des enfants ?

Le regard de Nick ne cessait d'aller de l'une à l'autre, avec une expression mi-admirative, mi-amusée.

— Vous êtes impitoyables toutes les deux. Je suis à deux doigts d'être désolé pour ce type.

— Will Pargeter est un manipulateur de première classe, répliqua Lizzy. Je n'ai aucun scrupule à le faire tomber.

Sam s'appuya contre le dossier de son siège, tout en s'efforçant d'être objective. Les prochains jours allaient être difficiles. S'ils suivaient l'angle d'attaque que Lizzy et elle venaient de dessiner, Will gagnerait le premier round, mais il y avait toutes les chances que Sam gagne la guerre. Et elle était bien placée pour savoir que les graines d'aujourd'hui étaient les mauvaises herbes de demain. Elle serait toujours connue comme la maîtresse de Will Pargeter, une situation qui serait encore pire si Marina la citait à comparaître dans une demande de divorce. Sam coula un regard en coin à Nick. S'il n'y avait pas eu Joss, elle aurait accepté son offre sans hésiter. Feindre d'être amoureuse de lui n'aurait pas été une tâche bien difficile.

— D'accord, dit-elle avec un hochement de tête déterminé. Faisons comme ça. Lizzy, voyez si vous pouvez trouver une ou deux journalistes pour nous concocter des articles d'opinion.

Elle sortit son téléphone de son sac et commença à composer le numéro.

— Qui est-ce que tu appelles ? s'enquit Nick, compatissant. Joss ?

— Un vieil ami, répondit Sam avec un sourire sinistre. Quand l'archevêque de Canterbury condamne un homme pour avoir trompé sa femme, les gens y prêtent attention.

Nick poussa un petit sifflement.

— Nom d'un chien, sacrée Sam ! Will Pargeter va découvrir qu'il s'est frotté à tort à la meilleure spécialiste des relations publiques.

Chapitre 23

Le repas de mariage se déroula sans accroc. Une fois de plus, il était clair qu'aucune dépense n'avait été épargnée ; le service était parfait et la nourriture appétissante. Nessie ne vit pas passer tous les plats, mais les tartelettes au crabe et au fenouil de l'entrée sentaient divinement bon, tout comme le dessert, une crème brûlée au chocolat et à l'orange. Ce fut cependant l'arôme du café fraîchement passé qui lui fit le plus envie et, réalisant qu'elle n'avait ni mangé ni bu depuis avant la cérémonie de mariage elle-même, elle retourna prendre une pause au pub.

Le reste des villageois commença à arriver sur l'esplanade vers dix-huit heures trente. JoJo et Jamie avaient lancé une invitation à tous les habitants de Little Monkham pour qu'ils se joignent à eux afin de danser et boire jusqu'au bout de la nuit et il semblait que ceux-ci les aient pris au mot. Le bar du *Star and Sixpence* commençait à être si bondé que Nessie se félicita une fois de plus qu'elles aient embauché du personnel supplémentaire pour la nuit : un bar gratuit aiguisait définitivement les gosiers de la population.

Elle n'avait pas reçu de nouvelles de Sam, ce qui l'inquiétait. Bien sûr, elle savait que sa sœur avait des sujets de préoccupations plus importants, pourtant, vers dix-neuf heures, Nessie en était à l'imaginer arrêtée pour agression, voire pire. Elle fit de son mieux pour ne pas y penser et profita d'une accalmie au bar pour se rendre sous le chapiteau et assister à la première danse de JoJo et Jamie.

Les tables n'avaient pas été déplacées après le repas : la plupart des invités étaient toujours assis, même s'ils avaient beaucoup changé de place. Nessie fronça les sourcils en se faufilant entre les tables. Où la première danse devait-elle avoir lieu exactement ? N'était-il pas censé y avoir aussi un groupe plus tard ? Elle éprouva une bouffée d'anxiété, même si l'organisation de la fête ne faisait pas partie de ses attributions. Quelque chose avait-il mal tourné ?

À la table principale, Jed tapota le micro et le porta à ses lèvres.

— Mesdames et messieurs, votre attention s'il vous plaît. Applaudissez la première danse de M. et Mme Brady !

Le rideau à l'extrémité du chapiteau tomba, révélant une autre tente au toit noir, constellé d'étoiles scintillantes qui côtoyaient une boule à facettes. Un groupe attendait sur une petite estrade tout au fond et les côtés de la tente avaient été ouverts pour permettre aux invités de se rassembler sur le pourtour. Avec un murmure de joie, les gens se levèrent et s'approchèrent.

Un « aaah » collectif retentit quand Jamie conduisit JoJo au milieu de la piste de danse et que le groupe commença à jouer les premières mesures de *Can't Take My Eyes Off You*. Les appareils photo se déclenchèrent presque instantanément. Nessie se retrouva à côté de Martha, de la boulangerie du village, et de Rob, son mari.

— Elle n'est pas magnifique ? balbutia Martha, très émue, en tamponnant ses yeux avec une serviette. Je me souviens de sa naissance. Maintenant, regarde-la.

Nessie sourit. Tous ceux à qui elle avait parlé avaient une histoire sur JoJo, un souvenir à partager. C'était l'une des particularités qui rendaient ce mariage si agréable, un jour dont Nessie savait qu'elle se souviendrait longtemps.

Vers la moitié de la chanson, Kate et Jed rejoignirent les mariés sur la piste de danse. Ils firent signe aux autres invités pour les inciter à venir danser, eux aussi. Nessie sourit lorsque Martha entraîna Rob sur la piste. Se souvenant une fois de plus de son propre mariage, Nessie voulut s'éclipser, mais découvrit Owen à ses côtés.

— Ils forment un beau couple, tu ne trouves pas ? demanda-t-il en désignant JoJo et Jamie, qui se regardaient dans les yeux comme s'ils étaient seuls au monde.

— En effet, convint Nessie. Mais c'est un peu le cas de tous les mariés, non ? Ils ne seront jamais plus amoureux qu'en ce moment.

Owen inclina la tête.

— Pas faux.

Ils gardèrent le silence pendant quelques secondes. Nessie était consciente des petits mouvements nerveux d'Owen à côté d'elle, comme s'il cherchait à se décider. Finalement, il se lança :

— Tu veux danser ?

— Owen..., répliqua Nessie, hésitante.

— Je suis fatigué de toujours essayer de savoir comment je devrais agir et ce que je devrais ressentir, la coupa-t-il, un masque indéchiffrable sur le visage. Alors je suis mon instinct et, ici et maintenant, il me dit de danser avec toi.

Elle le dévisagea, en proie aux tourments du doute. Il restait moins de la moitié de la chanson et ils seraient perdus dans une foule de gens. Quel mal pourrait-il y avoir à danser avec lui ? Sans ajouter mot, elle lui prit la main et l'entraîna sur la piste.

Aucun d'eux ne parla. L'une des mains d'Owen se referma sur la sienne, tandis que l'autre se posait en douceur sur sa taille, dont elle sentit la chaleur à travers le coton de son chemisier. Lentement, Nessie remonta ses doigts le long du bras d'Owen, suivant la courbe de ses muscles sous le tissu du costume. Les yeux de son cavalier paraissaient plus sombres que jamais, orageux et intenses, pendant que leurs corps se balançaient. Le regard de Nessie glissa jusqu'à sa bouche, ce qui lui rappela la dernière fois où elle avait été aussi proche, assez en tout cas pour l'embrasser. S'en souvenait-il aussi ? Ou pensait-il à Eliza et à la danse de leur mariage ? Nessie ferma brièvement les yeux, le cœur douloureux. C'était une erreur. Comment avait-elle pu penser qu'une valse ne l'affecterait pas ?

La chanson se termina. Autour d'eux, les gens applaudissaient. Nessie s'écarta et recula d'un pas, tout en s'obligeant à sourire comme si de rien n'était.

— Je devrais retourner au pub. Merci pour cette danse.

Il la regarda quelques secondes, puis lui rendit son sourire.

— Pas de problème. Préviens-moi si tu as besoin d'aide là-bas.

Nessie hocha la tête et sortit du chapiteau, la peau toujours incandescente là où il l'avait tenue.

Lorsque Nessie quitta de nouveau le *Star and Sixpence*, le ciel avait commencé à s'assombrir. Les arbres à l'extérieur avaient été décorés de guirlandes, ce qui donnait au crépuscule à l'approche un aspect féérique, d'un autre monde, si bien que Nessie avait presque l'impression d'évoluer dans *Le Songe d'une nuit d'été*. La musique qui retentissait depuis le chapiteau était tout à fait différente, cependant : comme la famille de Jamie était originaire d'Édimbourg, ils avaient organisé des danses traditionnelles écossaises, avec un orchestre de ceilidh et un invité spécial qui enseignait les pas à l'assistance. À n'importe quel autre moment, Nessie aurait aimé se joindre à eux, mais après ce qu'elle avait ressenti en dansant juste un demi-morceau avec Owen, elle n'était pas sûre de vouloir prendre le risque de le retrouver sur la piste de danse.

Elle fit le tour de l'esplanade pour ramasser les verres vides, éparpillés ici et là, qu'elle plaçait sur le plateau apporté à cet effet. Le traiteur avait cessé de servir des boissons à la fin du repas, passant le relais au *Star and Sixpence*. La plupart des gens se trouvaient sous le chapiteau, à profiter de la danse, bien que l'air de la nuit soit encore chaud. Plus tard, il ferait frais, mais, pour l'instant, Nessie voyait des groupes et des couples ici et là, assis sur des bottes de foin ou debout, en train de bavarder.

Luke passa devant elle, le visage rayonnant de bonheur, tout à la poursuite d'un petit camarade dans l'herbe. Elle regarda autour d'elle. Où pouvait bien se trouver Owen ? Et puis elle le vit, debout sous un arbre scintillant. L'observait-il, elle, ou observait-il Luke ? Quoique incapable de trancher, elle agita la main à son attention. Il lui répondit de même puis se dirigea vers elle.

— Ça a l'air bien rempli là-dedans, commenta-t-il en désignant d'un signe de tête le pub bondé à l'autre bout de l'esplanade. Comment ça se passe ?

Les fenêtres du vieil établissement déversaient des flots de lumière et sa porte laissait échapper des rires ininterrompus.

— Pas mal, constata-t-elle. Joss et Tilly sont formidables et les extras que nous avons embauchés nous sont d'une aide précieuse.

Il hocha la tête.

— Tant mieux. Tu as eu des nouvelles de Sam ?

— Il y a environ dix minutes. Elle est sur le chemin du retour.

— Le problème est réglé ?

Nessie se balança d'un pied sur l'autre, mal à l'aise.

— Je n'en ai aucune idée. Tout ce qu'elle a dit, c'est qu'elle rentrait à la maison. Je vais devoir attendre qu'elle soit là pour en savoir plus.

Owen inclina sa tête.

— Encore une fois, si je peux faire quoi que ce soit, appelle-moi.

— Merci, fit Nessie avec un sourire. Je m'en souviendrai.

Elle avisa un verre vide renversé sous l'arbre voisin et posa son plateau au sol pendant qu'elle le ramassait.

Quand elle se redressa, Owen avait récupéré le plateau.

— Ça ne m'embête pas le moins du monde, répliqua-t-il quand elle protesta. On n'en aura pas pour longtemps si on s'y met à deux.

Nessie renonça à discuter. Ils traversèrent l'esplanade en silence pendant un moment, puis Owen reprit la parole :

— La journée a été dure pour toi ?

Nessie le dévisagea : que voulait-il dire ? La disparition inopinée de Sam n'avait pas été une partie de plaisir à gérer, mais elle avait fait face. Danser avec lui avait été plus compliqué.

Owen remarqua sa perplexité.

— Le mariage, expliqua-t-il. Je me demandais si ça t'avait fait penser à Patrick.

Nessie visualisa les papiers du divorce posés sur son lit, prêts à être postés dans une enveloppe libellée avec soin.

— Un peu, répondit-elle prudemment. Il y a eu des bons moments, et le jour de notre mariage en a été un.

— Bien sûr, admit-il avec un air dans lequel Nessie crut déceler un certain embarras. Je ne voulais pas insinuer que vous n'étiez pas heureux, Patrick et toi.

Ils n'avaient été ni heureux ni malheureux vers la fin, eut-elle envie de préciser, ils étaient juste là. Mais elle refoula cette idée.

— Et toi ? choisit-elle de demander au lieu de répondre. J'imagine que ça a été plus dur pour toi.

— D'une certaine façon, oui, concéda Owen avec un soupir qui fit mal à Nessie. C'était dur de me retrouver dans l'église, même si j'y suis allé un nombre incalculable de fois depuis l'enterrement d'Eliza. Mais ça n'a pas été aussi dur que je le redoutais. Peut-être que Kathryn a raison. Il est temps que je passe à autre chose.

Le cœur de Nessie se mit à battre un peu plus vite alors qu'elle se baissait pour récupérer un autre verre. Est-ce que ça signifiait ce qu'elle pensait ?

— J'ai toujours cru que c'était une chose étrange à dire, quand quelqu'un qu'on aime meurt, lâcha-t-elle lentement. Parce qu'on ne passe jamais vraiment à autre chose après la perte d'un être cher, n'est-ce pas ? On finit par s'y faire et on peut s'habituer à son absence, mais on n'est jamais la même personne qu'avant. Sa disparition nous affecte toujours, d'une manière ou d'une autre.

Il lui jeta un regard de biais.

— Tu as raison. Perdre Eliza m'a changé. Pour commencer, je suis devenu plus craintif, j'ai eu peur que quelque chose arrive à Luke. Peur de prendre des risques.

— Je le comprends sans mal, murmura Nessie. C'est une réaction parfaitement naturelle.

— Mais ce n'est pas une vie, objecta Owen. Et ce que j'ai réalisé depuis… enfin, depuis la semaine dernière, c'est que je ne veux plus laisser la peur me gouverner. Je vais prendre plus de risques et voir où ils me mènent. Tu comprends ce que je veux dire ?

Nessie repensa à l'enveloppe sur son lit. D'une certaine manière, elle faisait exactement la même chose. Comment Ruby avait-elle appelé ce processus ? Se réinventer.

— Oui, répondit-elle. Je pense que oui.

Ils avaient atteint l'entrée du pub. Owen s'arrêta dans une flaque de lumière projetée par la porte, se tourna vers Nessie.

— Ce que j'essaie de suggérer, c'est qu'on pourrait peut-être tenter notre chance ensemble.

Nessie sourit. Ce n'était pas une déclaration d'amour étourdissante, mais c'était un début.

— Je trouve que c'est une bonne idée, Owen.

— À quelle heure Sam est-elle censée revenir ?

Joss paraissait aussi fatigué que stressé. L'urgence avait été trop pressante pour que Sam puisse l'informer de son départ, laissant à sa sœur le soin de lui annoncer la nouvelle. Nessie savait que Joss s'en était inquiété. Et puis Sam avait aggravé la situation en le laissant dans l'ignorance toute la journée durant. Comme Nessie ne savait pas jusqu'à quel point informer Joss, elle s'en était tenue à l'histoire qu'elle avait servie à Kathryn et Owen, à savoir que Sam avait des affaires urgentes à régler à Londres. Le problème, c'était que Joss était beaucoup plus difficile à duper que les autres. Le comportement de Sam ne correspondait pas au caractère qu'elle montrait depuis des semaines et la soudaineté de son départ avait actionné des sonnettes d'alarme chez lui.

— Ce n'est pas Nick Borrowdale, si ? avait-il demandé, une fois la nuit tombée.

Nessie avait eu du mal à répondre, parce que Nick était impliqué et qu'elle ne voulait pas mentir. Aussi s'était-elle finalement contentée d'une demi-vérité.

— Sam a mentionné son nom, mais seulement en passant. Ce n'est pas lui qu'elle est allée voir.

Pour l'heure, elle lui adressa un sourire compatissant.

— Elle sera de retour vers vingt-deux heures trente, en fonction de la circulation. Écoute, pourquoi ne pas quitter ton poste ? Va boire un verre, profite de la fin de la fête. Je peux me débrouiller ici.

Il secoua la tête.

— Je veux voir Sam quand elle arrivera. Il faut que je sache ce qui se passe.

Le cœur serré, Nessie le regarda s'en aller servir un client. *Le problème*, pensa-t-elle, *c'est de savoir si Sam aura envie de te voir, elle...*

Chapitre 24

Le feu d'artifice fut tiré juste après vingt-deux heures trente. Sam avait vu les fusées exploser dans le ciel noir en arrivant au village. D'une certaine manière, cela joua en sa faveur, car presque personne ne se trouvait dans le *Star and Sixpence* quand elle y entra : ils étaient tous dehors à regarder le ciel, y compris la plupart des employés du bar. D'un autre côté, ce n'était pas une si bonne chose, car rien n'avait alors empêché Joss d'exiger de savoir où elle était allée, avant même qu'elle ne soit assise.

— Laisse-moi te servir un verre, lança Nessie avec un regard d'avertissement à Joss. Tu dois être épuisée.

— Mon Dieu, oui ! lâcha Sam. Sers-m'en un double.

Elle ôta ses chaussures et s'étira dans l'un des fauteuils de cuir placé devant le foyer éteint. Dès qu'elle eut posé la tête contre le dossier du fauteuil, elle ferma les yeux. Elle était complètement épuisée, trop exténuée pour s'expliquer avec Joss, qu'elle sentait pourtant arpenter le bar comme un tigre en cage. Elle garda les yeux clos tant que Nessie ne fut pas revenue avec une grande vodka-tonic qu'elle porta à ses lèvres et but d'un trait.

— Merci, murmura-t-elle en rendant le verre à sa sœur. Je pense que je vais en avoir besoin d'un autre.

Sur un soupir, elle remua les orteils et coula un regard vers Joss.

— Comment ça s'est passé ici ? Bien ?

Il s'arrêta de marcher pour lui renvoyer un visage fermé, furieux, aux lèvres pincées.

— Très bien. Mais la prochaine fois que tu décides de partir sans même un au revoir, il vaudrait peut-être mieux ne pas choisir le jour le plus chargé de l'année.

— Joss ! s'exclama Nessie en traversant le pub avec une seconde vodka-tonic. Ça suffit.

Sam se passa une main fatiguée sur le visage.

— Non, il a le droit d'être en colère. Vous l'avez tous les deux, ce droit. Je vous ai laissés en plan et je suis désolée. (Elle regarda Joss et prit une profonde inspiration.) Mais je te promets qu'il y avait une bonne raison à cela, même si tu ne vas pas l'aimer.

Le visage de Joss s'assombrit. Sam désigna les sièges à côté d'elle.

— Vous devriez probablement vous asseoir tous les deux.

Pendant quelques secondes, elle crut qu'il allait refuser, mais il parut ensuite réaliser le côté déraisonnable de son comportement et s'assit. Nessie avait l'air sombre quand elle se percha sur le bord d'une autre chaise.

— C'est aussi grave que tu le redoutais ?

Sam soupira.

— Pire. Mais avant d'en parler, je dois une explication à Joss.

Elle s'éclaircit la gorge, soudain nerveuse à nouveau. Elle avait répété la scène de nombreuses fois dans sa voiture, sur le trajet du retour depuis Londres, mais, maintenant qu'elle devait prononcer le discours tant préparé, elle était certaine qu'il ne ferait qu'augmenter la colère de Joss.

— Il y a une chose que je ne t'ai jamais dite : la raison pour laquelle je suis venue au *Star and Sixpence* avec Nessie, en décembre dernier.

Joss resta immobile, le regard plein de circonspection.

— Je t'écoute.

— Ça s'est produit avant qu'on ne se rencontre, une stupide aventure d'un soir qui m'a explosé à la figure, coûté mon travail et ma carrière. Je pensais que c'était fini, que c'était du passé, jusqu'à il y a quelques semaines, quand j'ai reçu un appel de l'homme avec qui j'avais passé la nuit en question.

— Nick Borrowdale, conclut Joss d'un ton sinistre.

— Non, répliqua Sam, qui veilla à ne pas laisser transparaître son impatience. Bien sûr que non. C'était… quelqu'un d'autre, un homme avec des amis importants. Quelqu'un qui avait beaucoup à perdre si notre aventure d'un soir venait à se savoir. Je m'étais figuré qu'il veillerait autant que moi à ce que ça n'arrive pas. J'ai découvert aujourd'hui que j'avais tort.

Et lentement, elle se lança dans les explications. Nessie resta bouche bée, lorsqu'elle entendit le nom de Will et les précisions de Sam sur le poste qu'il occupait. Le visage de Joss se fermait de plus en plus. Lorsqu'elle eut terminé, Sam ne l'avait jamais vu aussi en colère.

— Tu as réussi à empêcher la publication de l'article ? demanda Nessie.

Sam secoua la tête.

— Impossible. Ça va faire la une des journaux demain. Tout le monde connaîtra les détails sordides de cette histoire.

— Je savais qu'il se passait quelque chose, explosa Joss. Pourquoi ne m'as-tu pas dit la vérité quand je te l'ai demandée ? Pourquoi tu as menti en prétendant que tu étais stressée par les préparatifs du mariage ?

Sam baissa la tête. Elle ne savait pas comment répondre car il avait raison : elle aurait dû jouer franc-jeu avec lui.

— Je suppose que j'espérais ne pas avoir à t'expliquer quoi que ce soit. Ma vie ici était plus jolie que je ne l'aurais jamais imaginé et j'ai préféré faire l'autruche en espérant sans doute que Will Pargeter disparaîtrait.

— Mais qui a divulgué l'histoire ? demanda Nessie. Sa femme ?

— C'est ça, le pire, répondit Sam, luttant pour empêcher sa voix de trembler. Will et Myles l'ont fait fuiter pour avoir la possibilité de dépeindre Will comme un mari repentant, quelqu'un qui a commis une erreur et ne demande pas mieux que de faire amende honorable. Nick a suggéré que nous essayions…

Elle s'arrêta de parler, soudain consciente de ce qu'elle était sur le point de dire. Trop tard, Joss avait entendu le nom de Nick.

— Il était là ? fit-il, incrédule. Tu ne pouvais pas nous parler de ce qui se passait, à ta sœur ou à moi, mais Nick Borrowdale était au courant de tout ?

Sam secoua la tête.

— Ce n'est pas ce que tu crois. Nick est l'un de mes amis les plus proches, il est au courant pour Will depuis le début. Je suis allée rencontrer sa conseillère en relations publiques aujourd'hui, pour avoir son point de vue. En fait, c'est lui qui m'a prévenue que l'histoire était sur le point d'éclater.

— Et comment il l'a su ? demanda Joss.

Sam sentit que son humeur commençait à lui échapper. La journée avait été longue et infernale et la dernière chose dont elle avait besoin, c'étaient des accusations et un interrogatoire pour la parachever.

— Un journaliste l'a appelé pour lui demander ce qu'il en pensait, si tu veux tout savoir.

— Naturellement, grommela Joss en se levant. Parce que tout le monde sait que, lui et toi, vous avez un truc en cours. Bon sang, Sam, est-ce qu'un seul homme a déjà été suffisant pour toi ? Ou bien il y a d'autres petits secrets bien sales qui attendent de sortir du placard ?

Sam fut debout en quelques millisecondes et sa main atterrit si fort sur la joue de Joss qu'elle y laissa une empreinte blanche.

— Comment oses-tu ?

— Comment j'ose ? Tu devrais te regarder en face, Sam, cracha Joss, les yeux étincelants. Parce que de mon point de vue, tu m'as plutôt l'air facile.

— Dégage, lâcha Sam d'une voix blanche.

— Pas de problème, je m'en vais. Et ne t'attends pas à me revoir demain matin.

D'un geste souple, il sortit un trousseau de clés de sa poche, qu'il jeta par terre.

Sur quoi il tourna les talons et quitta le pub en trombe, au moment où le feu d'artifice atteignait un crescendo. Muettes de stupeur, Sam et Nessie le suivirent du regard. Puis Sam s'effondra sur le sol, la tête enfouie entre ses mains. Toutes les larmes qu'elle avait refoulées ces dernières semaines jaillirent sans retenue.

Nessie l'enveloppa de ses bras et la laissa pleurer.

— On va s'en sortir, Sam, ne t'inquiète pas.

Celle-ci secoua la tête.

— Je ne sais pas, Ness. On a mis un plan en place, mais il faudra du temps pour qu'il fonctionne. Et Joss est… (Le mot « parti » lui resta coincé dans la gorge et elle soupira.) J'ai l'impression que Will a déjà gagné.

Une silhouette se profila dans l'embrasure de la porte. Sam leva les yeux à travers ses larmes et vit que c'était Owen, l'air pour le moins inquiet.

— Tout le monde se dirige vers le pub, les prévint-il. Je vais vous faire gagner un peu de temps.

Nessie lui lança un regard reconnaissant.

— Merci. Viens, ajouta-t-elle en aidant doucement Sam à se relever. On va te mettre au lit. Les choses n'auront pas l'air aussi désastreuses, demain matin.

— Ce sera pire, rétorqua Sam avec un frisson. Ce sera bien, bien pire.

— Dans ce cas, elles auront meilleure mine après-demain matin, insista Nessie. Personne ne lit les journaux de nos jours, de toute façon.

Sam savait que sa sœur essayait de lui remonter le moral.

— Tu ferais mieux d'espérer que l'article ne tombe pas sous les yeux de Franny, gémit-elle, tandis que Nessie l'aidait à monter l'escalier et à gagner sa chambre. Elle nous fera sans doute chasser de Little Monkham pour avoir jeté le discrédit sur le village.

— Laisse-moi m'occuper de Franny, répliqua fermement Nessie. En fait, laisse-moi m'occuper de tout. On s'est fait plus d'amis que tu ne le penses depuis qu'on a emménagé ici, je suis sûre qu'ils se rallieront tous à notre cause quand on en aura besoin.

Sam s'assit sur son lit, la mine défaite.

— Je suis désolée, Ness. J'ai tout gâché.

— Non, répliqua sa sœur en la câlinant. Rien de tout cela n'est ta faute. Et comme je te l'ai dit, on va s'en sortir. Ensemble, comme on l'a toujours fait.

Quand Nessie descendit, elle trouva Owen derrière le bar, en train de servir des pintes avec l'assurance de qui aurait travaillé là toute sa vie. Il lui jeta un regard interrogateur.

— Est-ce que Sam va bien ? J'ai vu Joss partir avec sa tête des mauvais jours et j'en ai conclu qu'ils s'étaient sans doute disputés.

— C'est un peu plus compliqué, chuchota Nessie. Je t'expliquerai tout ça plus tard, mais disons simplement que les prochains jours vont relever du défi.

— D'accord, se contenta de lâcher Owen. Eh bien, j'aime les défis. Et je me vois assez en barman, donc si vous cherchez un intérimaire en attendant que Joss se calme, faites-moi signe.

Nessie sourit et sentit un peu de son stress s'évacuer.

— Fais attention à ce que tu proposes, Owen. Je pourrais bien te prendre au mot.

Chapitre 25

Le lendemain matin, Nessie laissa Sam dormir. La fête avait duré jusqu'à minuit, bien que JoJo et Jamie soient montés dans leur chambre peu après le feu d'artifice. Nessie fut reconnaissante à Tilly de ne pas avoir oublié de placer le champagne millésimé dans un seau de glace à côté de leur lit et des chocolats sur les oreillers. Elle avait déjà prévu de payer quelques heures supplémentaires à sa barmaid, en guise de remerciements, mais avec Joss au moins temporairement hors jeu, elle allait encore compter davantage sur Tilly, et cela ne pouvait pas faire de mal que la jeune femme se sente appréciée à sa juste valeur.

À neuf heures, Nessie apporta leur petit déjeuner à JoJo et Jamie. Il lui fallut deux voyages, avec un premier plateau chargé de thé, de café et de jus d'orange, et un second contenant deux petits déjeuners anglais complets : bacon et saucisses de la région, œufs pondus par les poules de Martha et pain que Nessie s'était levée à six heures trente pour cuire. Elle fit glisser les plateaux sur les supports devant la chambre et tapa à la porte.

— Service en chambre, lança-t-elle en guettant les signes de mouvement.

Une fois sûre d'avoir entendu quelqu'un s'approcher de la porte, elle se faufila discrètement dans l'escalier. À quoi bon prendre un petit déjeuner au lit s'il fallait s'habiller avant ?

Dans le bar, Nessie fit l'inventaire des dégâts. Les réserves en vin exigeaient d'être regarnies, mais comme la plupart des habitants du village souffriraient de maux de tête aujourd'hui, elle doutait qu'ils boivent beaucoup… À un moment donné, il faudrait qu'elle s'aventure à la cave pour affronter les tuyaux et les fûts qui avaient toujours été le domaine de Joss. S'il prenait plus de quelques jours à se calmer, elle serait obligée de faire la tournée des agences dès lundi matin pour trouver un caviste temporaire. Et s'il ne revenait plus du tout, eh bien, comme elle l'avait déjà dit à Sam, peu importaient les mérites de Joss dans une cave, les employés étaient plus faciles à remplacer que les sœurs.

Lorsque JoJo et Jamie descendirent à dix heures trente, Nessie s'était occupée des verres restants, avait passé l'aspirateur et frotté le bar jusqu'à ce qu'il brille. En coulisses, le *Star and Sixpence* était peut-être en chute libre, elle avait cependant la satisfaction de penser que personne ne s'en apercevrait de l'extérieur.

— Je ne pourrais jamais te remercier assez, Nessie, lança une JoJo rayonnante. Tout a été parfait, absolument parfait. Merci beaucoup.

Nessie lui sourit.

— J'en suis heureuse. J'espère que tu as bien dormi. Le lit était-il confortable ?

— Divin, répondit JoJo avant de lui sourire en retour. Cela étant, je ne peux pas dire qu'on ait beaucoup dormi. Il faudra qu'on revienne pour tester ses propriétés relaxantes.

— Je t'en prie, s'esclaffa Nessie. Vous êtes les bienvenus n'importe quand.

— Et je te réserve un article élogieux dans mon journal, poursuivit JoJo. Dès qu'on sera rentrés de notre lune de miel.

— Super ! s'exclama Nessie en s'efforçant de ne pas penser aux gros titres que des gens étaient en train de lire en cet instant précis, partout dans le pays. On a besoin de toute la bonne publicité possible.

JoJo opina.

— Les deux chambres sont magnifiques et séjourner ici, un vrai plaisir. Je suis sûre que vous n'allez pas tarder à refuser de la clientèle.

Nessie salua le couple en leur promettant de transmettre leurs remerciements à Sam. Poussant un soupir de soulagement, elle se servit une tasse de café et s'appuya contre le réfrigérateur. Combien de temps fallait-il laisser sa sœur dormir ?

Une ombre tomba sur elle et Nessie leva les yeux : Franny se tenait de l'autre côté du bar, le visage sévère, sans l'ombre d'un sourire. Elle déposa un exemplaire plié du *Sunday Planet* sur le bar.

— Qu'est-ce que ça signifie ?

Nessie baissa les yeux vers le journal. Le titre à sensation la fit grimacer : « LE LORD ET LA BARMAID ». Dépliant le journal, elle parcourut l'article. C'était à peu près ce que Sam avait prévu. Elle s'arma de courage pour affronter le regard de Franny.

— Vous ne devriez pas croire tout ce que vous lisez dans les journaux.

La postière la dévisagea par-dessus ses lunettes à monture métallique.

— Ce n'est pas la première fois que je dois te parler de publicité négative, Vanessa. Comme je te l'ai déjà dit, un tel comportement ne sera tout simplement pas toléré. J'exige une explication. Et sur-le-champ.

Le dernier mot avait claqué comme un coup de feu. Nessie sentit sa propre colère enfler. Pour qui Franny se prenait-elle ? Elle ouvrit la bouche afin de lui communiquer le fond de sa pensée, puis se ravisa. Et s'il y avait une meilleure façon de gérer la situation ? Une façon qui permettrait de faire passer Franny dans leur camp… Comment Sam s'y prendrait-elle, si elle devait gérer ses propres relations publiques ?

Nessie prit une profonde inspiration.

— Il y a une part de vérité, admit-elle franchement. La partie où Sam a passé la nuit avec lord Pargeter. Mais c'est tout. Elle n'avait aucune idée de son identité, ignorait qu'il était marié. Il a menti à ce moment-là et il ment encore maintenant, sauf que cette fois, c'est pour sauver sa peau. Voyons, Franny, vous n'avez jamais été embobinée par un beau parleur ?

À sa grande surprise, la vrille dans le regard de Franny s'adoucit. La postière jeta un coup d'œil au journal et Nessie vit une lueur d'incertitude passer sur son visage.

— Je…

Nessie saisit sa chance.

— Vous connaissez Sam, reprit-elle en adoucissant son intonation. Elle est venue ici pour s'éloigner de tout ça, de lui, après que cette histoire lui a coûté son travail. Qu'aurait-elle à gagner après une seule nuit avec un homme marié ?

Les yeux de Franny s'attardèrent sur le journal pendant quelques instants, puis son expression redevint dure.

— Donc d'après toi, c'est elle, la victime, c'est ça ?

— Sam n'est pas un ange, mais elle ne mérite pas d'être traitée de la sorte, répondit Nessie en désignant le gros titre. Voyons, Franny, vous êtes une femme intelligente. Vous savez comment fonctionnent les journaux.

— Franchement, je ne sais pas quoi penser, répliqua la commère. Mais crois-moi, la Société pour la préservation du village ne va pas rester les bras croisés.

Sur quoi elle tourna les talons, abandonnant le journal sur le bar.

Nessie était en train de le feuilleter, toujours plus agacée par les mensonges que Will et Myles avaient inventés, quand Owen passa la tête par la porte.

— Tout va bien ? J'ai vu Franny débouler en trombe. Tu as besoin d'une ambulance ou la blessure n'est que superficielle ?

Nessie sourit et leva ses bras.

— Regarde : pas la moindre blessure.

Owen haussa les sourcils.

— Incroyable. On aurait dit qu'elle allait arracher la tête de quelqu'un. C'est toi qui as tiré la première ?

Le sourire de Nessie s'estompa quand elle lui tendit le journal.

— Pas exactement. Elle a apporté ça.

Il s'en saisit et jeta un coup d'œil à la première page. Fronçant les sourcils, il lut l'article. Une fois qu'il eut terminé, il reposa le journal sur le bar avec un petit sifflement.

— C'est donc ça ! Pas étonnant que Joss soit contrarié.

— Tout n'est pas vrai, là-dedans, objecta Nessie. Et les parties véridiques se sont déroulées bien avant que Sam ne rencontre Joss.

Owen hocha la tête.

— Je n'en doute pas. Alors, quel est le plan de bataille ?

— Le plan de bataille ? répéta Nessie avant de hausser les épaules. Attendre la fin de la tempête, j'imagine. J'espère qu'on ne sera pas chassées du village entre-temps.

— Nous ne sommes pas tous comme Franny, argua-t-il. Certains d'entre nous comprennent.

Nessie soupira.

— Pas la Société pour la préservation du village. Je pense qu'ils ont oublié ce que c'est que d'être jeune.

Il lui posa une main sur le bras, provoquant une décharge d'énergie au creux de son ventre.

— Préviens-moi si je peux faire quoi que ce soit.

Elle était sur le point de le remercier quand JoJo débarqua telle une tornade dans le bar.

— Je viens juste de croiser Franny.

Le cœur de Nessie se serra. Bon sang, Franny n'avait vraiment pas perdu de temps dans sa campagne pour retourner tout le monde contre elles ! Cela étant, Nessie était déçue que JoJo soit sa première recrue.

— Ce n'est pas ce que tu crois.

La jeune mariée haussa un sourcil outré.

— Ah bon ? Ça me semble pourtant assez évident : Sam a été mise à l'écart pour sauver la peau de Will Pargeter.

Nessie la regarda fixement.

— Oui… C'est exactement ce qui s'est passé. Mais je pensais que…

— J'ai vu ce genre de scénarios un nombre incalculable de fois, l'interrompit JoJo, l'air furieux. Mais Sam est une amie et je tiens à l'aider. Tu veux que j'appelle quelques collègues, pour voir ce qu'ils peuvent déterrer sur ce Pargeter ?

— Il faudrait que tu en parles à Sam, répondit Nessie, très émue. Elle travaille avec une conseillère en relations publiques de Londres. Mais tu ne devrais pas t'inquiéter de ça aujourd'hui. Tu es censée partir en lune de miel.

— Pas avant demain, répliqua JoJo. Ce qui nous laisse bien assez de temps pour lancer l'opération « Rat d'amour ».

Nessie sentit le plomb qui pesait sur ses épaules s'alléger un peu.

— Merci. Sam appréciera vraiment, j'en suis certaine.

JoJo hocha la tête.

— Franny est en train de faire le tour du village, à frapper à toutes les portes pour rallier les troupes. On a pensé qu'un barbecue sur l'esplanade, cet après-midi, pourrait aider Sam à se changer les idées.

— Mais…, voulut objecter Nessie, avant de s'interrompre, déconcertée.

Que se passait-il ?

— Peut-être que Franny se souvient de ce que c'est que d'être jeune après tout, lui glissa Owen avec un sourire.

Pour la deuxième fois ce week-end-là, l'esplanade de Little Monkham fut envahie par ses habitants. Les tentes avaient disparu, démontées plus tôt dans la journée et remplacées par un bric-à-brac de tables et de chaises provenant du *Star and Sixpence* et de toutes les maisons du village. Trois barbecues étaient allumés, où grésillaient saucisses, burgers et steaks fournis par les bouchers. Une chaîne stéréo, reliée à une rallonge qui passait par la fenêtre du pub, diffusait de la musique. Partout où Sam posait les yeux, elle voyait des visages amicaux et compatissants, même si Joss brillait par son absence. La vague de soutien aurait presque suffi à la faire éclater en sanglots, mais elle avait juré de ne plus pleurer. Pas à cause d'un vaurien comme Will Pargeter.

Elle n'arrivait pas à trancher si c'était Henry ou Franny qui l'avait le plus surprise. Au début, Sam avait cru rêver quand Nessie lui avait apporté son petit déjeuner au lit en lui annonçant que Little Monkham la soutiendrait jusqu'au bout. Puis elle était descendue et avait pu le constater par elle-même : Henry avait pris la tête des opérations et dirigeait Owen et les autres hommes du village dans la mise en place de l'esplanade. Franny s'était chargée de la nourriture, Martha avait ouvert sa boulangerie spécialement pour fournir le barbecue en petits pains et son mari avait été dépêché au supermarché le plus proche avec une liste de courses. Préposée à la musique, Ruby avait sidéré tout le monde en annonçant qu'elle avait une playlist

Spotify qui conviendrait parfaitement à l'occasion. Sam ne savait pas à quelle réaction s'attendre lorsque son secret ferait la une des journaux, mais certainement pas à celle-là.

— Je peux faire quelque chose, Henry ? demanda-t-elle en voyant l'ex-militaire consulter son porte-bloc. Transporter des tables ou des chaises à l'extérieur, peut-être ?

— Tout est sous contrôle, répondit-il. Mais je pense que JoJo te cherchait. À propos d'une interview avec la femme de ton bon ami, je crois.

Sam fronça les sourcils.

— Ce n'est pas mon « bon ami ». C'est même tout le contraire.

— Je sais, répliqua Henry, dont l'expression devint d'une douceur inhabituelle. Franny m'a expliqué. L'homme est un vrai goujat, mais ne t'inquiète pas, il aura ce qu'il mérite.

Il avait l'air si féroce que Sam en fut presque inquiète pour Will. Mais Henry voulait bien faire et elle fut touchée par cette attention.

— Merci.

Elle repéra JoJo qui se tenait à l'ombre d'un des arbres.

— Ah, te voilà, Sam ! lança celle-ci. J'ai une grande nouvelle. L'amie d'une amie est allée à l'école avec Marina Pargeter et elles ont réussi à obtenir une interview exclusive.

L'esprit de Sam s'emballa. Quelle histoire cette interview accréditerait-elle ? L'effet serait évidemment désastreux si Marina était sur le point de divorcer de son mari et d'en faire porter le chapeau à Sam.

— Tu sais ce qu'elle ressent à l'idée de faire la une des journaux du dimanche ?

Les yeux de JoJo lancèrent des étincelles.

— Elle est furieuse, visiblement ! répondit-elle sur une exclamation triomphale. Et écoute-moi un peu ça : ce n'est pas la première fois que Will la trompe. Donc ses affirmations comme quoi c'est toi qui as provoqué sa chute semblent plutôt discutables.

Sam sourit, ravie.

— JoJo, je pourrais t'embrasser.

— Attention, la mit en garde son amie en lui rendant son sourire assorti d'un clin d'œil. Je suis une femme mariée maintenant. Les gens pourraient causer.

Si Sam avait cherché Franny en dernier, c'était en partie parce qu'elle redoutait encore un peu que l'employée des postes désapprouve secrètement son apparente propension à changer souvent de lit. Mais Franny sourit dès qu'elle vit Sam s'approcher et lui serra même la main en signe de soutien.

— Je pensais que vous seriez en colère, je dois l'admettre, avoua Sam, une fois que Franny lui eut donné son opinion sur les unes des journaux.

— Au début, oui, confirma la postière en la scrutant par-dessus ses lunettes. Mais Nessie m'a dit quelque chose qui m'a fait réfléchir. Elle m'a demandé si je n'avais jamais été embobinée par un beau parleur et… eh bien… en fait, oui.

Sam n'en revenait pas.

— Ah bon ?

— J'ai connu un homme, quand j'étais jeune, soupira Franny qui marqua une pause à ce souvenir. Il prétendait que j'étais l'amour de sa vie. Sauf que je n'étais pas la seule, au bout du compte. Et quand sa femme l'a découvert, il lui a raconté que je m'étais jetée sur lui. Il a chanté la même chanson à tout le monde. Je suis ressortie de cette affaire avec une sacrée réputation.

Sam ravala une exclamation surprise. Avait-elle bien entendu ? Le pilier collet monté de la communauté de Little Monkham aurait donc vécu une expérience semblable à la sienne ? La chose semblait impossible et pourtant... Franny ne pouvait pas avoir toujours été telle qu'elle était à présent. C'était peut-être une mésaventure de ce genre qui l'avait rendue comme ça.

La postière leva les yeux au ciel.

— Bien sûr, ça s'est passé il y a des années. Mais je ne l'ai jamais oublié. Cet homme m'a éloigné de l'amour pendant très longtemps.

Sam serra les doigts osseux de Franny, compatissant à sa douleur.

— J'en suis désolée pour vous. Vraiment.

Franny haussa les épaules.

— Donc quand Nessie m'a expliqué ce qui t'était arrivé, j'ai compris que le village devait faire quelque chose pour t'aider, même si ce n'était pas grand-chose.

— Vous m'avez aidée, protesta Sam dans un élan de gratitude. Croyez-moi, c'est bel et bien le cas.

— Et essaie de ne pas t'inquiéter à propos de Joss, ajouta Franny. Il finira par revenir à la raison.

Sam repensa à la colère et à la douleur sur le visage de son amoureux, la veille au soir. Tout au fond, elle n'était pas sûre que Joss lui pardonnerait un jour, mais elle fit de son mieux pour sourire à Franny.

— Vous avez raison, j'en suis sûre.

La postière hocha la tête.

— Dans le cas contraire, j'enverrai mon Henry lui toucher deux mots.

Au milieu de l'après-midi, Franny raccorda un micro à la sono et demanda que la musique soit baissée. Avec l'aide d'Henry, elle grimpa sur une chaise et un silence inattendu se fit dans la foule. Sam retint son souffle : quelle était donc l'intention de Franny ? Elle ne voulait tout de même pas enjoindre aux villageois de marcher sur Londres ?

— Mes amis, commença-t-elle. Vous savez pourquoi nous sommes ici aujourd'hui. Une calomnie a été proférée à l'encontre d'une habitante de Little Monkham. Et quand l'un des nôtres est attaqué, nous serrons les rangs pour le protéger. (Elle fixa un regard impérieux sur Sam.) Les jours à venir seront difficiles, Sam, mais je peux t'assurer que chacun d'entre nous est à tes côtés. Tu n'es pas seule.

Un éclair de compréhension passa entre elles. Puis une salve d'applaudissements retentit, qui se transforma en acclamations, et Sam se retrouva bientôt à passer d'une étreinte chaleureuse à une autre. Finalement, elle arriva devant sa sœur.

— Qui aurait cru que Franny se battrait pour nous ? lâcha Nessie en entourant Sam de ses bras.

Sam lui rendit son étreinte sur un éclat de rire.

— Tu m'étonnes ! Tu te souviens de son hostilité quand on est arrivées ?

— Je n'ai jamais pensé que je serais reconnaissante à papa pour quoi que ce soit, mais je suis contente qu'il nous ait laissé le *Star and Sixpence*, constata Nessie. Je suis contente qu'on soit venues ici.

Sam ferma les yeux pour refouler les larmes qui menaçaient de ruisseler sur ses joues. Elle déglutit afin de déloger la boule dans sa gorge et esquissa un sourire larmoyant.

— Moi aussi, renchérit-elle. C'est la meilleure décision qu'on ait jamais prise.

Cet ouvrage a été composé et mis en page
par PCA, 44400 Rezé

Imprimé en France par CPI
en mars 2023
N° d'impression : 3051644

#lisez engagé !
www.lisez.com
Pour plus d'information :
Imprimé sur du papier issu de forêts gérées durablement.

Pocket – 92 avenue de France, 75013 PARIS

S33253/01